诗词文曲鉴赏

元曲

上海辞书出版社文学鉴赏辞典编纂中心 编

上海辞书出版社

旳名篇佳句。

词有许多近似之处，但也有着很多不同之处，因此本》，主要是解释元曲大部分专用名词：例如各种曲调词，还有诸如“凤头猪肚豹尾”“元曲四大家”等戏剧文地帮助读者了解元曲这一特殊的艺术形式。

代表性作家的代表性作品，包括散曲和杂剧选段，计八元曲的精华，力求体现元曲不同于唐诗、宋词的庶民化、现元代市民生活的千姿百态。特别值得一提的是，本书自一流专家学者之手，或解释背景，或解析艺术特色，特美学、文学理论，进行庖丁解牛式的分析，能使我们得到。艺术美感的获得过程，就是审美能力提升的过程，这也文学的主要价值和意义吧。

上海辞书出版社文学鉴赏辞典编纂中心

2020.10

唐诗、宋词、元曲，常
丰厚的文化遗产。元曲，
特殊的艺术成就，在文学史
我们熟知的元曲，实际
者是诗歌，后者是戏曲。作为
中一个最大的特色就是作者群
散曲，都与人民生活比较贴近，
我们常常能在剧曲唱段中看到当
画，率直通俗，尖新泼辣。剧曲大多
难和反抗精神。这里面最为人熟知
雪、千古奇冤的窦娥，一句"地也，你
枉做天！"令人动容。而另一方面，我
一个个鲜活动人的艺术形象。在王实
莺莺小姐、机敏活泼的丫鬟红娘，都是令

因为元朝政治氛围的影响，文人散曲
满，流露出隐逸出世的情绪，又或是愤懑怀
似唐诗宋词，虽然偏于口语化，但明白易懂。
祖"的马致远的《天净沙·秋思》，还是张养浩

是能让今人随口吟出
元曲和唐诗、宋
书还附录《读曲常识
名、戏曲脚色行当
学名词，希望能更
本书收录元代
十余篇，旨在介绍
世俗化的风格，
的鉴赏文章，都出
别是能结合现代
很多的艺术美
是我们阅读古

目录

【越调】

小桃红

杨　果

满城烟水月微茫，人倚兰舟唱。常记相逢若耶上，隔三湘，碧云望断空惆怅。美人笑道，莲花相似，情短藕丝长。

赏　析

【小桃红】是越调中常用的曲牌之一。杨果是“工文章，尤长于乐府”（《元史》本传）的元代早期散曲作家，他一共写了十一支【小桃红】，见于《阳春白雪》者八支，没有题名；见于《太平乐府》三支，题作《采莲女》。他的散曲，文采很美，《太和正音谱》说他的曲“如花柳芳妍”，是符合他的风格特征的。由于这个时期的散曲刚从乐府民歌和两宋词演化而来，因而带有浓厚的民歌和宋词的色彩。

这支散曲是歌颂男女恋情的，是从南朝乐府《采莲曲》发展而来的，如曲中言舟则木兰，言溪则若耶，美则似莲花，情则如藕丝，都是分别袭用了戎昱的“涔阳女儿花满头，毵毵同泛木兰舟”，李白的“若耶溪畔采莲女，笑隔荷花共人语”，梁元帝的“莲花乱脸色，荷叶杂衣香”和卢思道的“擎荷爱园水，折藕弄丝长”的语意的。诗人以江南水乡为背景，采莲唱歌为媒介，巧妙地表达了青年男女互相爱慕的情怀。在曲的开端，诗人给他的主人公安排了一个月上柳梢、雾满江城的幽静环境。一个装饰得很好的小舟，依稀有人斜倚在船榜上低唱着、倾诉着。那倩影儿是熟悉的，歌喉儿也是熟悉的。他蓦然想起，那不是曾经在若耶溪畔遇着的美人儿吗？若耶，是会稽（今浙江绍兴）若耶山下的一条小溪，相传是西施浣纱的地方，所以又叫“浣纱溪”。当然，这不一定是实指，但读者一看到若耶，就要联想到那位富于传奇色彩的西施，从而给那位倚舟低唱的美人儿，平添了几分倾国倾城的颜色。如果说曲的前三句是曲中男主人公的目之所见，耳之所闻，身之所历，忆之所及，那么“隔三湘，碧云望断空惆怅”两句，就是他向对方倾诉自己的爱慕之殷和相思之深了。它渲染了时间的久远和空间的辽阔，在时空设计的艺术上是很成功的。“记相逢”把时间的跨度搭在若耶初逢到江城再见的漫长岁月上，而“隔三湘”则是把空间的跨度架在从吴越到荆湘的千山万水间。这期间雁足无凭，秋水望穿，无计得消息，只有临风惆怅而已。诗人在这里让时间与空间分设对映，而又让时空的字面隐藏在无穷的离愁别恨中，从而增加了曲的层次，丰富了曲的内涵，深化了曲的意境，留给了读者更加广阔的想象天地。曲的结尾，又以极大的跳跃性，从意脉上连接男女主人公的互诉互答。“美人笑道，莲花相似，情短藕丝长。”这嫣然的一“笑”，包含了“嗔”和“怜”等复杂的感情，她不相信水远山长能够隔断他们的消息；更不相信年深月久能够冲淡他们的感情，于是运用乐府民歌的艺术手法，以生动形象的比喻，含蓄委婉的语言，作出了巧妙的回答：言自己对于爱情，像莲花一样，出淤泥而不染；而怕对方在爱情问题上，像“怜（莲）花”一样，色衰而爱弛。自己对于旧好，像藕丝一样，连绵不断；而对方是不是喜新厌旧，缺乏深厚的感情？一喻两譬，一言多意，充分体现了语言的密度美，即在有限的文字中包含了很多的信息量，表现了丰富的审美情趣，给了读者很多的美感体验和美感想象。语言的密度，是诗歌语言美的共同标志和共同规律。这也就是这支小令获得不朽的艺术生命力的原因。

（羊春秋）

【般涉调】

耍孩儿

杜仁杰

庄家[①]不识构阑[②]

风调雨顺民安乐，都不似俺庄家快活。桑蚕五谷十分收，官司无甚差科。当村许下还心愿，来到城中买些纸火。正打街头过，见吊个花碌碌纸榜，不似那答儿闹穰穰人多。

【六煞】见一个人手撑着椽做的门，高声的叫“请请”，道“迟来的满了无处停坐”。说道“前截儿院本《调风月》，背后幺末敷演《刘耍和》”。高声叫“赶散易得，难得的妆哈[③]”。

【五煞】要了二百钱放过咱，入得门上个木坡。见层层叠叠团圞坐。抬头觑是个钟楼模样，往下觑却是人旋窝。见几个妇女向台儿上坐。又不是迎神赛社，不住的擂鼓筛锣。

【四煞】一个女孩儿转了几遭，不多时引出一伙。中间里一个央人货。裹着枚皂头巾顶门上插一管笔，满脸石灰更着些黑道儿抹。知他待是如何过？浑身上下，则穿领花布直裰。

【三煞】念了会诗共词，说了会赋与歌。无差错。唇天口地无高下，巧语花言记许多。临绝末，道了低头撮脚，爨罢将幺拨。

【二煞】一个妆做张太公，他改做小二哥。行行行说向城中过。见个年少的妇女向帘儿下立，那老子用意铺谋待取做老婆。教小二哥相说合，但要的豆谷米麦，问甚布绢纱罗。

【一煞】教太公往前挪不敢往后挪，抬左脚不敢抬右脚。翻来覆去由他一个。太公心下实焦躁，把一个皮棒槌则一下打做两半个。我则道脑袋天灵破，则道兴词告状，划地大笑呵呵。

【尾】则被一胞尿爆的我没奈何，刚捱刚忍更待看些儿个，枉被这驴颓笑杀我。

【注】

① 庄家:种田人,农民。

② 构阑:即勾栏,宋元时城市中演出戏剧及各种伎艺的场所,相当于今日的剧场。

③ 妆哈:何梦华钞本《太平乐府》作"妆合"。意为捧场、喝彩。亦作"妆喝"。

赏析

杜仁杰的这套【耍孩儿】是元代散曲中的名篇。套曲用通俗的口语记述一个庄家人初次进城看戏的见闻,真实而生动地再现了元代勾栏的演出情况。

套曲共有八支曲子。首曲【耍孩儿】写庄家人看到勾栏前的热闹景象。由于难得的五谷丰收,官差不多,庄家人以为是神功保佑,所以进城买香烛纸钱之类还愿。无意中发现勾栏前挂着花花绿绿的演出广告,人群围观,闹闹攘攘。

【六煞】写庄家人看到勾栏把门人招徕观众的情况。把门人告诉大家,这次演出两个节目,先演院本《调风月》,后演杂剧《刘耍和》。他还声称:平时围观赶场的散乐凑凑热闹容易,真正值得喝彩的勾栏演出机会难得。要大家切莫错过机会。

【五煞】写庄家人交钱入场后看到的勾栏情景。这是一个圆形的剧场,观众层层叠叠环坐在木制的梯形座席上,把一个高高的舞台围在中心。只见几个女艺人在台上坐着。又只听见不停地击锣打鼓,仿佛农村中迎神赛社般热闹。

【四煞】【三煞】写正式演出前的一段开场小演唱。这种演出当时通常叫作"爨"。这里有一个主要角色,他是一个滑稽逗笑的小丑。从庄家人看来,他装扮奇特,一定是个害人精("央"即殃):头上裹着黑色头巾,插着一管毛笔似的东西,脸上画得白一块黑一块,还穿一件花色长袍,叫人看着十分难受。只见演员们又念诗词,又唱歌曲,插科打诨,然后低头合脚,准备退场。这时正式演出的乐声已经弹起来了。

【二煞】【一煞】写院本《调风月》的演出。这段小戏共有三个角色：张太公、小二哥和年轻妇女。张太公与小二哥边走边说，经过街市时，见到一个年轻女子站在帘下，张太公就打主意娶她做老婆。张太公要小二哥替他说合，结果遭到小二哥的种种调弄，急得他把皮棒槌都打成两半。庄家人看到这里，以为是打破了谁的天灵盖，心想恐怕要打官司了，谁知台上人反而无端地“大笑呵呵”。

【尾】写庄家人正看得高兴时，突然感到尿憋得不行，本想勉强忍耐再看一会儿，但因台上那一笑，觉得自己不能再强忍下去，这可真白白地给那混账笑杀了。

这套曲除首尾外，中间六支曲子都是写剧场和戏剧演出。由于初次看戏的庄家人“不识”勾栏演出，因而感到特别新奇、有趣，而且产生了他独有的理解，中间不免还有许多误解。比如一进勾栏，看见舞台和观众，他就搞不清楚，感到十分新鲜：“抬头觑是个钟楼模样，往下觑却是人旋窝。”听到开场前的锣鼓，他又感到奇怪，心想：“又不是迎神赛社，（为什么）不住地擂鼓筛锣？”看着小丑身上乱穿戴，脸上乱涂抹，他心里就很担心：“知他待是如何过？”舞台上的皮棒槌打破了，他以为是谁的“天灵破”，并想到可能要“兴词告状”了，等等，他觉得真不可理解。由于作者紧紧抓住这些“不识”来作文章，这就使全套曲显得幽默、滑稽、情趣盎然，可谓善谑而不虐。

在语言运用上，这套曲很有独特风格。全曲都是用庄家人的口语进行写作的。作者能把握“庄家人”初次进勾栏看热闹时的一种心理特征，因而把庄家人的心理语言写得那么拙朴、可爱、大胆、活泼，活现出一个粗俗、爽快而又憨实的农民形象。像【六煞】曲中对口头语的直接采用：“高声的叫‘请请’，道‘迟来的满了无处停坐’。……高声叫‘赶散易得，难得的妆哈’。”【尾】曲的俚语入曲：“刚捱刚忍更待看些儿个，枉被这驴颓笑杀我。”不仅自然、熨帖，而且增添了曲子的民间性、通俗性和轻松感、诙谐感。明代徐渭在评论宋元南戏时曾说：“常言俗语，扭作曲子，点铁成金，信是妙手。”（《南词叙录》）以此来借评这套曲子，显然十分合适。

这套【耍孩儿】是一份难得的有关元代剧场艺术的重要资料。套曲把七百年前的勾栏演出情景生动地呈现于读者的眼前，使读者也像那个不识勾栏的庄家汉一样，脑中一下子有了那个本来完全陌生的世界，而且也感到是那样的新鲜，那样的逗人。套曲的好处还在于不仅活灵活现地描绘了台上人的各种表演，而且栩栩如生地写出了台下人的情感跃动。故而这一套曲子称得上是一篇有关中国古代戏剧观众心理现象的妙作。

（叶长海）

【仙吕】

醉中天

王和卿

咏大蝴蝶

弹破庄周梦，两翅驾东风。三百座名园、一采一个空。谁道风流种？唬杀寻芳的蜜蜂。轻轻飞动，把卖花人搧过桥东。

赏 析

20世纪30年代初，郑振铎曾写过一篇别致的文字，题目是《蝴蝶的文学》。文章以优美的文字描写蝴蝶和春天之后，谈到了蝴蝶和文学的关系，并举许多例子说明："蝴蝶在我们东方的文学里，原是具有异常复杂的意义的。"但不知为什么，他没有谈及王和卿这支颇为有名的小令《咏大蝴蝶》，说到"异常复杂的意义"，这支小令似乎更能说明问题。这是一个奇特的作品，它夸张得几近荒诞：

一只大蝴蝶从庄周的梦中挣脱出来，乘风而起，腾云驾雾，颇有"其翼若垂天之云"，"抟扶摇而上者九万里"(《庄子·逍遥游》)之势。它见了花就采，数不清的花园都被它一个个地采空了。而天职是采蜜的蜜蜂，却被大蝴蝶吓得忙跑不迭，就连卖花人也被这大蝴蝶的翅膀轻轻一扇，就扇过桥对岸去了。显然，作者是在用极度夸张的语言和巧妙的隐喻手法，来突出大蝴蝶的专横和贪婪。全曲滑稽佻达，谐谑幽默，读来别有一番情趣。

曲中的大蝴蝶明显被赋予了比喻和象征的意义，然这比喻和象征又不是直截明了的，而是隐晦曲折的，即"具有异常复杂的意义"。据元末明初人陶宗仪《辍耕录》记载："大名王和卿，滑稽挑达，传播四方。中统初，燕市有一蝴蝶，其大异常。王赋【醉中天】小令云……由是其名益著。时有关汉卿者，亦高才风流人也，王常以讥谑加之，关虽极意还答，终不能胜。”这条材料说明王和卿与关汉卿处在同一时期，并且透露出“燕市有一蝴蝶，其大异常”的事实乃是小令写作的契机。于是有人推测说此曲的用意“可能是借咏大蝴蝶，对关汉卿的寻芳采花的风流生活进行善意的戏谑”。这看法应该说不无依据。然而，评论作品将其寓意坐实为某一具体事件，总归不是良策。文学作品的产生可能是因某一具体人或事的触发，但作品一经流传，它的思想内涵就不再拘泥于原型事件，而要深刻得多，广阔得多。

也有另一极端的理解：哪里有这么大的蝴蝶呢？这不过是给当时那些任意污辱妇女的“花花太岁”、权贵人物画像罢了。联系元杂剧中的某些作品（如《鲁斋郎》等），这种见解似亦并非穿凿附会。

不过，我们只要涉足一下曲学文献资料，不难发现，关于元代曲家和演员“滑稽”“善谑”的记载特别多，这绝不是孤立的现象，乃是当时的一种风气。在这种“玩世滑稽”的争奇斗胜之中，实在蕴积着愤懑、牢骚以及反抗、不平。就现存元代散曲来看，滑稽戏谑一类作品，即所谓“俳谐体格势”的作品几占半数之多，正是“小令务在调笑陶写”是也。因此，王氏小令不必就是戏谑关汉卿，亦不必就是讥刺“花花太岁”“权豪势要”，总然有一种牢骚不平之气在其中就是了。漫作而后思，余味正无穷尽。人们可以自己去体会理解，说得太实、太满或太死板，韵味反会被冲淡。如将其理解成《诗经》中《硕鼠》《新台》式的寓意性作品，未尝不可。

这支小令艺术上最大的特色是高度的夸张。作者紧紧扣住蝴蝶之大，甚至夸张到了怪诞不经的程度。但是，怪而不失有趣，它使人在忍俊不禁之余，反复寻味，逼着人们去思索。从语言上看，小令恣肆朴野，浅近通俗，虽是随手之作，其味却端如橄榄，这正是散曲的上乘之境。

（王星琦）

【双调】

拨不断

王和卿

大　鱼

胜神鳌，夯风涛，脊梁上轻负着蓬莱岛。万里夕阳锦背高，翻身犹恨东洋小。太公怎钓？

赏　析

王和卿幽默诙谐，其散曲善用夸张手法状物写景。本篇即体现了这一特色。

若论想象奇特，恐怕莫过于古代神话。本曲作者即以"神话笔法"驰骋想象，使作品充满了令人神往的奇思壮采。《列子·汤问》记载了在渤海之东有蓬莱等五座仙山，随波涛上下往还。天帝担心它们流失，遂命十五只巨鳌分班轮流顶住。可见巨鳌神力之大。作者以巨鳌比，已见鱼之巨大，而作者更云"胜神鳌，夯风涛"，以一"胜"字，夸耀鱼的力量之神，还远在"夯风涛"的神鳌之上，不由使人瞠目咋舌。第三句再缀一笔："脊梁上轻负着蓬莱岛。"作者以大鱼背负蓬莱之轻松，与神鳌"夯风涛"之沉重作比，形象地写出了大鱼无与伦比的神奇力量。开头几句，作者空中落笔，极力夸耀大鱼之神力而不描绘它的形体具体如何，以悬人心念。第四句方绘其形体："万里夕阳锦背高。"在夕阳万里、无所遮拦的开阔视野下，都只能见到它高耸的华美脊背，而不能见其首尾，则其全身之大，简直令人不敢想象。作者笔墨之夸张，实已登峰造极，无以复加。岂料他异想天开，层楼再上："翻身犹恨东洋小。"真是奇想妙语。东洋已大不可测，尚恨其狭小不能翻身掉尾，鱼身之大，几欲支撑天地了！至此，大鱼已神形具备，如何作结，颇难下笔，而作者却出人意表，以“太公怎钓”作豹尾，顿使全曲神采倍增。太公，即姜太公姜尚，据传他只用直钩便可把鱼钓到。但对此大鱼，姜太公也无可奈何了。在古代，神物神兽皆以神人为主，王和卿的大鱼却一反其态，其意味正在此鱼是毫无拘束、一任自由的。这恐怕就是“神”与“大”的最高境界了。

作者塑造这样一个力大无穷、形大无比和无拘无束的形象，很可能是有所寄托的。它不妨可看作元初一批文人放浪形骸、恣肆任诞和无拘无束的精神折光。本曲涵有作者含蓄和深刻的“自况”，看来并非臆测。

在艺术手法上，本曲想象奇特，笔调幽默，造语诙谐，传神之法尤为出色。即实处写形，亦化实为虚，采用超限比喻手法，说鱼“胜”于巨鳌，“恨”东洋为小，其大究竟如何，则有意模糊不述，鱼之大便没有界限。这样，读者的想象力可得到充分发挥，因而极大地提高了作品欣赏中的可塑性和再造力。这是古代诗歌状情写物中颇具特色的手法。这首小令堪称优秀典范之一。

（陈志明）

【越调】

小桃红

盍西村

杂　咏

绿杨堤畔蓼花洲，可爱溪山秀。烟水茫茫晚凉后，捕鱼舟，冲开万顷玻璃皱。乱云不收，残霞妆就，一片洞庭秋。

赏　析

宋词常写庭院、闺中和市井，元曲却多写山水、田园和村居；宋代士大夫文人虽兴禅悦之风，却仍身在庙堂之内；元代达官贵人虽居高位之上，却向往着隐居生活。此曲便是一首寄情山水、乐道隐居之作，《太和正音谱》称盍西村之曲“如清风爽籁”，所评与本篇颇合。

首句“绿杨堤畔蓼花洲”，带有普遍性、典型性。绿杨、蓼花，随处可见，但一写堤畔、一写洲，傍水而更得生机，绿柳与红蓼相映，美景与野趣顿现眼前。次句“可爱溪山秀”，着意点明景色之美，且将目光从近处的绿杨堤、蓼花洲纵送至远处，水色山光成为杨柳、蓼花的美丽背景。如果说“溪山”是以势衬景，那么三、四、五句则是以时写景，以动破静，使山水更见生命，更为人爱。“烟水茫茫晚凉后”，时近黄昏，蓝天丽日下的青山、碧水、绿杨、红蓼、白苇……都消失了它的色彩，苍烟、落照、暮霭、湖水……在晚凉中一片混茫，正当人为这寥落、苍茫的入暮景色微觉惆怅，被傍晚的轻风吹得肌肤生凉之时，只见捕鱼的轻舟凌波而去，冲开万顷玻璃，漾起不绝的波纹……不是弄晴的羌管，不是款款的菱歌，而是渔人为求生计，驾舟向湖水深处，去夜捕鱼虾。这捕鱼小舟，冲破了湖水的平静，也冲走了作者与读者心中浅浅的哀愁、微微的怅惘。在这渐归沉静而又涟漪微动之时，随着情绪的振起，抬起的目光从低处的水移向了高处的天：只见夕阳的余晖之下，乱云未收，残霞似锦，妆点洞庭秋色，一片茫茫，无际无涯，与湖波相映，更加美丽、壮阔。

盍西村在这支小令中，不仅倾注了热爱自然、钟情河山之意，而且以善作丹青的妙手描绘出一幅充满诗情的风景画。除了由近及远、以动破静外，还犹如倪云林之画，“一木一石，自有千岩万壑之趣”（恽南田语）。他写洞庭秋色，并非广为铺排，而是寥寥几笔，即得神髓。而且，曲中不是幽寂荒寒的“意态萧然物外情”（黄公望题倪云林画），明丽之中，透出作者对湖光山色的挚爱。他笔下的洞庭烟水，虽不似王勃的落霞孤鹜、秋水长天那样善作点染，但也不带有渔舟唱晚之逍遥与雁阵惊寒之萧瑟，曲中的渔舟凌波而去，较之王勃渔唱的“响穷”和雁阵的“声断”，岂非更见生命力？而“乱云不收，残霞妆就”，虽不及李清照【永遇乐】“落日熔金，暮云合璧”那样工丽，但李词二句以景色之好反挑出人事已非，可谓无比凄怨，而此曲中以二句“妆就”“一片洞庭秋”的同时，也托出了心中的欣喜、热爱，虽未言情而情从景出。

（邓乔彬）

【双调】

潘妃曲

商　挺

带月披星担惊怕，久立纱窗下。等候他，蓦听得门外地皮儿踏。则道是冤家，原来风动荼蘼架。

赏　析

宋元两代城市经济的发展，市民意识高涨，使男女间交往较为自由，特别是元代封建礼教一度松弛，因而恋情闺思成为散曲的一大题材。商挺虽曾仕至高位，但他存世的十九首【潘妃曲】中，除写四时景色的四首外，其余均为描写青年男女幽会之作。

这首小令曾收入《梨园乐府》与《雍熙乐府》，俱不注撰人。《梨园乐府》所载为："带月披星担惊怕，独立在花阴下。等待他，撒撒地鞋尖将地皮踏。我只道是劣冤家，却元来是风摆动荼蘼架。"字句与前录者不尽相同。

曲中鲜明生动地塑造了一个热恋中的少女形象。她趁着微弱的星光月光，担惊受怕地伫立在纱窗下等候自己的心上人，以倾诉衷肠。露凉夜冷，企盼心切，其焦灼之情不难体会。正在这殷殷期待之时，猛然听到门外传来了脚步声，少女的心禁不住一阵狂跳，以为是心上人来了，定睛一看，却不见人影，刚才误听为脚步声的，原是风吹动荼蘼架所发出的声音。短短几句，将一个笃情、娇憨的少女形象刻画得栩栩如生。

元散曲善于描绘动作，以曲境之多动宕区别于词境之尚深静。本篇首句的"带月"较之"戴月"更妥，因为前者动而后者静，带着月光，披着星光，担惊受怕，形体动作与内心活动俱可见。次句"久立纱窗下"，更是表达期待之情的重笔。"等候他"三字，显豁之中倍见情深。而"蓦听得"所误认为的脚步声，终又以"风动"相应，一扬一抑，动宕之中，虽不言失望而其情不难体味。此曲还善于传递心理。从开始的“担惊怕”，到“久立”的“等候”，可见盼之也切，故爱之也深。“蓦听得”的一阵狂喜，“则道是冤家”的立见娇嗔，到“风动荼蘼架”的骤然失落之感，都使主人公形象凸现，并使读者与之更为贴近。

商挺虽曲名不算很高，但此首堪称佳作。后来明人沈仕【榴花泣】云：“东风吹粉酿梨花，几日相思闷转加。偶闻人语隔窗纱，不觉猛地浑身乍。却原来是架上鹦哥不是他。”可能就受商挺此曲的影响。

（邓乔彬）

【中吕】

阳春曲

胡祗遹

春　景

几枝红雪墙头杏，数点青山屋上屏。一春能得几晴明？三月景，宜醉不宜醒。

残花酝酿蜂儿蜜，细雨调和燕子泥。绿窗春睡觉来迟。谁唤起？窗外晓莺啼。

一帘红雨桃花谢，十里清阴柳影斜。洛阳花酒一时别。春去也，闲煞旧蜂蝶。

赏　析

【阳春曲】又名【喜春来】【惜芳春】，以这个曲牌写春景真是名副其实，相得益彰。胡祗遹用这个曲牌写了三首小令，渲染出一派风和日丽、蝶逐蜂嚷、百花争艳的烂漫春色。然而三首又各有侧重。

第一首可名之曰“春晴”。首二句写景。首句写墙头杏花。宋叶绍翁“一枝红杏出墙来”的名句写的杏花只有一枝，并不强调花的多；这里的杏花不仅有“数枝”，而且像堆琼砌玉的红雪一般，这就突出了花的繁茂。次句写青山。青山在屋后，但并不在屋的近处。如果屋正在山脚下，无论如何也看不到几座山的，而且也绝不是“点”，只好说是“一片青山”。正因为较远，所以是“数点”。又由于在屋后，远远看去，像屋上树的一架屏风。又，既然较远，如果是蒙蒙细雨天气，是看不清这“数点”，也看不出“青”色来的。所以这里写了“明”，也就是写了晴。两句均不着一“晴”字、一“日”字，而处处写出了“晴”。综合起来，两句构成一幅画面。画的主体不是杏花，也不是青山，而是一座房院。杏花堆在房前院墙墙头，青山是屋的背景。但两句却又无一句及于屋之本身。一方面，本曲重点写晴，只能通过自然景色才能表现出来；另一方面，有了房前屋后之美，这房屋环境之优美，房内主人心情之自得自足也自然写出来了。这便是“不写之写”。写景的目的归根结底是为了写人，故下句承上暗写晴一转，明点出“晴明”二字。不仅点出，而且以反问句提起：“一春能得几晴明?”强调这晴的难得。所以这问句就流露了作者满意的心情。在结构上这句起了过渡的作用。“三月景，宜醉不宜醒”，看似发议论，说这样的天气，适宜喝得醉醺醺，实则是抒情，是在赞美这阳春三月的令人陶醉，在醉眼蒙眬中，这景色将会更美，流露了作者在这大好春光中的悠然和满足的心情。

第二首可名之曰“春睡”。曲中明写“春睡觉来迟”，是晓莺将他唤起的。的确，“春眠不觉晓”，符合自然规律。但仔细琢磨此曲，却与上曲着意写晴不同，并非要突出睡意。前两句“残花酝酿蜂儿蜜，细雨调和燕子泥”是名句，关汉卿的杂剧《诈妮子调风月》中就用了这两个句子：“你又不是残花酝酿蜂儿蜜，细雨调和燕子泥。”清李调元又曾将之与马致远“红尘不向门前惹”等名句并列，谓“皆人所不能道也”(李误以此曲为马致远作)。其难得之处何在呢?这里恐怕是不能理解为“花残了，蜂蜜也酝酿成了；雨来了，燕泥却调和好了”的。因为这样，作者就不是在咏赞残花、细雨了。恰恰相反，作者正是在咏赞它们。花虽然残了，蜂儿却还在花丛中飞来飞去，从残蕊中采蜜。而这样的残花仍然是美好的，不给人以零落凄凉之感。春雨往往令赏春者扫兴，可是燕子却还在雨中穿梭忙碌，衔泥筑窠，纷纷的细雨不但没有妨碍它们，反而帮助它调和泥土。燕子真是非常感激这细雨呢。燕子无情，人是有情的，是诗人在赞美雨的适时。所以这两句为“人所不能道”者，其一是作者对生活观察的细致入微，从小小的虫鸟活动中看出了春的生意；其二是以喜悦的心情写了残花、细雨，写了春的另一种旖旎。“绿窗春睡觉来迟”一句写窗内人的浓睡，似与窗外的蜂、燕无关，但一个“春”字点出了前后的内在联系，又加一“绿”字，对“春”

作了补充，窗内窗外连成一片了。睡意之酣畅，正因为春天气候之宜人。“觉来迟”，毕竟还是醒来了。为什么醒来呢？是“窗外晓莺啼”惊醒的。但这里没有“打起黄莺儿，莫教枝上啼”对莺儿的埋怨，而是对莺声的欣悦。总之，这里写浓睡，是写了春天；写醒觉，也是写了春天：都写了春天的美好。

第三首可名之曰“春归”。首二句写春归的景色。上句写近景，下句写远景。“一帘红雨桃花谢”是房前景象。以“红雨”写落英缤纷之桃花出于李贺诗“桃花乱落如红雨”（《将进酒》）。“十里清阴柳影斜”是放眼远望的景象。初春之柳，是淡黄疏影；绿柳成荫已是春深了。两句构成残春景象，却仍然是美的：红花绿柳，相映成趣，色彩鲜丽，令人赏心悦目。下一句写人对春去的依依不舍。名花之城洛阳的人们一时以花酒赏春的比平时格外多起来，正是因为春已无多，同时，恐怕也有为春饯别之意吧。最后两句，作者感叹：“春去也，闲煞旧蜂蝶。”没有了花，蜂蝶自然无所事事了。虽是感叹惋惜，却并不感伤。

总之，三首曲第一首论述，第二首问答，第三首感叹，前后连缀，浑然一体而又多姿多彩，将春意写得十分浓丽，使人得到暖融融的感受。

（姚品文）

【正宫】

黑漆弩

王　恽

游金山寺并序

邻曲子严伯昌，尝以【黑漆弩】侑酒。省郎仲先谓余曰①：“词虽佳，曲名似未雅。若就以‘江南烟雨’目之何如？”予曰：“昔东坡作《念奴》曲，后人爱之，易其名曰‘酹江月’，其谁曰不然？”仲先因请余效颦，遂追赋《游金山寺》一阕，倚其声而歌之。昔汉儒家畜声妓②，唐人例有音学③，而今之乐府，用力多而难为工。纵使有成，未免笔墨劝淫为侠耳。渠辈年少气锐，渊源正学，不致费日力于此也。其词曰：

苍波万顷孤岑矗，是一片水面上天竺。金鳌头满咽三杯，吸尽江山浓绿。（幺）蛟龙虑恐下燃犀，风起浪翻如屋。任夕阳归棹纵横，待偿我平生不足。

【注】

① 省郎：中书省的郎中或员外郎。

② 汉儒家畜声妓：声妓，即女乐、歌女，《后汉书·马融传》载马融“常坐高堂，施绛纱帐，前授生徒，后列女乐”。马融是当时著名的学博才高的儒者，生徒数千人。

③ 唐人例有音学：不详何指。近代词家朱孝臧以为“音学”是“音乐”之误。或是指唐代一部分诗歌可以合乐歌唱。

赏　析

元人作【黑漆弩】曲最著名的是白贲（字无咎），王恽此曲序言中说他的邻居严伯昌常使人唱【黑漆弩】以劝酒，就是指唱白贲之曲，白曲第四句作“睡煞江南烟雨”，所以王恽的友人（仲先）建议把【黑漆弩】改称为“江南烟雨”。王恽以苏轼作【念奴娇】词，后人因末句“一尊还酹江月”而改词调名为【酹江月】为例，同意朋友的意见。他们的讨论还促使王恽写作此曲。作曲时间不明，但大致可断定在大德六年(1302)以前，因据冯子振的【鹦鹉曲】序，白贲的【黑漆弩】曲至迟在大德六年时就已叫【鹦鹉曲】，以首句“侬家鹦鹉洲边住”得名。而王恽却还在和他的朋友讨论【黑漆弩】名称不雅，可见在冯作【鹦鹉曲】也即大德六年以前。

题名《游金山寺》，实际写的是游金山，几乎未描写寺。金山在江苏镇江西北长江中（现已与南岸相连），所以首句说是“苍波万顷孤岑矗”。“岑”本是指山小而高。金山并不太高，但因是突兀地矗立在水面，故显得很高。第二句“天竺”指杭州天竺山，山上寺庙颇著名。以它来比金山，当是为了略为照应一下寺。此二句写金山寺地势雄奇壮伟。三、四句则驰骋想象，写作者登高之豪兴。金山最高处有金鳌峰，作者登上鳌头，酾酒临江，满饮三杯，顿觉豪情喷涌，逸兴遄飞，仿佛自己的壮气海量，有如巨大的神鳌，能够吸尽一江碧绿的江水。这里，作者联想神奇丰富，极度夸张而又不悖事理。其自谓效颦东坡，就豪气而言，亦差可比拟。

【黑漆弩】分前后篇，前后各四句，后篇称“幺”或“幺篇”。王恽此曲后篇一、二句中用了“燃犀”典故，据《异苑》和《晋书·温峤传》载，温峤到牛渚矶（即采石矶，在今安徽当涂西北长江边），因听说矶下水深不可测，且多怪物，于是点燃犀角照之，果然见到奇形怪状的水族。这二句写蛟龙怕燃犀，所以掀风作浪。惊涛骇浪，本是游金山者常写之景，但作者却能别开生面，不落窠臼，用此典故，如信手拈来，顿成妙境，于惊险中又平添了不少神奇怪异的色彩。结尾二句，写别的游船因惧怕天黑生险而纷纷掉棹回归，但作者却偏要继续登临，似乎要补偿他平生观赏江景的不足；从而反衬出作者自身的豪情游兴和无所畏惧。王恽是北方人，所以作如此说。同时，这末二句又可给人以下启示：天下奇观常在惊险之处，只有不畏艰难，才能领略到胜境佳景，游览如此，做学问、干事业又何尝不然！综观此曲，想象奇幻，气魄豪迈，是王恽散曲佳作。

（邓绍基）

【越调】

平湖乐

王　恽

尧庙秋社

社坛烟淡散林鸦，把酒观多稼。霹雳弦声斗高下，笑喧哗，壤歌亭外山如画。朝来致有，西山爽气，不羡日夕佳。

赏　析

王恽曾出判平阳路（治所在今山西临汾西）。平阳相传为唐尧、虞舜建都之地。尧庙即在平阳境内的汾水之东（见唐李吉甫《元和郡县志》）。本篇描绘了尧庙秋日祭社神的欢乐景象，抒写了作者自己的感受。

按照儒家的说法，尧、舜时代风调雨顺，岁稔年丰，人民富足，天下大治。元朝离唐尧、虞舜时代已经十分久远，元朝的世风也不可与唐尧、虞舜时代同日而语，但尧、舜故都的人民对唐尧的敬仰之情，依然如故。首句从社祭刚结束写起："社坛烟淡散林鸦。"社祭过后，社坛上的香火之烟渐渐变淡，大群争食祭肉的乌鸦，果腹后也纷纷离去。这时，轮到社祭的人们自己来饮酒作乐了。"把酒观多稼"的"多稼"一词，出自《诗经·小雅·大田》："大田多稼，既种既戒。"原指广种，后世常指丰收。五代陶穀《清异录》云："汾晋村野间语曰：'欲作千箱主，问取黄金母。'意谓多稼厚畜，由耕耘所致。"原来唐尧故都之民，勠力耕耘，勤劳淳朴，年复一年地以自己的汗水换来了丰收，故于秋日社祭之时，得以举杯同庆，尽情欢乐。"霹雳弦声斗高下，笑喧哗，壤歌亭外山如画"三句，进一步把欢乐的村民在酒酣耳热之后兴高采烈的心情渲染到极处。"霹雳弦"指霹雳琴上的琴弦。据柳宗元《霹雳琴赞引》说："霹雳琴，零陵湘水西，震余枯桐之为也。”“是琴也，既良且异，合而为美，天下将不可载焉。”“壤歌亭”当由尧时老人击壤而歌得名。《击壤歌》云：“日出而作，日入而息。凿井而饮，耕田而食。帝力于我何有哉！”以上三句是说，欢乐的村民抱着良琴弹唱，那声音，一浪高过一浪，谁都不肯相让，于是，琴声、歌声、笑语喧哗声响成一片。这情景，配上击壤亭外古朴的山野风光，仿佛使人重新回到了世风淳厚的唐尧时代。

不过，作者并没有陶醉于往古。曲中所赞美的，是眼前勤劳、乐观、充满活力的村民。他们既满怀信心地创造当前的和未来的美好生活，又十分尊重自己古朴淳厚的习俗。“朝来致有，西山爽气”句，典出《世说新语·简傲》。晋王子猷为桓冲骑兵参军，生性简傲，放情山水，不屑理事，“桓谓王曰：‘卿在府久，比当相料理。’初不答，直高视，以手版柱颊云：‘西山朝来致有爽气。’”曲中借此典形容尧庙周围山景、空气清爽宜人；同时也隐含作者政令宽简、无为而治的主张。“日夕佳”出自陶渊明《饮酒》诗：“山气日夕佳，飞鸟相与还。”陶诗旨在抒写隐居之乐。本曲明言致有“西山爽气”，又“不羡日夕佳”，则可知其原先之倦宦归隐等衰飒之气，到此已一扫而空。同时透露出积极的用世精神和安于古风淳厚的僻地而与民同乐的志趣。

本曲用典虽多，遣词虽雅，而不失通俗朴茂本色；通篇于唐尧盛世德泽无一字道及，一气只在眼前景象上托笔，而自然引发读者联想，故佳。

（吴汝煜）

【黄钟】

节节高

卢 挚

题洞庭鹿角庙壁

雨晴云散，满江明月。风微浪息，扁舟一叶。半夜心，三生梦，万里别。闷倚篷窗睡些。

赏 析

这首小令当是元成宗大德年间，卢挚出任湖南岭北道肃政廉访使，赴任途中所作。鹿角，即鹿角镇，在今湖南岳阳南洞庭湖滨。

卢挚这次外放湖南，心情不是很愉快的。在【蟾宫曲】《长沙怀古》中，他曾以古代被贬逐于此的屈原、贾谊自比。而从长江进入洞庭湖以后，又遇上了阴雨天气，很可能正如范仲淹《岳阳楼记》所写的："阴风怒号，浊浪排空；日星隐曜，山岳潜形；商旅不行，樯倾楫摧；薄暮冥冥，虎啸猿啼。"这些更使诗人内心充满了愁闷和烦躁。但入夜以后，景物一变："雨晴云散，满江明月。风微浪息，扁舟一叶。"

这里说的是"满江"，实际上包括"满湖"。八百里洞庭，南汇湘、资、沅、澧四水，北吞长江，一望无垠的湖面，此时都沐浴着明月的光华。晚风习习吹送，平静的湖面上荡漾着诗人的一叶扁舟。这种境界，大似南宋词人张孝祥【念奴娇】《过洞庭》中所写的"洞庭青草，近中秋，更无一点风色。玉鉴琼田三万顷，着我扁舟一叶"，有着一种光明澄澈之美。

此时此地，诗人的心境如何呢？是不是也像这湖面一样涟漪不泛呢？恰恰相反。湖上风微浪息，而诗人却是心潮难平，百感交集。这里有"半夜心”——夜阑人静时油然而生的离愁别恨。有“三生梦”——三生指前生、今生、来生，为佛教语。此处“三生梦”的内涵可能有两种：其一，诗人或许想到自己的命运。如果说自己真有前身的话，那到底应该是哪一位古人呢？白居易诗“世说三生如不谬，共疑巢、许是前身”（《赠张处士山人》），是以巢父、许由等隐士高人自况；刘因诗“扁舟捉月记三生”（《盆池》），是以入水捉月而死的诗仙李白自许。卢挚到底以谁自比呢？这里没有明说。实际上他是以屈原、贾谊自比的，他的【蟾宫曲】《长沙怀古》便透露了此中消息。其二，“三生梦”还可能用唐代僧人圆观临死时，与友人李源相约十二年后在杭州天竺寺三生石上重见的典故。这是说自己与友人（或恋人）今生恐怕不能重逢，只能以来生相见为约。“三生梦”的这两种内涵，都使这首小令染上了一层感伤的色彩。此外还有“万里别”——无论同友人的分别，还是同恋人的分别，都令人难堪，而后者尤甚。在【寿阳曲】《别朱帘秀》中，诗人就曾写道：“才欢悦，早间别，痛煞煞好难割舍。画船儿载将春去也，空留下半江明月。”此刻，面对着这“满江明月”，“半夜心”“三生梦”“万里别”，种种复杂的感情一齐涌上诗人心头。他愁绪千端，莫可暂释，于是只有闷倚篷窗，希望小睡片刻，以求得精神的安宁。但“客夜何曾著，秋天不肯明”（杜甫《客夜》），在这耿耿长夜之中，诗人恐怕终究是难以入梦的——这首小令展示给读者的，正是这样一种痛苦的灵魂，而明月清辉与诗人心头的阴云，平湖的静谧与诗人内心的动荡，昔日的欢会与今日的离愁，这层层对比，无不加深着这篇短小的抒情诗所蕴含的感情容量。

（赵山林）

【南吕】

金字经

卢　挚

宿邯郸驿

梦中邯郸道，又来走这遭。须不是山人索价高，时自嘲，虚名无处逃。谁惊觉？晓霜侵鬓毛。

赏　析

在元代散曲作家中，卢挚的官位是比较高的。平生足迹，遍及河北、西北、两湖、江浙等地，与著名曲家白朴、马致远及女艺人朱帘秀等都有唱和。留下散曲小令一百二十首，前人谓其"媚妩如仙女寻春，自然笑傲"（贯云石《阳春白雪序》）。

这首【金字经】，写他夜宿邯郸驿舍的感触。邯郸在今河北省南部。根据作者的生平经历，我们可以推定这是他第二次就任燕南河北道提刑按察司时的作品，那时他已经六十多岁了。

"梦中邯郸道，又来走这遭。"开篇即点出又一次走在邯郸道上这一事实。这里用了"邯郸梦"的典故。唐代沈既济的传奇《枕中记》，写卢生在邯郸道邸舍遇吕翁，吕翁授一瓷枕命睡，梦中历尽富贵荣华，醒来主人蒸的黄粱尚未熟，他因此领悟了穷通得失都不过是一场梦的道理。卢挚重官燕南，在他的仕历中已是最后一次。前此四十年中，他由皇帝的侍从之臣开始，历任按察使、廉访使、路总管、翰林学士等要职，也可说是荣华历尽了。当他又一次来到"黄粱梦"故事的地点，主人公的姓氏又恰好与他相同，他于是产生了以往的仕宦生活不过是一场梦，而今日再次出任要职也不过是旧梦重温的想法。他在写此曲时巧妙地利用了这个典故，是含有自嘲自讽为功名而奔波劳碌的意思的；一“又”字更见出无限感慨。所谓一之为甚，其可再乎，就是他此刻的心情了。

“须不是”三句，承上文而来，意思是说：自己之所以至今仍奔走道途，不是因为归隐有什么困难，而是摆脱不了功名之念之故。这里用“山人索价高”（山中人索高价才让他入山归隐）来表示归隐的不易，用“虚名无处逃”（虚名没有地方逃避）来说明功名之念难断，都是一种风趣的说法。加上“时自嘲”三字，自嘲自讽的味道就十足了。这样的表达方式，是符合散曲这种体裁的要求的。

最后，“谁惊觉”二句，惊呼年华老去，鬓毛已斑。同上文联系起来，就是自伤到老还为功名奔走道路而不能大彻大悟之意。

纵观全曲，作者自嘲自讽自伤的意思是明显的，古人于仕、隐之间常有矛盾，加上元代特殊的政治环境，卢挚在经历了长期的仕宦之后，产生这种思想是很自然的。全曲一气呵成，意无旁溢，笔墨是比较酣畅的。

（洪柏昭）

【双调】

沉醉东风

卢　挚

对　酒

对酒问人生几何？被无情日月消磨。炼成腹内丹，泼煞心头火。葫芦提醉中闲过。万里云山入浩歌，一任旁人笑我。

赏　析

卢挚"年及弱冠"，"已登仕版"，先后任地方及中央大吏，遭遇不可谓不善。但在他的内心深处，仍时时泛起退步出世的波澜；此曲就是这种波澜中的一朵水花。

题目是《对酒》，说明作者是在喝酒时写的。"对酒问人生几何"，开头第一句，借用了曹操《短歌行》中的句子："对酒当歌，人生几何。"而插入一"问"字，以强调"人生几何"这一层意思。作者对人寿易尽、生命短促的感叹是深沉的。"被无情日月消磨"句，是对这层意思的补充。意思是说：岁月无情，转眼间就把一个翩翩少年"消磨"成鬓发苍苍的老人了。二句组成一个层次，开头就给人一种惆怅的感觉。

"炼成腹内丹，泼煞心头火"二句，指归依道家炼丹修道，以扑灭心头的不平之火。道家丹鼎派主张修炼内外丹以成仙，"外丹"是用铅汞配制其他药物，放在炉鼎内烧炼成丹药。"内丹"是把人体当炉鼎，以体内的"精""气"为药物，运用"神"去烧炼，使精、气、神凝聚结成"圣胎"，即"内丹"。宋、金、元时的道教主修内丹而斥外丹，故作者有"炼成腹内丹"之说。他们认为，内丹炼成，即到了成仙的火候，而神仙是忘却人我是非的，因而也就扑灭了心头之火。从这两句话向深层逆推，我们可以窥探到作者对当时的社会现实有着许多愤慨和不平，但又无法发泄，只能强自压抑。作者是否真的相信修炼呢？看来也只不过是借助宗教的语言来表达这种内心的痛苦罢了。“葫芦提”句又转回喝酒。希望酒醉后稀里糊涂，以解除许多苦恼——和修炼一样，这仍是来源于对现实的不满和谋求摆脱的方法。作者的忧愤，可谓深矣！

“万里云山入浩歌，一任旁人笑我”二句，思想进一步飞驰，幻想唱着浩歌，进入万里云山，以彻底脱离现实，忘怀世事。这一“万里云山入浩歌”的形象是放诞不羁的，可以引起旁人的讪笑；但是作者置这种讪笑于不顾，依然故我。这说明他超脱的愿望是何等的强烈了。

这首曲从表面上看比较消极，充满了出世思想；但透过现象寻找其内在原因，我们还是可以看到骨子里的愤慨与不平。作者的感情是压抑的，但字面上又表现得旷放通脱。由于使用了一些衬字，曲子显得更为通俗和流畅。

（洪柏昭）

【双调】

沉醉东风

卢 挚

闲 居

恰离了绿水青山那答，早来到竹篱茅舍人家。野花路畔开，村酒槽头榨。直吃的欠欠答答。醉了山童不劝咱，白发上黄花乱插。

赏 析

卢挚用【沉醉东风】《闲居》这个题目写的小令共三首，写的都是隐居之乐，这是其中的第二首。

“恰离了绿水青山那答，早来到竹篱茅舍人家”二句，写信步闲游，从野外的青山绿水（“那答”即那儿、那边之意），来到竹篱茅舍边的人家。“恰离了”“早来到”两个词语，在表达时间的观念上衔接紧密，写出了主人公流连山水的浓厚兴趣和健捷的步履。“绿水青山”“竹篱茅舍”，都是令人心旷神怡的村野美景，这两个词语所包含的意蕴，是具有某种质的规定性而在数量和构图上又是笼统的、模糊的，它便于读者发掘储存于印象仓库中的材料，而加以创造性的组合，因而读者对山水田园的美感经验越丰富，对这一幅画面的体会就越美。

“野花路畔开，村酒槽头榨”二句，写一路所见。野花在路边盛开，色彩缤纷，品种繁多。当然，不可能也没有必要一一列举这些花的名字；读者在这里大可以张开想象的翅膀，编织出一幅美丽的图画。“村酒槽头榨”，指的是村边有一间小酒店，酒是从槽头榨出的，格外诱人。于是，我们的主人公走进去了，“直吃的欠欠答答”，一直吃得迷迷糊糊，踉踉跄跄。这形象，是够放达无拘的。

然而这位抒情主人公的表现还不止此,“醉了山童不劝咱,白发上黄花乱插。”跟随他的童子是知道他的脾气的,所以任他喝得酩酊大醉,也不去管他。后来,他又大发酒狂,摘下路边的菊花,胡乱地插在白发上。本来,头上插花是一件雅事,杜牧不是说过吗:“尘世难逢开口笑,菊花须插满头归。”(《九日齐山登高》)但是,人老了还要插花,就难免为人所笑了。苏东坡说得好:“人老簪花不自羞,花应羞上老年头。”(《吉祥寺赏牡丹》)所以,这位抒情主人公的“白发上黄花乱插”,也是属于为人笑之列的,但他却毫不在意。这一形象,比之“直吃的欠欠答答”,其狂放旷达之程度,则又进一层了。

这首曲,不一定是作者的夫子自道,它不过是一幅归隐理想的形象化图画。那种充分享受自然美景的欢乐,那种无拘无束的身心自由状态,本是久耽官场的人所向往的,更何况宦途特别险恶的元代了!

(洪柏昭)

【中吕】

山坡羊

陈草庵

晨鸡初叫，昏鸦争噪，那个不去红尘闹。路遥遥，水迢迢，功名尽在长安道。今日少年明日老。山，依旧好；人，憔悴了。

赏 析

陈草庵这首小令，是嘲讽追逐功名之徒的作品，主题是老的，但是有其新意。

"晨鸡初叫，昏鸦争噪"，起笔二句，切入人们为功名朝夕奔波不休的情景，晨鸡初叫，初字下得精切，从人们启程之早，便见出其求功名之切。昏鸦争噪，转眼又是黄昏，乌鸦归巢，争噪不休。争噪二字，状出黄昏群鸦归巢之热烈，实反凸出人们轻易抛家之荒谬。同时，此句还不妨联想为另一种象喻，即喻示人们竞相追逐功名时的丑态。两句写景，饶有含蕴。从早到晚，疲于奔命，"那个不去红尘闹"，红尘，既指路途上之仆仆风尘，亦指功名场中乌烟瘴气。闹字下得尤妙，众士人趋之若鹜，甚嚣尘上之状，如在眼前了。"路遥遥，水迢迢，功名尽在长安道"，"路遥遥"，《梨园乐府》本作"路迢遥"，此从《乐府群珠》本，取其上下句属对工切。长安道，此指入京求官之道路。陆路是如此遥远，水路也是如此迢递，这都为的是奔向京中去求功名啊。路迢迢，实一语双关，是用空间之具象，隐喻抽象之时间；用入京道路之漫长，暗示求官之渺不可期。"今日少年明日老"，功名无日，而白首有期，多少人，为求功名，等闲白了少年头，岂不可悲！句中今日、明日二语，极言少年易老，人生短暂。"山，依旧好"二句，掉转笔锋，赞美大自然，显得突如其来，细玩，则从容有致。山，自是青山。青山不失其自然之本色，永远是那么青，那么美好。"人，憔悴了"，人生有限，容易憔悴，却为了外在的功名，失掉了自己的青春年华，甚至失掉了自己的本性。

如此人生，其生命的价值又何在？结笔是意味深长的。

以汲汲追逐功名者为讽刺对象，在唐宋两代诗词中就已习见。陈草庵这首小令，除了传统的主题意义外，还应包含有一层时代的特殊意义。元代士人求仕，本来就难于唐宋。自延祐年间正式设科取士，直到元末，开科十六次，取士人数仅占文官总人数的百分之四。南人要想入仕，尤其困难。何况即使作了官，还要受到歧视与猜忌，地位随时岌岌可危。政治社会如此黑暗，仍然有人热衷于功名，这岂不是深可嗟叹的吗？

这首小令，富于发人深省的理趣，富于冷隽的艺术魅力。全篇大半幅，皆嘲讽追逐功名者的丑态与可怜，而在“今日少年明日老”与“人，憔悴了”之间，则突现“山，依旧好”二句，使之与上下文形成鲜明对照。用大自然的永恒与美好，启示人生的短暂与荒谬，便觉格外冷隽清新，益人神智。宋代贺铸词【将进酒】（城下路），亦通篇嘲讽追逐功名之徒，至结尾，则以鄙弃功名的高士阮籍、刘伶点出正意。比较两种写法之异同，含蓄之美，冷隽之妙，确实是此首小令的特色。

（邓小军）

【南吕】

四块玉

关汉卿

闲 适

适意行，安心坐。渴时饮饥时餐醉时歌，困来时就向莎茵卧。日月长，天地阔，闲快活。

赏 析

关汉卿的【四块玉】《闲适》是一组小令，共四首，这是第一首。这支小令《太和正音谱》列为谱式，但第三句作"渴时饮呵醉时歌"七字句，《九宫大成谱》又把它分为"渴时饮，醉时歌"两个三字句，这里根据《太平乐府》作"渴时饮饥时餐醉时歌"的九字句，说明它的第三句至少有三种句式。

这组小令所包含的深沉意识，在元代一些沉抑下僚、志不获展的知识分子的诗歌中常有流露，如马致远的"种春风二顷田，远红尘千丈波，倒大来闲快活"(【四块玉】《叹世》)，白朴的"知荣知辱牢缄口，谁是谁非暗点头，诗书丛里且淹留"(【阳春曲】《知几》)等，都是这种意识的反映；就是那些仕途亨通、春风得意的知识分子，在诗歌中也往往会流露出这种意识，如做过翰林学士承旨的卢挚，也有"风云变古今，日月搬兴废，为功名枉争闲气"(【沉醉东风】《叹世》)的感叹，做到太子少傅的姚燧，同样有"有人问我意如何？人海阔，无日不风波"(【阳春曲】)的曲词。他们都像看破红尘，参透荣辱，沉默而不敢言，越趄而不敢进，只想退出那"车尘马足，蚁穴蜂衙"的官场，走到那"闲中自有闲中乐，天地一壶宽又阔"(陈草庵【山坡羊】)的世界里去。关汉卿这组小令，可以说是这种意识的代表。他向往那种闲适清静、无拘无束的散诞生活，而对那

“官囚”“利牢”的名利场、是非海，则感到厌倦、蔑视和憎恨。

这首曲一开头，就提出自己的生活信条：“适意行，安心坐。”即要求行要适意，坐要安心，既没有荣辱的干扰，又没有祸福的忧虑；既不仰人鼻息，又不受人驱使，完全按照生活的需要，来安排自己的一切。“渴时饮饥时餐醉时歌，困来时就向莎茵卧”，饮、餐、歌、卧，都是任其自然，随心所欲，什么“闲熬煎、闲烦恼、闲萦系、闲追欢、闲落魄、闲游戏”（【乔牌儿】），统统去见鬼罢，剩下的只有“四时风月一闲身”（白朴【阳春曲】《知几》）了。诗人把这种生活跟那“密匝匝蚁排兵，乱纷纷蜂酿蜜，急攘攘蝇争血”（马致远【夜行船】）的官场生活对立起来，跟那“晨鸡初叫，昏鸦争噪，那个不去红尘闹”（陈草庵【山坡羊】）的奔竞者对立起来。他把恬退、闲适的生活描绘得越自在、越自由，就越反衬出官场生活的不自在、不自由；描绘得越安稳、越宁静，就越反衬出官场生活的危险、不太平。这种思潮的流行，与清静无为的道家思想有关，与社会的黑暗动乱有关。下文的“日月长，天地阔，闲快活”，既是紧承上文的“醉时歌”而来，又是元代道教盛行，社会黑暗的艺术反映。“壶中日月长”，“醉里乾坤大”，是醉眼蒙眬中的境界，也是人们在那个时代里要求“静听不闻雷霆之声，熟视不见天地之形”的心理反映。这里还暗用了道士施存“常悬一壶，如五升器大，变化为天地，中有日月如世间，夜宿其内，自号壶天，人谓曰壶公”（《云笈七签》）的故事，让人们遁入道家所描绘的洞天福地，以逃避现实生活中的干扰、斗争和罪恶，像李白所高唱的那样：“何当脱屣谢时去，壶中日月别有天”（《下途归石门旧居》）。此首小令所反映的这种思想，现在看来虽不免有些消极，但在当时却是与黑暗的现实相对立的。

（羊春秋）

【南吕】

四块玉

关汉卿

闲 适

旧酒投[1],新醅泼[2],老瓦盆边笑呵呵。共山僧野叟闲吟和。他出一对鸡,我出一个鹅,闲快活。

【注】

① 投:本作酘,酿酒过程中把饭投入曲液,此处指再酿之酒。

② 醅(pēi)泼:即酦,未滤过的重酿酒。

赏 析

《闲适》共四首,这是第二首,写诗人同良朋好友诗酒欢宴的动人情景。

在一个风和日暖的日子里,旧酒重新酿过,新酒刚刚蒸熟,老瓦盆边几个良朋好友围坐一团,喜笑颜开,意气扬扬。原来是诗人同山野中的和尚、田叟在一起饮酒赋诗,吟咏唱和。今天,他拿来了一对鸡,我带了一头鹅,大家在这里自在消受一番,好不快活。

这是一个充满诗情画意,富有浓厚生活气息的小宴会。这次宴会既无达官贵人迎宾娱客、妙舞笙歌的豪华奢靡场面,也无文人雅士宾主饮宴、推杯换盏的繁缛礼节,一切是那么自然,那么简朴;然而又是那么融洽和谐,那么真诚、热烈。虽然酒是自家旧投、新泼的,酒具是简陋的老瓦盆,饮食是大家凑合的,客人是山僧野叟,不是什么有身份的人,但菜肴却也不少,有酒、有肉、有鸡、有鹅,大家笑呵呵,乐陶陶,还吟诗唱和地闲快活。总之,情绪是欢乐的,志趣是高雅的,气氛是真挚友好的。这种"打平伙"式的真诚欢聚,无拘无束,率性而行，彼此尊重，平等相待，和睦友好，正是田园生活的乐趣和山野隐逸的高洁所在。诗人不慕荣利、鄙弃官场的高尚情操充分表现了出来，不言而自明。“闲吟和”“闲快活”式的逍遥自在的“闲适”生活的确又只能在“山僧野叟”中存在，而尔虞我诈、钩心斗角的黑暗官场中是绝对没有的。因此诗人对“闲适”自由的赞颂无疑又是对现实社会与黑暗官场的不满与否定。

本色的语言、鲜明的形象是这首小令的一个显著特点。整首小令全用通俗易懂的民间口语，朴实自然，毫无刻琢研炼的痕迹，仿佛信手拈来一般。“他出一对鸡，我出一个鹅”，这样的句子自然贴切而又似毫不经意，却很好地表现了这些自食其力而并不富有的山林隐士彼此之间亲密无间的感情。“老瓦盆边笑呵呵”“共山僧野叟闲吟和”，亦是平常口头语，然而诗人与“山僧野叟”饮酒赋诗、欢乐无穷的动人场景却历历如绘，宛在眼前，形象鲜明生动，传神感人。

（吴明贤）

【南吕】

四块玉

关汉卿

闲 适

意马收，心猿锁。跳出红尘恶风波，槐阴午梦谁惊破。离了利名场，钻入安乐窝，闲快活。

赏 析

这是关汉卿《闲适》这组小令的第三首。作者“经了些窝弓冷箭蜡枪头”（《不伏老》）之后，萌发了“寻取个稳便处闲坐地”（【乔牌儿】）的内心呼唤。曲一开始，就用了一个为人们所熟悉的佛教典故。《维摩经·香积品》云：“难化之人，性如猿猴，故以若干种法，制御其心，乃能调伏。”就是以人的名心利欲，比之奔腾的马，易躁的猿，要将它牢牢的拴起和锁住，才能安静下来。这“意马收，心猿锁”是元代许多知识分子共同的心态流露。卢挚的“无是无非快活煞，锁住了心猿意马”（【沉醉东风】），庾天锡的“紧地心猿系，牢将意马拴”（【雁儿落带得胜令】），都是这种意识的表露。他们为什么要制住心猿意马、跳出红尘呢？一是看到现实的风波，二是参破槐阴的午梦。他们看到屈原沉江、伍胥伏剑、淮阴饮恨、伏波蒙冤的历史，不断地在现实生活中重演；看到金榜题名、麟阁书勋、万里封侯、一品当朝，还不是“到头这一身，难逃那一日”！（【乔牌儿】）于是立下“跳出红尘恶风波”的决心，发出“槐阴午梦谁惊破”的诘问。“槐阴梦”就是“南柯梦”。书生淳于棼醉卧在槐阴下，梦为大槐安国驸马，任南柯太守三十年，享尽了人间的荣华富贵，后以兵败罢归（见唐李公佐的《南柯太守传》和明汤显祖的《南柯记》）。连梦里功名，幻中富贵，也是“功名纸半张，富贵十年限”(庾天锡【雁儿落带得胜令】),有什么意思呢?还不如“离了利名场,钻入安乐窝,闲快活”。这表面上是逃避斗争,追求安逸的消极思想,实则是悲与愤的交织,血和泪的控诉。诗人是热爱生活的,但生活不让他织成五彩缤纷的颜色;诗人是很有才华的,但才华不让他为国分忧,为民作主。离开那名缰利锁般的牢笼,钻进那安闲自在的窝中,是被动的,是不得已的,是从历史教训和现实生活中总结出来的全身远祸的办法。他认为范蠡的五湖舟,严陵的七里滩,陶潜的五柳庄,陈抟的少华山,确实是理想的“安乐窝”。那里不要“摧眉折腰事权贵”,那里较少“窝弓冷箭蜡枪头”,那里也不必“带月行,披星走,孤馆寒食异乡秋”。正因为如此,所以元人散曲中总是批评屈原、伍胥、韩信、马援等不知急流勇退、全身远祸,而赞美范蠡、严陵、陶潜和陈抟“会作山中相,不管人间事”。这种思潮,自有其时代背景的。在蒙古贵族的统治下,民族歧视和民族压迫是空前的。从政治上看,“台省元臣、郡邑长官及雄要之职”,汉人皆不得担任(《草木子》)。从法律上看,“诸蒙古人与汉人争,汉人勿还报”(《元史·刑法志四·斗殴》),“诸蒙古人因争及乘醉殴死汉人者,断罚出征,并全徵烧埋银”(《元史·刑法志四·杀伤》)。从科举来看,“试蒙古生之法宜从宽,色目生稍加密,汉人生则全”(《元史·选举志》)。一些法令是极不平等的,这使得大多数知识分子产生“这壁拦住贤路,那壁又挡住仕途”(马致远《荐福碑》第一折)的悲愤,于是“皆不屑仕进,乃嘲风弄月,流连光景”(郏经《青楼集序》),“以其有用之才,一寓于声歌之末,以抒发其抑郁感慨之怀”(胡仔《真珠船》)。这就是诗人一再呐喊“急流勇退寻归计”,“寻取个稳便处闲坐地”的思想实质,也是这支小令所表现的中心思想。

(羊春秋)

【南吕】

四块玉

关汉卿

闲　适

南亩耕，东山卧，世态人情经历多。闲将往事思量过。贤的是他，愚的是我，争什么？

赏　析

本篇是关汉卿《闲适》这组小令的第四首。同第三首一样，它也是倾诉自己为什么愿意过闲适的隐居生活的苦衷，但侧重点有所不同。第三首主要是从名利虚幻的角度说，这一首主要是从贤愚颠倒的角度说。合而观之，作者的思想脉络就比较清晰了。

“南亩耕”用陶渊明典故。陶渊明不愿为五斗米折腰，弃官归来，“开荒南野际，守拙归园田”（《归园田居》之一），高风亮节，世所钦仰。“东山卧”用谢安典故。谢安曾在东山（今浙江上虞）隐居，屡辞征召，高卧不起。这两位古人都是作者心目中的榜样。然而，诗人为什么会产生归隐山林之想呢？这绝不是因为诗人不关怀世事，恰恰相反，他和陶渊明、谢安一样，都曾有过济苍生、安社稷的抱负，但在亲身阅历了纷纭万象的“世态人情”之后，他对于自己面对的现实有了清醒的认识。什么“世态”？何等“人情”？作者这里没有明言。但联系作者的其他作品，不难想象他所指的是“为善的受贫穷更命短，造恶的享富贵又寿延”（《窦娥冤》）的善恶颠倒；“红尘万丈困贤才”，“十谒朱门九不开”（《裴度还带》）的人才悲剧；“利名场上苦奔波”，“蜗牛角上争人我”（《鲁斋郎》）的钻营奔竞；“浮云世态纷纷变，秋草人情日日疏”（《鲁斋郎》）的浇薄世风。往事历历，发人深省。诗人反复思量，终于发出鄙夷的一笑："贤的是他，愚的是我，争什么?"既然那些争名于朝、争利于市者以"贤"自居，并且他们之间也会以"贤"互许，那么我倒愿意以"愚"自居，藏拙守愚，怡然自乐，干什么去和那班小人争短较长。作者对于"贼做官，官做贼，混愚贤"(无名氏【醉太平】)的黑暗现实极端不满，对如蝇逐臭、如鸥嗜鼠的功名市侩们嗤之以鼻，在这里却以旷达之语出之，但嬉笑怒骂皆成文章，其愤激的力量决不在慷慨激昂的作品之下。"贤的是他，愚的是我"用倒反辞格，一"他"一"我"，泾清渭浊，了了分明。这充分表现出作者傲岸的气骨和倔强的个性。

中国古代士人的处世态度，要而言之就是入世、出世两种。但大凡有正义感的知识分子，不论入世也好，出世也好，总是要和现实产生矛盾，和世俗发生龃龉，因此他们要保持自己的人格，常常需要一反流俗，孤标独立。杜甫曾叹息"致君尧舜上，再使风俗淳"的理想不得实现，说自己"窃比稷与契"是"许身一何愚"(《自京赴奉先县咏怀五百字》)；关汉卿此处又因归隐田园而宣称"愚的是我"：两位作家处世态度不尽相同，但其愤懑不平则是一致的。当然他们所自许的"愚"，都是"貌愚而志远"(葛洪《抱朴子》)，这是不待言的。

(赵山林)

【商调】

梧叶儿

关汉卿

别 情

别离易，相见难，何处锁雕鞍？春将去，人未还，这其间，殃及煞[①]愁眉泪眼。

【注】

① 殃及煞：元人方言。殃及，连累的意思；煞，程度副词，厉害、甚、很之意。

赏 析

【梧叶儿】，又叫【碧梧秋】或【知秋令】。周德清在《中原音韵·作词十法》中把这支小令作为“定格”，并说它“音如破竹，语尽意尽，冠绝诸词”。王世贞在《曲藻》中又把它作为“情中悄语”的适例。说明它在选调、造语、立意诸方面，达到了很高的艺术境界。就选调来说，自元燕南芝庵提出“大凡声音，各应于律吕”，如“仙吕调唱清新绵邈”，“商调唱凄怆怨慕”（《唱论》）之后，明朱权的《太和正音谱·词林须知》，王世贞的《曲藻》均采其说，至王骥德更进一步加以具体的论述：“凡宫调须称事之悲欢苦乐，如游赏则用仙吕、双调等类；哀怨则用商调、越调等类，以调合情，容易感动得人。”（《曲律·论剧戏》）这支小令是写哀怨，写“黯然魂消”的离愁别恨，所以选择了宜于表达“凄怆怨慕”感情的[商调]【梧叶儿】，从而容易引起人们感情上的共鸣。就造语来说，曲和诗词是有区别的，大抵诗词贵文雅而曲贵本色，诗词宜蕴藉而曲宜明爽。这支小令，没有堆垛学问，雕琢辞藻，而是用平常语道出人物的心曲隐微，贴切自然，感人至深。所以周德清说曲中的“‘这其间’三字，承上接下，了无瑕疵。‘殃及煞’

三字，俊哉语也”(《中原音韵·作词十法》)。所谓“俊语”，所谓“了无瑕疵”，除了音乐性的原因之外，实际上就是它的语言自然妥溜，当行本色，没有一句生造的话。就立意来说，这支小令写的是“别情”，但它并不着力去写“执手相看泪眼，更无语凝咽”(柳永【雨霖铃】)那样难分难舍之态，不去写“青山隔送行，疏林不做美，淡烟暮霭相遮蔽”(《西厢记·草桥惊梦》)那样伫立凝望之情，而是写离别之后的悔恨，写“年少呵轻离别，情薄呵易弃掷”的生活现实。整个小曲巧妙地截取生活中的一个横断面，把曲中女主人公细微的内心活动委婉地表达了出来。“别离易，相见难，何处锁雕鞍”，是后悔心理的写照，是用李商隐“相见时难别亦难”(《无题》)的句意。到底是什么地方把他的“雕鞍”锁住了呢？她怀疑了，她后悔了，诗人巧妙地运用了柳永的“早知恁么，悔当初不把雕鞍锁”(【定风波】)的词意，既怀疑有人这时锁住了他的“雕鞍”，又后悔自己当初没有把“雕鞍锁”，真是语少而意多，语浅而意深。“物换星移”的季节，容易引起人们各种各样的闲愁。曲中的女主人公早就在倚楼凝望了，可现在“春将去”而“人未还”，怎么不引起“意夺神骇，骨折心惊”(江淹《别赋》)的悲伤呢？“殃及煞愁眉泪眼”，正是这种感情的表现。如果说“何处锁雕鞍”以前，只是淡淡的哀愁，那么“春将去，人未还”，便是深深的埋怨了，到了“殃及煞”一句，便是爱和恨交织起来的矛盾的内心世界的坦露。寥寥数语，把这女主人公隐曲的感情发展的过程，很有层次地表现了出来，使人感到这情是从肺腑里流出来的，这话是从心坎里说出来的，因而具有强大的感人的艺术魅力。

(羊春秋)

【双调】

沉醉东风

关汉卿

咫尺的天南地北,霎时间月缺花飞。手执着饯行杯,眼阁着别离泪。刚道得声保重将息,痛煞煞教人舍不得。好去者望前程万里。

赏析

对于以抒情为主要艺术使命的韵文诗体来说,人类怅惘凄恻的离情别绪,自然是它们的重要题材,正如男欢女爱、伤春悲秋、羁旅之愁、风月之叹一样。在这类作品中,又可因时地角度不同而分作两种,其一是久别长离之后的深深怀想,另一则是描写话别饯行之际的两情依依,分手瞬间的骤然心紧。前者继承的是汉乐府游子思妇的传统,后者的佳篇可举李商隐"相见时难别亦难"的无题诗,柳永"多情自古伤离别,更那堪冷落清秋节"的【雨霖铃】词。关汉卿的这首【沉醉东风】,正是属于后者的曲之佳构,是一首声情并茂的用散曲写就的"长亭送别"。

"咫尺的天南地北,霎时间月缺花飞",虽眼下近在咫尺,但即刻便要各分南北了。"咫尺",所指自然是空间上的距离。而与之对仗的"霎时间",则表示时间上的短暂。虽说月有阴晴圆缺,花亦有开谢盛衰,自然现象的变化本在人的意料之中,但这"霎时间"的"月缺花飞",人何以堪!可见此处之"月缺花飞"并非眼中之景,实为心中之情:花好月圆,能有几时?首二句点出主题:饯别。次二句为读者勾勒了送行女子的神态:"手执着饯行杯,眼阁着别离泪。""阁",同搁,眼眶中勉强噙住的泪珠儿,几乎要滚落到杯中去;眼中物与杯中物一样微颤,杯中物还无眼中物多。小令的后三句尤为生动传神。送行女子最终强忍泪水,吐出了临别赠言。但这短短数字的嘱咐却几番被哽咽之声打断,吐得多么艰难!

如果说柳永“执手相看泪眼，竟无语凝噎”句，讴歌的是一种无声之别的话，那么关氏笔下，则是有声之别；柳词的千言万语竟无从说起，自然写尽了分别之伤感，所谓“此时无声胜有声”是也；但关氏笔下的“有声”，却较“无声”毫无逊色，且令人读来“别有一番滋味在心头”。关键在于，作品中女主人公的话语被处理成一断一续。“保重将息”与“好去者望前程万里”之中夹一句“痛煞煞教人舍不得”的叙述。而“痛煞煞”又“舍不得”的，是送者，亦是行者。送别的场面正是这样，送行人“眼阁着别离泪”，而游子，又何尝不是透过晶莹的泪膜在凝望着恋人的泪眼呢？真所谓“搁泪眼望搁泪眼，断肠人送断肠人”。也许正因为意识到“保重将息”过于缠绵而使对方不堪，送行女子这才提高嗓音补了一句勉励：好好去吧，愿君前程万里。她是有意把话转移到这唯一令人振奋的题目上来的。这是她的祝愿，亦是淡释离恨的唯一心理助剂。

全曲在送行女子的殷勤寄语中戛然而止。或许，她让情人跨马扬鞭，自己又在马背上加一巴掌，令其奋蹄而去？抑或是在语寄厚望之后，她干脆别转身去，径自先回了？好一个爽利的女子。好一幅爽利的饯行画面。好一首爽利的小曲。大凡有过同类经验的人都知道，离别不惧速就怕慢，只须一拖，便势必会有“今宵酒醒何处？杨柳岸晓风残月”的落寞，甚至有“此去经年，应是良辰好景虚设”的凄凉。拖沓于君无益，更何况夫君是去追赶前程的。也许正因这一点，这首小令获得了使柳永的【雨霖铃】“不能专美于前”（梁乙真《元明散曲小史》）的评价，因而成为关氏小令的代表作，受到各散曲选家的青睐。

（翁敏华）

【南吕】

一枝花

关汉卿

不伏老

攀出墙朵朵花，折临路枝枝柳[1]。花攀红蕊嫩，柳折翠条柔。浪子风流。凭着我折柳攀花手，直煞得花残柳败休。半生来折柳攀花，一世里眠花卧柳。

【梁州】我是个普天下郎君领袖，盖世界浪子班头。愿朱颜不改常依旧。花中消遣，酒内忘忧。分茶攧竹，打马藏阄[2]。通五音六律滑熟[3]，甚闲愁到我心头。伴的是银筝女银台前理银筝笑倚银屏，伴的是玉天仙携玉手并玉肩同登玉楼，伴的是金钗客歌金缕捧金樽满泛金瓯[4]。你道我老也，暂休。占排场风月功名首，更玲珑又剔透。我是个锦阵花营都帅头[5]，曾玩府游州。

【隔尾】子弟每是个茅草冈沙土窝初生的兔羔儿乍向围场上走[6]，我是个经笼罩受索网苍翎毛老野鸡蹅踏的阵马儿熟[7]。经了些窝弓冷箭镴枪头[8]，不曾落人后。恰不道"人到中年万事休"，我怎肯虚度了春秋。

【尾】我是个蒸不烂煮不熟捶不匾炒不爆响珰珰一粒铜豌豆，恁子弟每谁教你钻入他锄不断斫不下解不开顿不脱慢腾腾千层锦套头[9]？我玩的是梁园月，饮的是东京酒。赏的是洛阳花，攀的是章台柳。我也会围棋会蹴踘会打围会插科会歌舞会吹弹会咽作会吟诗会双陆，你便是落了我牙歪了我嘴瘸了我腿折了我手，天赐与我这几般儿歹症候。尚兀自不肯休。则除是阎王亲自唤，神鬼自来勾。三魂归地府，七魄丧冥幽。天哪，那其间才不向烟花路儿上走。

【注】

① 花、柳：皆指娼妓。

② 分茶：品茶。攧竹：画竹。打马、藏阄：两种博戏。

③ 五音：宫、商、角、徵、羽五个音级。六律：黄钟、太簇、姑洗、蕤宾、夷则、无射，是十二律中的阳声之律。

④ 银筝女、玉天仙、金钗客：均指妓女。金缕：即“金缕衣”，曲调名。金瓯：精美的酒器。

⑤ 锦阵花营：妇女群。都帅头：总头目。

⑥ 子弟每：指嫖客们。兔羔儿：喻未经世故的青年子弟。围场：猎场，此喻妓院。

⑦ 阵马儿熟：有一套对付猎人的经验，此指狎妓经验。

⑧ 窝弓冷箭：伏弩、暗箭，此喻暗算。镴枪头：喻中看不中用。

⑨ 锦套头：锦绳结成的套头，喻外美内狠的圈套。一说比喻情网，指妓女笼络客人的手段。

赏　析

这套曲子是关汉卿散曲的代表作。由第一人称“我”直接出面，以通俗、诙谐、酣畅、滔滔若江河奔泻的语言，自我介绍，自我赞赏，自我调侃，从而塑造了一个特殊环境中的特殊人物形象，体现了“不伏老”的主题。

全套由四只曲子组成。【一枝花】只将“攀花”“折柳”两件事颠来倒去，变幻出各种句式，用以表现“浪子风流”，为人物性格定下了基调。以下三只曲子，则从各个方面、各个角度，刻画人物性格，表现这个“浪子”怎样“风流”。

【梁州】一曲，纵情地自夸自赞。自夸“分茶攧竹，打马藏阄。通五音六律滑熟”，当然很“风流”。自赞“我是个普天下郎君领袖，盖世界浪子班头”，“占排场风月功名首”，“我是个锦阵花营都帅头”，又比所有“风流浪子”更“风流”。这种“浪子风流”，按常情来说，是不值得、也不好意思自夸自赞的，而作者竟然不惜用极度夸张的词句加以赞美，这就很有认真思考的必要。我们知道，在元朝统治的黑暗社会里，正直的知识分子是没有出路的。其中一部分人，便和民间艺人结合，为他们写话本、编杂剧，用自己的笔揭露黑暗，鞭打邪恶，讴歌正义，反映人民的苦难、愿望和斗争。关汉卿就是其中的代表人物之一。他是“驱梨园领袖，总编修师首，捻杂剧班头”（贾仲明《凌波仙词》），甚至“躬践排场，面傅粉黑，以为我家生活，偶倡优而不辞”（臧晋叔《元曲选》）。这说明他已经不是正统的儒者，而是市民化的知识分子了，所以敢于夸赞“浪子”的“风流”。更重要的，则是以一种玩世不恭的形式，表现对黑暗统治的反抗。“花中消遣，酒内忘忧”两句，便泄露了此中消息。

【隔尾】一曲，用“子弟每(们)”的未经世面作陪衬，强调“我”是饱经磨难的。“经笼罩受索网”，“经了些窝弓冷箭镴枪头”，却“不曾落人后”。这充分表现了“我”的身世遭遇和顽强性格。如今虽然“人到中年”，仍不肯“虚度了春秋”，于是自然而然地引出下文。

【尾】曲是全套曲子最精彩的部分，真所谓“豹尾”。按照曲谱，首句是个七字句，作者竟加了十六个衬字，写成长达二十三字的名句“我是个蒸不烂煮不熟捶不匾炒不爆响珰珰一粒铜豌豆”，成为全篇点睛之笔。“铜豌豆”，据说是元代妓院中对老狎客的切口，然而加上那一些修饰语，给人的突出印象是坚毅不屈。而对那些“钻入他锄不断斫不下解不开顿不脱慢腾腾千层锦套头”的“子弟每”，则用“谁教你”痛加呵斥，意在劝他们及早回头。“我玩的是……”一组排句，其中的地名不宜呆看，不过是说“我”玩的是最好的月、饮的是最好的酒、赏的是最好的花、攀的是最好的柳。“我也会……”一组排句，则说“我”多才多艺，举凡围棋、蹴球、打猎、歌舞、吹弹、吟诗等等，样样皆精。他把以上两组排句所说的玩月、饮酒、赏花、围棋、歌舞、吟诗等一系列爱好和技艺，统统称为“歹症候”，坚决表示：任凭受到落牙折手的残酷迫害，“这几般儿歹症候”也要坚持到底，至死方休。结句“那其间才不向烟花路儿上走”，一本作“那其间收了筝篮罢了斗”，似乎更好些。因为前面罗列的那许多“歹症候”，并不是“烟花”所能包括的。

这套曲子用了一些与妓院、狎客有关的词语，并且一开头就用“折柳攀花”“眠花卧柳”来形容“我”这个“浪子”的“风流”，容易带来消极影响。但只要结合特定的历史环境认真分析，就决不会以此为根据而否定这篇作品的审美价值。第一，这篇作品通过“我”概括了以作者本人为代表的“书会才人”们的某些性格特征。他们是出入于勾栏行院、与杂剧演员相结合的市民化了的下层知识分子，其思想作风，已经与正统儒者背道而驰。第二，尽情地夸赞统治阶级所讳言、所禁止的东西，具有以惊世骇俗的形式反对黑暗统治的意义。第三，紧承“人到中年”仍不肯“虚度春秋”的最后一只曲子，突出地表现了“不伏老”。而“不伏老”的具体内容，则是不肯放弃那些“歹症候”。稍加分析，便发现在作者罗列的“歹症候”中，有许多并不“歹”，而且诸如“插科”“歌舞”“吹弹”“吟诗”等等，都与创作杂剧和演出杂剧有关。把这一切都冠以“歹”字，说明连创作杂剧和演出杂剧都受到来自统治者的诽谤和打击。你说“歹”，我也不妨借用你的“歹”，这里饱含着作者的愤激之情。任你诬蔑为“歹症候”，“我”这“症候”是“天赐”的，“我”“兀自不肯休”，甚至不惜以“落了我牙、歪了我嘴、瘸了我腿、折了我手”为代价，其反抗性何等强烈！而“落了我牙……”一组排句，又暗示出“我”为了不虚度春秋，承受着多么巨大的社会压力！

这套曲子艺术上的独创性，在于用第一人称坦露胸怀的方式，塑造了元代社会所特有的市民化了的“书会才人”的形象，表现了不畏重压、不甘屈辱的铮铮硬骨和不肯虚度年华、坚持施展才艺的顽强精神。至于语言泼辣，大量运用排句，随心所欲的加入衬字，形成一种活泼、奔放的气势，则是关汉卿的散曲和剧曲共有的艺术风格。

（霍松林）

感天动地窦娥冤

关汉卿

第三折

【正宫·端正好】没来由犯王法，不提防遭刑宪，叫声屈动地惊天！顷刻间游魂先赴森罗殿，怎不将天地也生埋怨。

【滚绣球】有日月朝暮悬，有鬼神掌著生死权。天地也只合把清浊分辨，可怎生糊突了盗跖颜渊。为善的受贫穷更命短，造恶的享富贵又寿延。天地也做得个怕硬欺软，却元来也这般顺水推船。地也，你不分好歹何为地？天也，你错勘贤愚枉做天！哎，只落得两泪涟涟。

【耍孩儿】不是我窦娥罚下这等无头愿，委实的冤情不浅；若没些儿灵圣与世人传，也不见得湛湛青天。我不要半星热血红尘洒，都只在八尺旗枪素练悬。等他四下里皆瞧见，这就是咱苌弘化碧①，望帝啼鹃②。

【二煞】你道是暑气暄，不是那下雪天；岂不闻飞霜六月因邹衍③？若果有一腔怨气喷如火，定要感的六出冰花滚似绵，免着我尸骸现；要什么素车白马④，断送出古陌荒阡！

【一煞】你道是天公不可期，人心不可怜，不知皇天也肯从人愿。做甚么三年不见甘霖降？也只为东海曾经孝妇冤。如今轮到你山阳县。这都是官吏每无心正法，使百姓有口难言。

【煞尾】浮云为我阴，悲风为我旋，三桩儿誓愿明题遍。(做哭科，云)婆婆也，直等待雪飞六月，亢旱三年呵，(唱)那其间才把你个屈死的冤魂这窦娥显。

【注】

① 苌弘化碧：传说周朝的忠臣苌弘死后，他的血化为美石。碧，指美石。

② 望帝啼鹃：望帝，即杜宇，周末蜀主，传说他死后化为鸟，名杜鹃，日夜悲啼。

③ 邹衍：燕惠王臣，被人陷害入狱，对天大哭，时逢夏令，天却为之下霜。

④ 素车白马：古时送葬，乘坐素车白马，这里“素车白马”，意谓送葬。

赏析

《窦娥冤》第三折是全剧的高潮。前二折写窦娥由童养媳到寡妇到被人陷害、成为死囚的悲惨命运，在这个过程中，她是一个顺从命运的弱女子，到张驴儿逼婚时，才开始反抗。到第三折，当她被推上刑场，即将经受她生命中最后也是最大一次灾难时，她的反抗终于强烈地爆发出来了。以此为契机，关汉卿写出了一个震撼人心的戏剧场面。前二折时间跨度大，写了窦娥由七岁到二十岁共十三年的命运变迁，这一折却只写一个短时间的事件——法场问斩。中国戏曲创作中有讲究重点突出的传统，所谓“传中紧要处，须重着精神，极力发挥使透”（王骥德《曲律》），这种传统正是从关汉卿这样的作家那里开始的。如果作为折子戏，《窦娥冤》第三折又是后代“法场”戏的蓝本。

这一折的开始，监斩官吩咐把住巷口，断绝行人；鼓三通，锣三下；披枷带锁的窦娥，被挥旗提刀的刽子手押着上场，戏剧氛围突然紧张，窦娥唱第一支【端正好】曲，把气氛转向高亢，她勇敢而愤慨地抨击了“王法”“刑宪”和“皇天后土”：“没来由犯王法，不提防遭刑宪”，“怎不将天地也生埋怨”。紧接着的【滚绣球】曲又将悲愤情绪和反抗精神汇成排山倒海的巨澜，狂怒地冲向在封建社会里被认为是神圣威严、至高无上的天地日月鬼神。“地也，你不分好歹何为地？天也，你错勘贤愚枉做天！”明代朱权说元曲中有“不讳体”，其主要特点是“字句皆无忌惮”。这【滚绣球】曲可算得是最无忌惮的呐喊与控诉，它指向了“永命之本”的天与地，也即所谓“皇天后土”，她指责它们混淆了恶（盗跖，春秋时著名的“盗”，名跖）与善（颜渊，孔子弟子），实际上表现了对封建秩序的怀疑。这就将作品提到一个新的思想高度，窦娥形象深化了的典型意义也正在这里。

【滚绣球】曲的格式通常为十一句，前四句和后四句句法相同，清代李玉《北词广正谱》说是分前后两节，后一节实是将前一节重做一遍，所以叫“滚绣球”，他所说的前后两节，实际指的是前四句和后四句。这种形式要求前节的第四句在联结前后两节上起类似词中“过片”即过渡的作用，然而有些元剧作家并不注意，因此写来就显得呆板。关汉卿此曲第四句“可怎生糊突了盗跖颜渊”却和下文“为善的”和“造恶的”起着一种过渡作用，在句法上重复之际，曲义上却是转接之时，这正是当行杂剧作家的长技。【滚绣球】曲的第九、十句一般都要对仗，本曲对得自然、浑成，不雕琢，不斧凿，恰似掉臂而出，飞行自在，因为临近曲尾，在文意上要结束全曲所表达的情绪，“何为地”“枉做天”正是把悲愤情绪推到了顶端。但却也为最后一句的写法带来了困难，【滚绣球】曲末句的文意，常常是前两句对句的延续和作结，并不转意，如关汉卿另一作品《西蜀梦》第四折中第一支【滚绣球】最后三句作：“咱人三寸气在千般用，一日无常万事休，壮志难酬！”《单刀会》第二折第四支【滚绣球】最后三句作：“瞅一瞅混天尘土桥先断，喝一声拍岸惊涛水逆流，这一伙怎肯干休！”对句是形容张飞喝断当阳桥，“这一伙”却又包括整支曲文中说到的黄汉升、赵子龙和马孟起，所以这末句不仅是结上两句，而是结全曲。《窦娥冤》中这支曲的末句却有转意，由控诉天地转向悲哀自身，“哎，只落得两泪涟涟”。这一哭叫，表面上看似把全曲的磅礴之气降了下来，怨天恨地的结果是无可奈何，但却又切合窦娥作为一个被迫害的弱女子的实际，而且，这一哭叫，在无可奈何当中，包含着强烈的怨气。一张一弛，张中充满恨，弛中含有怨，其艺术效果是统一的。这又是当行杂剧作家的一种长技。

在【滚绣球】曲以后，戏剧气氛陡然一转，描写婆媳见面，法场诀别，低回泣诉，敦掩呜咽。嗣后，戏剧场面又转入第三个阶段，窦娥临死前发出三桩誓愿：血不溅地、六月飞雪和大旱三年。【耍孩儿】【二煞】和【一煞】三支曲分别表达了她的三个誓愿。这三支曲属般涉调，而本折采用正宫，这种现象叫做“借宫”，出自音律上的用心，使声调有所变换和起伏。这三支曲和末章【煞尾】都用生机活泼的口语，写来似行云流水，舒爽晓畅。“我不要半星热血红尘洒，都只在八尺旗枪素练悬”，“若果有一腔怨气喷如火，定要感的六出冰花滚似绵”，这样的曲文更似喷泉激涌，气势飞腾。在某种程度上说，曲律的规定和限制也相当地严格，能够把曲文写得灵动飞扬，同时又如脱口而出，这需要深厚的功力，这比以词绳曲，也就是袭用词的意境和写作手法来写曲，要困难得多，所以

王国维说："关汉卿一空倚傍，自铸伟词，而其言曲尽人情，字字本色，故当为元人第一。"（《宋元戏曲考》）

对于窦娥的三桩誓愿，常有用艺术上的浪漫主义手法来作解释的，这当然是对的。但又可视为我国传统中"天人感应"观的一种反映。《元史》中的《王恽传》和《邓文原传》都有民间有冤狱，就出现久旱不雨的记载，元人文集、奏章和笔记中有关天变与人事相应的记载，不可胜数，说明这是一种传统的观念。在这以前，宋代著名理学家程颐有一种说法："匠夫至诚感天地，固有此理，如邹衍之说太甚。只是盛夏感而寒栗则有之，理外之事则无。如变夏为冬，降霜雪，则无此理。"（《遗书》卷十五）窦娥所唱"你道是暑气暄，不是那下雪天；岂不闻飞霜六月因邹衍？若果有一腔怨气喷如火，定要感的六出冰花滚似绵"，恰像是对程颐上述那番话的回答。窦娥还用了"东海孝妇"的故事说明并非"天公不可期，人心不可怜"。传说汉东海郡有孝妇被郡守枉判死刑，该郡大旱三年。后冤狱昭雪，天立降大雨。（见《汉书·于定国传》）窦娥这一愿望也得到了回答。这回答不是属于事理逻辑，而是深化了的感情逻辑。关汉卿的这些描写在深层意义上也已突破了"天人感应"的观点，它们为作家对黑暗势力的愤懑、抗议所充实，成为强烈的对正义呼唤的感情依托，化为一种复仇愿望的象征，一种揭露和谴责的深沉力量。还有一点值得注意，窦娥誓愿六月飞雪，不仅要求证明她的冤屈，还要求"免着我尸骸现"，白雪葬身，胜过埋在古陌荒阡，这同不要血洒红尘一样，表示了对那个污浊社会的最后决裂，也表现了她品格的高洁。

（邓绍基）

关大王独赴单刀会

关汉卿

第四折

【双调·新水令】大江东去浪千叠,引着这数十人驾着这小舟一叶。又不比九重龙凤阙,可正是千丈虎狼穴。大丈夫心烈,我觑这单刀会似赛村社。

(云)好一派江景也呵!(唱)

【驻马听】水涌山叠,年少周郎何处也?不觉的灰飞烟灭,可怜黄盖转伤嗟。破曹的樯橹一时绝,鏖兵的江水犹然热,好教我情惨切!(云)这也不是江水,(唱)二十年流不尽的英雄血!

【胡十八】想古今立勋业,那里也舜五人、汉三杰[①]?两朝相隔数年别,不付能见者,却又早老也。开怀的饮数杯,(云)将酒来。(唱)尽心儿待醉一夜。

【庆东原】你把我真心儿待,将筵宴设,你这般攀今揽古,分甚枝叶?我根前使不着你"之乎者也""诗云子曰",早该豁口截舌[②]!有意说孙刘,你休目下番成吴越!

【沉醉东风】想着俺汉高皇图王霸业,汉光武秉正除邪,汉王允将董卓诛,汉皇叔把温侯灭,俺哥哥合承受汉家基业。则你这东吴国的孙权,和俺刘家却是甚枝叶?请你个不克己先生自说!

【雁儿落】则为你三寸不烂舌,恼犯我三尺无情铁。这剑饥餐上将头,渴饮仇人血。

【得胜令】则是条龙向鞘中蛰,唬得人向坐间呆,今日故友每才相见,休着俺弟兄每相间别。鲁子敬听者,你心内休乔怯,畅好是随邪[③],休怪我十分酒醉也。

【搅筝琶】却怎生闹炒炒军兵列,上来的休遮当,莫拦截!(云)当着我的,呵呵!(唱)我着他剑下身亡,目前流血。便有那张仪口、蒯通舌,休那里躲闪藏遮。好生的送我到船上者,我和你慢慢的相别。

【离亭宴带歇指煞】我则见紫袍银带公人列,晚天凉风冷芦花谢,我心中喜悦。昏惨惨晚霞收,冷飕飕江风起,急飐飐云帆扯④。承管待、承管待,多承谢、多承谢。唤梢公慢者,缆解开岸边龙,船分开波中浪,棹搅碎江中月。正欢娱有甚进退,且谈笑不分明夜。说与你两件事先生记者:百忙里称不了老兄心,急切里倒不了俺汉家节。

【注】

① 舜五人、汉三杰:舜五人,指舜的五个贤臣:禹、弃、契、皋陶、垂。汉三杰,指辅助汉高祖刘邦取得天下的张良、韩信、萧何。

② 豁口截舌:豁开口,割掉舌,意思是怪他多嘴。

③ 随邪:歪邪,不正经。

④ 急飐飐(zhǎn)云帆扯:风吹船帆急速抖动的样子。

赏析

《关大王独赴单刀会》是关汉卿以他的盖世才华和诗人的激情所谱写的一支强者的颂歌。

关于关羽单刀赴会事,史书上只有一句简略的记载:“肃邀羽相见,各驻兵马百步上,但请将军单刀俱会。”(《三国志·吴书·鲁肃传》)而戏中绝大部分情节和人物之间的关系则几乎都是虚构的,即使作者根据的那一点史实,也被大胆地改造成为关羽一人的单刀会。从全剧的调子来看,作者的美学追求并不在于这一历史事件构成的故事情节,而是要写出一种个性、一种激情,这就是响彻在全剧的主旋律——对英雄人物的伟大历史业绩的向往和对英勇豪迈精神的礼赞。它具有典型的历史英雄颂剧的格调。

《单刀会》作者的旨趣所在是调动一切艺术手段来着意渲染关羽的大无畏的英雄气概和坚贞不屈的精神。为此,关汉卿把戏剧冲突设置在鲁肃图谋设宴拿住关羽,而关羽要击破鲁肃图谋保住荆州的关键时刻。为要使关羽一亮相就光彩照人，不同凡响，作者打破杂剧体式上的一些通例，精心安排了整整两折戏，为关羽登场反复蓄势，刻意渲染，从而使人物未登场已具有无比声势。从这两折戏看，正末乔玄和司马徽两个人物，实际上是作者手里的两支彩笔，专门用来为关羽立传造像、添姿增色。其直接笔墨，就是经由乔玄、司马徽作褒扬之辞，其间接笔墨，就是以乔玄、司马徽和鲁肃作关羽的陪衬，明写前者，暗托后者，从而突出关羽的超群不俗和盖世威风。既有正写，又有映衬，还有烘托，然而无论是乔玄、司马徽，还是鲁肃，都不过是关羽的垫角，因此，直接反映在观众心理上的已经是如见其人，如闻其声了。

关羽未出场前，便有气势；既出场后，更有分量。第三折关羽一上场就从各个角度映照出他的性格特征。在接受"请书"的一刹那间，关羽态度表现得雍容镇定，而且一下子就看穿了鲁肃的阴谋。他明明知道对方为他安排下的是"杀人的战场"，而非"待客的筵席"，却敢于慨然接受他的邀请；明明知道摆在面前的是"天罗地网""打风的牢笼"，但是"大丈夫心烈"，他偏要单刀赴会；明明对方给他预备下了"巴豆、砒霜"，他却以看赛会的轻松心情坦然对之，这一切，都因为在他身上有着出生入死的磊落精神和气贯长虹的浩然正气。请听这支名曲：

> 【剔银灯】折莫他雄赳赳排着战场，威凛凛兵屯虎帐，大将军智在孙、吴上，马如龙，人似金刚；不是我十分强，硬主张，但题起厮杀呵磨拳擦掌，排戈甲，列旗枪，各分战场。我是三国英雄汉云长，端的是豪气有三千丈。（第三折）

面对强敌，却有一种压倒敌人的气势。而那富于动作性的曲文把这位有智谋、有勇略、有胆识的大将军关云长的光辉形象径直地推向了舞台的最前沿。

第四折是从正面具体描写关云长和鲁肃的冲突。但是，在关羽会见鲁肃之前，剧作者却采取了剧本结构技巧中的延宕法，有意地让强烈的矛盾冲突即将揭开时，先来一个回旋，出现一个暂时的停滞，抽出时间，再次展示主人公的内心活动，让关羽在赴会途中，面对大江，抒发历史的感慨，从而使矛盾顿宕前进，【新水令】和【驻马听】这两支凭今吊古、慷慨苍劲的曲子当是从苏东坡的

"大江东去，浪淘尽、千古风流人物"这首《念奴娇·赤壁怀古》蜕化出来的。但它的激情却绝不亚于原词，其中奥妙就在于关汉卿把人物性格的刻画完全交融在环境的描写里，形成了一个情景相生的独特的艺术境界。关羽的唱段一开头，气派就很大，"大江东去浪千叠"就是一幅十分壮美的画卷，那种波涛万顷、吞天浴月的大江景色，浩浩渺渺，流向东方，它气势磅礴，大笔勾勒，先声夺人，使人们精神为之一振。接着是"水涌山叠，年少周郎何处也"，从不同角度、方位，以纵横自如的笔意勾勒出赤壁遗迹：仰视是重峦叠嶂，俯视则惊涛拍岸，犹如一组蒙太奇的镜头，冲击着我们的感官。而在这千古的历史长河里，该有多少可歌可泣的业绩？古往今来的风流人物又有多少？在无限广袤的时间、空间的背景里，在绚烂多姿的历史人物画廊里，凸显了剧中人所怀的主体——周瑜、黄盖等。这种怀古之情正是寄寓在一定的历史人物和历史事件之中的，作者把语言形象的诗和视觉形象的画同活动着的人事融合为一体，并借助于这一总体形象，抒写中华民族不屈不挠、英勇悲壮的历史，创造出一个情景交融、诗情蓊郁的艺术境界。值得注意的是：剧作家不仅运用诗的语言，创造了丰富的诗的意境，而且把剧中的主人公也"诗化"了。关羽魄力雄强、精神飞动的英雄气概是同环抱的万山、汹涌的大江相辉映，自然的雄奇之美又映衬着人物内心豪壮之美。"大江东去浪千叠"不仅介绍了戏剧环境，更重要的是把关羽"出龙潭，入虎穴"的英雄行为以及他那压倒敌人的气势刻画了出来。因此，在规定情景里，作为剧诗的主人公的关羽本身就是一首英雄豪迈的诗，一首强者的诗。单刀赴会，一路之上，不以面前的"千丈虎狼穴"为意，而以诗人般的情怀去欣赏江景，去缅怀叱咤风云的英雄岁月，去追忆二十年前的威武雄壮的战斗场面，去寄托自己的情思，这是何等豪迈英武的怀抱！面对滔滔江水，不是发出"人生如梦"的感叹或抒怀古之幽情，一句"二十年流不尽的英雄血"，以铿锵有力的诗的语言，把关羽的强大意志力活脱脱地展现出来了。关汉卿以他清新、独到的写意之笔，把关羽对蜀汉的一片赤胆忠心和那光明磊落、坦荡无畏的胸怀，知难而进、百折不回的精神表现得酣畅淋漓。这种对"境"与"人"的高度概括性描写，达到了生动地具现环境和突出人物性格的艺术效果。由此可看出，《单刀会》的美感力就在于，它是剧，也是诗。作者以诗笔写剧，是诗与剧的融合，而且融合得极自然极美。

经过这个过场再次渲染关羽的气冲霄汉的英雄气概，然后才转入惊险的单刀会，可见关汉卿是把戏剧冲突最尖锐部分摆在最后一折的一个正场上。关羽弃舟登陆，会见鲁肃，戏剧进入正面冲突并形成高潮。关羽一眼就看透了鲁肃的心思，立即戳穿他设宴的阴谋，指出他的“攀古揽今”无非是为索取荆州，并且斩钉截铁警告鲁肃休要使孙、刘“唇齿”“和谐”的关系“番成吴、越”的敌对关系。鲁肃不肯轻易罢休，反而指责关羽“傲物轻信”。到此时，关羽以先声夺人的气势指出：“俺哥哥合承受汉家基业。则你这东吴国的孙权，和俺刘家却是甚枝叶？”汉家基业决不准他人觊觎，匡扶汉室是自己的神圣职责。这段【沉醉东风】的曲文唱得大义凛然，气势非凡。

关羽威镇东吴，脱险返棹。【离亭宴带歇指煞】一曲特写关羽胜利的喜悦，字里行间，跳荡着轻松之感：芦花、晚霞、江风、急帆，在急切里竟欣赏着棹点船行、搅碎的江月。第四折的曲词，一头一尾，表现了关羽的两种心境，衬托了两种景色，都恰到好处。尾声最后两句：“说与你两件事，先生记者：百忙里趁不了老兄心，急切里倒不了俺汉家节”，明显地是剧作家关汉卿通过对历史英雄关羽维护汉家事业的歌颂，流露了自己强烈的恋念故国江山、追慕前朝旧事的感情。关汉卿在《单刀会》中对关羽形象的创造，可以说达到了传神境界。他极善于从特定情势和人物的精神境界里深刻地揭示关羽英雄形象的内在威力。他更善于从他的神情气势中描绘其英武的形象和内在威力，传其神，写其心。这就是关汉卿艺术腕力高超之处，因为这种反映人物的内心于毫端，不独摹写他的外形于纸上，正是他不以“神化”“猎奇”为其追求的目标，而是从人的精神状态里，发掘和把握人物的性格特点，并把他的精神气质的特征融合在情节提炼、细节描写、氛围烘托里，从而达到“气旺神完”的艺术化境。由于此剧（特别是第四折）的非凡之笔，故而在舞台上常演不衰，至今在昆剧、京剧等剧种中均仍有流行，唱词也为元杂剧原用唱词。

（宁宗一）

【越调】

天净沙

白　朴

春

春山暖日和风，阑干楼阁帘栊，杨柳秋千院中。啼莺舞燕，小桥流水飞红。

赏　析

白朴今存的散曲作品中，有[越调]【天净沙】小令共八首，分别以“春”“夏”“秋”“冬”为题，共计二组。

在诗、词、散曲作品中，描写四时景物的佳作不少，由于作者观察和感受的角度不同，因此，同是春天，在不同作者笔下会表现不一。即使同出白朴笔下的两支以《春》为题的小令，也情趣各异。

白朴的这首《春》，采用了绘画的技法，从不同的空间层次来描写眼前景物。开首一句就先将远景春日、春山绘入图中，构成这幅画面的背景。三、四、五句则是中景，描写庭院中的喧闹，这也是最引人注目的部分。第二句“阑干楼阁帘栊”是为近景。

从具体描写来看，全曲可以说是句句不离春天的特征。比如第一句：山是“春山”，日是“暖日”，风是和煦的春风。寥寥六字，就勾画出春天的大环境。至于写到庭院里的春景，则有柳枝袅娜，秋千轻悬；小桥流水，落英缤纷；其中最忙碌的要算莺和燕了，它们啼声不断，翻飞于柳叶花丛之间。这是一幅充满生机、春意盎然的画面：春日和风有温暖流动之感，院中秋千使人联想到摇荡的欢快，流水飞红透出勃勃生机；何况还有自由飞舞的莺燕穿插其间，这就更为大好春光增添了活力。

白朴另有一首以《春》为题的小令："暖风迟日春天，朱颜绿鬓芳年，挈榼携童跨蹇。溪山佳处，好将春事留连。"这一首小令与前面分析的一首，可以算是一对。但这一首分明是属于一位朱颜绿鬓风华正茂的少年的春天，这春天的自然内容——"暖风迟日春天"，与前一首中的"春山暖日和风"几乎是相同的。然而，少年的春天却是那么宽阔：他可以带着酒器、家僮，骑着毛驴去寻春，在溪山佳处流连忘返，尽情领略大自然的风光。那么，回到第一首小令中，那没有出现的"主人公"，就俨然是一位少女了。她站在楼阁之上，阑干之旁，帘栊之下，"窥探"着春天的景致。她的"春天"也许并不那么"开阔"，却同样是美好的。这里，具体的景色描写，不仅把大自然之美呈现在我们眼前，而且暗示出不同身份的人观察和感受自然美的不同角度，揭示出人的情感中更加细致的层次，这也许正是这些作品艺术成就的所在吧。

这两首写"春"的小令，一个细腻而稍显委婉，一个清隽而略呈开阔。风格不同，却都可以算是曲中佳品。

（么书仪）

【越调】

天净沙

白　朴

夏

云收雨过波添，楼高水冷瓜甜，绿树阴垂画檐。纱厨藤簟，玉人罗扇轻缣。

赏　析

借景言情，是中国古典诗词表情达意的手法，四时景物经常在作品中出现。这样，不同的节令、风景便逐渐被创作者和接受者赋予了一些约定俗成的含义。春天的万物复萌、花开花谢，或被用来表达生活中微妙的憧憬，或被借以寄托人生短促的叹喟。而秋日的草木凋零，则易于惹动游子凄凉的感怀，寥廓天宇，萧萧落木，可因肃杀而使人低沉，也可因高远而令人振奋……

只要稍加注意就会发现，诗词曲家对春和秋有着明显的偏爱。他们刻意描画，阐发新意，写到夏日的似乎就不多了。白朴的[越调]【天净沙】是以四时为题材的一组作品，“夏”自然不可缺少。比较起来，白朴对夏的抒写，虽比春、秋略有逊色，仍是一首具有特色的小令。

作者选取了一个别致的角度：用静物写生的手法，勾画出一幅宁静的夏日图景。前三句是第一层次：云收雨霁，流水添波，雨过天晴，空气也觉得清新凉爽，显得分外高的楼前，绿树树荫一直垂到画檐。后两句是第二层次，画面上出现了人物：纱帐中藤席上，有一个身着轻绢夏衣、手执罗扇的芳龄女子，静静地消受着宜人的时光。整首小令中都没有我们熟悉的夏天燥热、喧闹的特征，却描绘了一个静谧、清爽的情境，使人油然而生神清气爽的感觉。

这一特殊境界的创造，得力于作者艺术上的功力。它的特征首先是洗净铅华，全用白描，简洁、清晰得如同线体画。小令中写到的纱帐、藤簟、罗扇、绢衣，都是一个闺阁女子的香艳、富于色彩的物件，然而，白朴却有意忽略色彩上的涂染，似乎这些东西都是素净的、不着颜色的。其次，作者特意选择雨后的片刻，将夏日躁动的特征化为静态：云收雨过，已无雷声和雨脚；水中添波，却未见急湍流动；绿荫低垂，并无微风掠过；罗扇在“玉人”手中，似乎也不必摇动；那“玉人”就更给人一种静态的清爽感觉。繁富、喧闹的声音与动态，总是与燥热相联，反之，素朴宁静会构成凉爽的氛围，这正是这首小令的基调。第三，与白朴的《春》一样，这首小令也可以看作是从楼上女子的角度来描写的。不过，在《春》中，作者着重突出的是作品中“人物”的视觉和听觉，她注意的是“啼莺舞燕”“流水飞红”，表现了一种欢快、兴致和向往；而《夏》中突出的是一种情绪体验，“楼高水冷瓜甜”正是这一具体情景下的独特的感受，一种清爽、恬静、悠闲的感受。

（么书仪）

【越调】

天净沙

白　朴

秋

孤村落日残霞，轻烟老树寒鸦，一点飞鸿影下。青山绿水，白草红叶黄花。

赏　析

白朴这首题为《秋》的小令与马致远的【天净沙】《秋思》，无论写法还是构成的意境都有相似之处。有了“秋思之祖”，似乎已不必再言及其他。但以【天净沙】写景，在元代似乎成为一时风气。元人盛如梓《庶斋老学丛谈》载：“无名氏有作【天净沙】者，其一云：‘瘦藤老树昏鸦，小桥流水平沙，古道西风瘦马。夕阳西下，断桥人在天涯。’其二云：‘平沙细草斑斑，曲溪流水潺潺，塞上清秋早寒。一声新雁，黄云红叶青山。’”可见这一类型作品不止于白朴和马致远所作，而且艺术上也互有高下。至于无名氏【天净沙】与马致远的“秋思之祖”之间的关系以及马致远是否受到年辈长于他的白朴的【天净沙】《秋》的启迪，这里就只能存疑不论了。

散曲是元代新兴的文学样式，本于“俗谣俚曲”，到了文人手中以后，便受到诗、词的影响。在出现以白描、质朴为特点的“本色派”的同时，也出现了重词采、重意境、讲蕴藉的“文采派”。白朴散曲常用本色的、直抒胸臆的写法来直接表现自己的情感，却用一些文采斐然的曲子咏物写景，追求含蓄的意境。

这首小令的突出特点是意象的构成和语言的运用。作者把一组由自然景物构成的意象并置：落日、残霞笼照着孤村，老树寒鸦之间飘动着轻烟，这些既有丰富情感内涵又有鲜明可感的形态的景物，构成了一幅富于特征的画面。特别是作者在景物描写的词语选择上，更显出独特的匠心："落日残霞"，不仅点出时间为秋日傍晚，而且与"孤村"相配，立即透出一种萧瑟与凄清；"老树寒鸦"，原已带有暮寒意味，加以"轻烟"环绕，就更有一种惆怅和扑朔迷离的情思。不管是孤村、老树，还是落日、残霞，都是静物，给人缺乏生命的冷寂之感。在这个画面中，"一点飞鸿"是唯一活动的生命，然而，它却又是依稀难辨的影子，这就更增强了寂寥和难以把握的意绪。最后以"青山绿水，白草红叶黄花"作为结句，远景一下子变成近景，朦胧马上变为清晰，缥缈、迷蒙的色彩也变得鲜明，蜃楼式的景物为眼前明朗的山水花草所取代，情感上也显出转折：似乎惆怅失落得到了某种安慰和补偿。

词、曲有雅、俗之别，一般来说，词尚妩媚、含蓄，而曲贵尖新、直率。白朴的这首小令读来却有词的意境。曲中虽无"断肠人在天涯"之类句子，抒情主人公却时隐时现，在烟霞朦胧之中，传达出一种地老天荒式的寂寞和淡淡的哀愁。

元代文人画讲究"逸笔草草，不求形似，聊以自娱"，以笔情墨趣传达艺术家的心绪观念，若以这样的审美观点理解白朴的这首小令，可能有助于捕捉作者的主观情绪。

（幺书仪）

【越调】

天净沙

白　朴

冬

一声画角谯门，半庭新月黄昏。雪里山前水滨。竹篱茅舍，淡烟衰草孤村。

赏　析

这首小令是【天净沙】的最后一首。它与上一首《秋》的写法上相近。其一，都是字字写景，全未直接抒发、陈述作者的情感。作品所要表现的情绪意蕴，是在对景物的描述中透露、折射出来的。其二，也都是通过一组自然景物的意象组合，来构成一幅富于特征的画面。另外，这支曲子所表现的情感，也不是一时一地有特定具体内容的情感，它所传达的，是一种情调，一种意绪，一种内心状态。

这首小令运用诗歌创作的传统手法，构成了诗的意境。王夫之《姜斋诗话》云："情、景名为二，而实不可离。神于诗者，妙合无垠。"白朴的这首小令，在情、景之间，正追求着"妙合无垠"的境界。

作者选择了一个黄昏的城郊作为描绘冬景的具体环境。"一声画角谯门"，"画角"，古代军中用以昏晓报警的号角；"谯门"，建有望楼的城门，古代为防盗和御敌，京城和州郡皆在城门建有望楼。开篇首句，就把读者带进了一个气氛苍凉的环境之中：在暮色中显出轮廓的谯门，萦绕在谯门内外悠远而哀婉的角声，这是画面的一侧。接着作者将视线转向四方：随着黄昏夜幕的降临，新月冉冉升起，月光斜照着半个庭院；山坡上覆盖着白雪，山前溪流蜿蜒。

水边有着竹篱茅舍的孤村，升起几缕淡烟，在衰草暮霭中弥漫着，扩散着。冷月、黄昏、雪山、水滨，已令人清寒凛冽；淡烟、衰草、茅舍、孤村，又显得寂寥凄迷；而谯门的画角声声，虽然打破了这冬季黄昏的寂静，却又于凄清中平添了一种肃杀森严的气氛。试与白朴同一组曲中的那首《秋》相比，从景物上看，秋天尚有红叶黄花略有生机，而今草木色彩已经褪尽，更呈现出荒漠的境况。从时序上说，《秋》写了落日残霞，而《冬》写的是落日已隐没山后，新月已现于天际。从秋到冬，从情到景，都是从寥落、凄清而进一步发展为悲凉和无望的孤寂。人们或许可以把【天净沙】四首不仅理解为对季节更替的描绘，而且进一步理解为对情感和人生体验从欢快、明净到寥落、孤寂的发展。这样，这四支曲子所构成的便是有内部情感联系的整体了。

也许，这种荒凉、寥落的心境，在白朴来说，是事出有因的。白朴生于动乱之年，长于亡国之邦，于龆龀之龄就经历了家国破亡之变，在兵乱中逃难，于流离中失母。父亲白华先仕于金，后降于宋，终归顺于元，心情经历的复杂可想而知。变乱的时代和自身的经历，影响了白朴对人生道路的选择：他并非没有机会，但最终毕生不仕。在他留下的《天籁集》词和杂剧作品中，常有对人生的感慨，同时，也不乏沧桑之叹。如果说他的散曲中显示的寂寥和寒冷是他的心境的写照，或许并非全无根据吧。

（么书仪）

【双调】

沉醉东风

白　朴

渔　夫

黄芦岸白蘋渡口，绿杨堤红蓼滩头。虽无刎颈交，却有忘机友。点秋江白鹭沙鸥。傲杀人间万户侯，不识字烟波钓叟。

赏　析

一、二两句，对仗工丽，写景如画。然而仅仅看出这一层，未免辜负了作者的苦心。作画的颜料是精心选择的，所画的景物是精心选择的，整个环境也是精心选择的。选取“黄”“白”“绿”“红”四种颜料渲染他精心选择的那四种景物，不仅获得了色彩明艳的效果，而且展现了特定的地域和节令。你看到“黄芦”“白蘋”“绿杨”“红蓼”相映成趣，难道不会想到江南水乡的大好秋光吗？而秋天，正是垂钓的黄金季节。让“黄芦”“白蘋”“绿杨”“红蓼”摇曳于“岸边”“渡口”“堤上”“滩头”，这又不仅活画出“渔夫”活动的场所，同时“渔夫”在那些场所里怎样活动，以及以一种什么样的心态在活动，也不难想象了。

在那么优雅的环境里打鱼为生，固然很不错，但如果只是一个人，就未免孤寂，所以还该有朋友。三、四两句，便给那位“渔夫”找来了情投意合的朋友。“虽无刎颈交，却有忘机友”也是对偶句，却先让步，后转进，有回环流走之妙。为了友谊，虽刎颈也不后悔的朋友叫“刎颈交”。“渔夫”与人无争，没有这样的朋友也并不碍事。淡泊宁静，毫无机巧之心的朋友叫“忘机友”。对于“渔夫”来说，他最需要这样的朋友，也正好有这样的朋友，真令人羡慕！

一、二两句写了“岸”“堤”“渡口”和“滩头”，意味着那里有江，但毕竟没有正面写江，因而也无法描绘江上景。写“渔夫”应该写出江上景，对此，作者不仅是懂得的，而且懂得什么时候写最适宜。你看吧，写了“却有忘机友”之后，他便写江上景了。“点秋江白鹭沙鸥”，写景真生动！用“秋”字修饰“江”，点明了季节。一个“点”字，尤其用得好。如果平平淡淡地说，那不过是：江面上有点点鸥鹭。如今变形容词为动词，并且给鸥鹭着色，便出现了白鹭沙鸥点秋江的生动情景。仅就写景而言，这已经够高明了。但更高明之处还在于借景写人。前面写渔夫有“忘机友”，那“忘机友”究竟指什么呢？细玩文意，那正是指“点秋江”的“白鹭沙鸥”。以鸥鹭为友，既表现“渔夫”的高洁，又说明真正的“忘机友”，在人间无法找到。古代诗人往往赞扬鸥鹭“忘机”，正由于他们认为只有鸥鹭才没有“机心”，所以愿与鸥鹭为友。李白就说：“明朝拂衣去，永与白鸥盟。”黄庚的《渔隐》诗，则用“不羡鱼虾利，惟寻鸥鹭盟”表现渔夫的高尚品德，正可作为这只曲子的注脚。

结尾点题，点出前面写的并非退隐文人，而是“傲杀人间万户侯”的“不识字烟波钓叟”。

元代社会中的渔夫不可能那样悠闲自在，也未必敢于傲视统治他的“万户侯”。不难看出，这只曲子所写的“渔夫”是理想化了的。我们知道，白朴幼年经历了蒙古灭金的变故，家人失散，跟随他父亲的朋友元好问逃出汴京，受到元好问的教养。他对元朝的统治异常反感，终生不仕，却仍然找不到一片避世的干净土。因此，他把他的理想投射到“渔夫”身上，赞赏那样的“渔夫”，羡慕那样的“渔夫”。说“渔夫”“傲杀人间万户侯”，正表明他鄙视那些“万户侯”。说“渔夫”“不识字”，正是后悔他做了读书识字的文人。苏轼诗云：“人生识字忧患始。”在任何黑暗社会里，正直的知识分子比“不识字”的渔夫会遭受更多的精神磨难，更何况在“九儒”仅居“十丐”之上的元代！

这首小令语言清丽、风格俊逸，又表达了备受压抑的知识分子所追求的理想，因而在当时就赢得了人们的喜爱。著名散曲家卢挚的[双调]【蟾宫曲】，就是摹拟这首小令的：“碧波中范蠡乘舟。殢酒簪花，乐以忘忧。荡荡悠悠，点秋江白鹭沙鸥。急棹不过黄芦岸白蘋渡口，且湾在绿杨堤红蓼滩头。醉时方休，醒时扶头。傲煞人间,伯子公侯。"其中的好几个句子都来自白曲,思想倾向也完全一致。不过所写不是渔夫,而是退隐江湖的官员。卢挚是做了元朝的官的。

（霍松林）

【双调】

庆东原

白　朴

忘忧草[①]，含笑花[②]，劝君闻早冠宜挂。那里也能言陆贾？那里也良谋子牙？那里也豪气张华？千古是非心，一夕渔樵话。

【注】

① 忘忧草：即萱草。据说萱草嫩苗可作蔬食，食之令人陶然如醉，故有忘忧之名。

② 含笑花：生南海，每当日入则开，初开香尤扑鼻，花开常不满，犹作含笑之态，故名。

赏　析

本曲系叹世之作。叹世是中国古代文人长写不疲的题目。尤其是南宋词，许多篇章包容有山川之叹、家国之叹、身世之叹。元曲家继承了这一题目。但元代知识分子的叹世，自有与其前辈十分不同的特点。白朴的这首【庆东原】，正是这方面的代表作。从表面上看，曲子写得非常平心静气、悠然洒脱，言笑自若，但细品，又令人感觉到这冷静与潇洒都并不由衷。

“忘忧草，含笑花，劝君闻早冠宜挂。”小令以两种植物起兴，劝人忘却忧愁，常含笑口。而要从根本上摆脱人生的烦恼，宜及早挂冠。挂冠，即辞官，本于《后汉书·逢萌传》逢萌解冠挂东都城的故事。作者在此间着一个“宜”字，意谓抛弃功名、脱离官场宜早不宜迟。早白朴半个多世纪的南宋词人刘过，曾以类似的话劝过辛弃疾：“直待功成方肯退，何日可寻归路？”(【念奴娇】《留别辛稼轩》)然白朴此曲以忘忧草与含笑花作劝，并非专指一人一事，而是在更广泛、更彻底的意义上否定功名之途。

接下去，曲子以一个鼎足对，提及三个历史人物：汉代陆贾，颇有辩才，曾从汉高祖定天下，并曾出使南越，游说南越尉赵陀归汉，故称“能言陆贾”；太公姜子牙，曾辅佐周文王，武王时又谋划伐纣灭殷，故称“良谋子牙”；张华，晋人，博学能文，曾作《鹪鹩赋》自喻豪志，为阮籍所激赏，故称“豪气张华”。按【庆东原】调式共八句，其中四、五、六句为四字句，故一连排比三次的“那里也”是衬字。这三处衬字极为有用，拉长了叹息的语调，加重了叹息的语气，大有“言之不足则嗟叹之”的意味：历史上确曾有过这些能人英才，但如今安在？在对天连连发问长叹之后，以“千古是非心，一夕渔樵话”作结，言千古之是非曲直，都成了渔夫樵客们一夜闲话的资料。唐宋诗词中常用渔樵闲话来感慨兴亡，如张昪【离亭燕】：“多少六朝兴废事，尽入渔樵闲话。”陈与义【临江仙】：“古今多少事，渔唱起三更。”白朴继承了这一做法，同时也回答了前面“那里也”的三个自问：若一定要追踪的话，可以发现，陆贾、子牙、张华们并非荡然无存，他们还“活”在渔樵们的饭后谈资之中。这就是他们仅存的价值。作者的言外之意是他们本无甚价值可言。元代许多文人，由于时代的原因，对政事的参与意识淡薄。白朴劝人挂冠，自己则一生无“冠”，又写作了大量的类似这首【庆东原】的词曲作品，堪称这种人生价值观念之代表。

白朴主要是曲家，但他也是词人，有百数篇词作存世，也有相当的篇目伤时寓慨，咏史叹世。我们看到，同为白朴，在两种体裁的作品中“叹”得并不一样。在词中常常呈现其流泪叹息的面影：“莫唱后庭曲，声在泪痕中”（【水调歌头】），“少陵野老，杖藜潜步江头，几回饮恨吞声哭。”（【石州慢】）但在曲中，他却每每“笑”叹：“忘忧草，含笑花，劝君闻早冠宜挂”，“不达时皆笑屈原非，但知音尽说陶潜是。”（【寄生草】《劝饮》）这在散曲中也是个普遍现象。贯云石更甚，他有曲句云：“伤心来笑一场，笑你个三闾强，为甚不身心放？”（【殿前欢】）连伤心都以笑出之。可见散曲每每是作家们用以自我安慰、平抚郁愤、遣散闷怀的方式。他们企图一笑治百患。但他们笑得并不轻松，令人感觉到他们故作旷达背后的是一种更为沉重的心情。

（翁敏华）

【中吕】

满庭芳

姚　燧

天风海涛，昔人曾此，酒圣诗豪。我到此闲登眺，日远天高。山接水茫茫渺渺，水连天隐隐迢迢。供吟啸，功名事了，不待老僧招。

赏　析

姚燧【满庭芳】为二首，此选其一。据曲中景象及第二首曲词亦有“帆收钓浦，烟笼浅沙，水满平湖”，可见描写的是江南风光。元成宗大德五年（1301），年逾花甲的姚燧出为江东廉访使，先后在江南各地为官达七八年之久，此曲词很可能作于这一时期。

“天风海涛”，狂风呼呼，惊涛阵阵，起句出手不凡，描写了一个境界开阔、气象豪迈的客观环境，犹如奇峰突起，笔力千钧，使人一下子想起苏轼的“大江东去”。接下来笔锋一转，从眼前景荡开去，在空间描写中穿插进历史的回溯：“昔人曾此，酒圣诗豪。”古往今来，有多少文人雅士、骚人墨客，曾在这里饮酒赋诗，抒发豪情。这两句不仅写出了此地的风物人情，加深了曲词的历史纵深感，而且暗暗关合了作者自己。因此，往下作者便直接切入了“我到此闲登眺，日远天高。山接水茫茫渺渺，水连天隐隐迢迢”。这几句表面看来是登临所见，升高望远，“日远天高”，山水相接，烟波浩渺；但细细寻绎，似乎别有一番深意，在阔大无边的景象之中，若隐若现地显示出一丝怅惘。“日远”，语出“日远长安近”。据《晋书》卷六《明帝纪》载：晋明帝年少聪哲，一日坐元帝膝前，适逢有人从长安来，因问明帝：“汝谓日与长安孰远？”答曰：“长安近。不闻人从日边来。”翌日宴群僚，又问之，答曰：“日近。”元帝惊问：“何乃异间者之言乎？”答曰：“举目则见日，不见长安。”“天高”，杜甫《暮春江陵送马大卿公恩命追赴阙下》：“天意高难问，人情老易悲。”所谓“日远天高”，含有向往朝廷而不能实现愿望之意。姚燧这里用“日远天高”，既精当准确地描写了眼前景，又巧妙含蓄地隐含了心中事，综合“酒圣诗豪”“闲登眺”等意象，曲中似包孕着淡淡的哀怨和牢愁。姚燧出任外官，原因不详，但从同时期作品多感慨来看，似乎确有难言的苦衷。加之作者已经年迈，若又仕途偃蹇，当然便可能归隐田园，于是：“供吟啸，功名事了，不待老僧招。”“吟啸”，一作“吟笑”，面对如此佳山好水，只能吟啸赋诗，一切功名利禄、富贵荣辱，都应该统统丢掉，而归隐也不必等老僧前来召唤了。这时，作者似乎畅达了，用超旷的人生态度涤除了心中的抑郁。据《元史》本传，作者在七十三岁时果然“告归”，可见写此曲时已确有归隐的念头。

姚燧在文学创作上以散文著称，“曲则不经见，然每有作，亦必婉丽可诵”（《顾曲麈谈》）。而这首【满庭芳】却非“婉丽”二字所能概括，从题材内容看，它属于抒怀之作，在元代前期散曲多以男女恋情为歌吟对象的情况下，像这种抒怀之作确实别具面貌。又由于姚燧出身官宦人家，本人一生有不少做官经历，所以就曲词风格而言，除“婉丽”一面，又透露出宏劲、典雅的正统文人作派。故读此曲词，容易令人想起苏、辛豪放一路。

（郑宏华）

【中吕】

普天乐

姚　燧

浙江秋，吴山夜。愁随潮去，恨与山叠。塞雁来，芙蓉谢。冷雨青灯读书舍，怕离别又早离别。今宵醉也，明朝去也，宁奈些些。

赏　析

姚燧这首小令，是一首离别送行之作。周德清将它选入《中原音韵·正语作词起例》，题作“别友”。可见当时就已脍炙人口。

“浙江秋，吴山夜”，新安江流经杭州入海一段，叫浙江，也叫钱塘江，秋天多潮，以壮观著称。吴山在杭州西湖东南，左瞰钱塘江，右瞰西湖。“上有天堂，下有苏杭。”西湖、吴山、钱塘江一带，更是天堂中的胜地。胜地美好，又适值清秋之夜，这光景，被作者剪裁入曲，却是别有一番滋味。“愁随潮去，恨与山叠”，愁，正如钱塘江潮，无有已时；恨，恰似吴山山峰，重重叠叠。潮去，极具汹涌之感，山叠，极写沉重之感。这一动一静，便状出了心头汹涌澎湃却无法排遣的愁恨，极为警策。人已愁成此状，更那堪“塞雁来，芙蓉谢”。北雁南飞，荷花凋谢，感触物候之变迁，倍伤韶光之消逝也。“冷雨青灯读书舍”一句，写出眼前之冷斋孤寂。冷雨之冷，青灯之青，冷感、冷色，愈增添秋夜书斋之凄凉。作者愁恨之情，凄凉之感，究为何来？曲情至此，融情入景，蓄势已足，始一笔点明主意：“怕离别又早离别。”《中原音韵》谓“第八句是务头”，故应“施俊语于其上”，即全篇精彩警策之处。《阳春白雪》本此句作“待离别怎忍离别”，此从《中原音韵》本，细加玩味更好。原来，全曲所写之愁恨、凄凉，皆因离别而滋生，以至不可遏止。曰“怕离别”，则双方交情之好可知；曰“又早离别”，则相聚苦短、别易会难、重见无期亦可知。一句直朴情语，道尽此时况味，直凑单微，不愧俊语。“今宵醉也，明朝去也，宁奈些些”，“宁奈”即忍耐，“些些”即一些儿，皆元人口语。纵然是怕离别，也要离别了，无可奈何，还是珍惜今宵，相与一醉吧。既然明朝终当一去，还是忍耐一些吧。“宁奈些些”，宛然口语，是安慰行者，也是宽解自己，亲切而又得体。全篇大半幅极写愁恨，最后三句忽然纵笔作旷达语收束，正显出曲之旷达放逸之本色，此是元代曲家不同于前代词人之处。

《中原音韵》评此小令云：“造语、音律、对偶、平仄皆好。”何谓造语好？全曲前半幅雅致精丽，结三句纯然口语，融文采与本色为一体，所以好。何谓音律好？《中原音韵》云：“看他用‘叠’字与‘别’字，俱是入声作平声字，下得妥帖，可敬。”又云：“‘也’字上声，妙。”何谓对偶好？“浙江秋”与“吴山夜”，“愁随潮去”与“恨与山叠”，“塞雁来”与“芙蓉谢”，“今宵醉也”与“明朝去也”，皆对仗精稳、自然。对偶句多，全曲便有清逸流丽而兼凝重从容之美感。《元史》本传称姚燧之文“闳肆该洽，豪而不宕，刚而不厉，舂容盛大，有西汉风”。姚燧之古文，是如许大手笔，其小令，也确有从容凝重之特色。

（邓小军）

【越调】

凭阑人

姚燧

两处相思无计留，君上孤舟妾倚楼。这些兰叶舟，怎载如许愁？

赏析

【凭阑人】，越调过曲，散曲中常用的小令牌名。按曲谱，全曲四句，四韵，共二十四字。各句分别为七七五五式。姚作严遵曲谱，字句严谨。该曲押尤侯韵，均平声。按《中原音韵》定格，一、二句末尾二字应作去平最好。此曲亦正合要求。

这首小令，有曲牌，无标题。但是否真无标题？读了这首小令，人们很容易记起词中这样一些名句："伫倚危楼风细细……无言谁会凭阑意？"（柳永【凤栖梧】），"最怜轻负年时约，想小楼终日望归舟，人如削。"（张元幹【满江红】）"怅望依层楼，寒日无言西下。"（张昇【离亭煞】）这些"尽日凭阑楼上望"的少妇与作者笔下的人物何其相似！可见作者是巧妙地借用曲牌【凭阑人】，隐喻题意在描写闺中的"凭阑人"，所以它实质上也就是借曲牌代标题了。这与早期词牌与内容有密切联系的情况相似，因而是很合乎古意的。

这首小令描写的是闺中少妇的离愁别恨。这时，命运已决定他们要分离了。她想到，日后天涯行客，寂寞空闺，人各一方，只空留下两地相思。而这种由社会或生活所造成的安排已无可挽回，所以只能发出"两处相思无计留"的哀叹了。"两处相思"是对离别后彼此相恋心绪的想象，"无计"挽留则写出被迫分离无可奈何的哀伤。用语简洁，却把他们不幸的命运和内心的痛苦表现出来了。第二句写离别之情景。一个上了孤舟，一个独倚危楼，许多离别的细节都省略了，但"孤舟"独去，有多少凄怆之情；少妇倚楼凝望，又有多少情思随舟而往，这给读者以丰富想象的余地。前两句把离别的情景写得很概括，读来只见情意绵绵，离愁重重，但对其“愁”其“恨”，不能有一个明确、具体的总体印象。至第三、四两句，作者汲取了我国诗词中以具体见抽象的手法，竟把她内心的离愁别恨写成似乎有体积、有重量的东西，说：这么小的木兰小舟，怎载得了、载得动我这许多怨恨？句中“这些”，作这般、这么解；“兰”，指木兰树，其木可制精致的舟船；“叶舟”，指小舟，轻舟。陆龟蒙诗：“飘然兰叶舟，旋依烟霞泊。”即同一种小舟。曲中的构思、修辞方法与李清照【武陵春】词“只恐双溪舴艋舟，载不动许多愁”近似，它使我们对凭阑人的离愁别恨有了一个形象化的了解。

（江巨荣）

【越调】

天净沙

马致远

秋 思

枯藤老树昏鸦，小桥流水人家，古道西风瘦马。夕阳西下，断肠人在天涯。

赏 析

这是写“秋思”的名曲，被誉为“秋思之祖”（周德清《中原音韵》）。写秋思而如此出名，究竟有什么奥秘呢？

第一，有景有人，人和景都是精心选择的，最能表现“秋思”。秋思指一种萧条、寂寞、悲凉的情思，这种情思之所以冠以“秋”字，就因为“秋”是触媒剂。宋玉的《九辩》一开头就阐明了这个道理：“悲哉秋之为气也！萧瑟兮草木摇落而变衰。憭慄兮若在远行，登山临水兮送将归。”秋思既然是秋景触发的，那么要写好秋思，就得选好秋景。这首小令选择了“枯藤”“老树”等最有特征性的秋景，最有利于表现秋思。不同心境的人对于同一景物有迴乎不同的反映。志得意满的人即使看见萧条秋景，内心里仍然充满春天的阳光。所以要写好秋思，还得选好抒情主人公。这首小令就选择了秋思满腹的主人公——流落“天涯”的“断肠人”。吴文英的【唐多令】词讲得好：“何处合成愁？离人心上秋。纵芭蕉不雨也飕飕。”那位“断肠人”当然也是“离人”啊！

第二，用极有限的字句，塑造了极丰富的意象。前三句只有十八个字，却接连出现了九个名词、九种景物。而加在名词之前的定语，则体现“断肠人”对于那些景物的独特感受。特定的定语与特定的名词衔接，就构成一系列意象，所表现的便不是客观的景，而是人与物的结合、情与景的交融。省略动词和一切表示语法关系的词，只罗列名词或名词片语以塑造意象的名句有温庭筠的“鸡声茅店月，人迹板桥霜”(《商山早行》)，欧阳修着意模仿，写出了“鸟声梅店雨，野色板桥春”，仍未免逊色。而这首小令的前三句，则有过之而无不及。

第三，时空关系的处理，也最适于表现秋思。就空间说，那充满人物感受的景不是“断肠人”故乡的景，而是“天涯”的景。就时间说，那不是早晨或中午的景，而是日落黄昏的景。如果是故乡的景，再萧条也不会增加“断肠人”的多少愁思，而远在“天涯”的景，情形就大不相同。如果是秋天的早晨或中午，“断肠人”还没有今夜宿谁家的问题，而日落黄昏之时，情形也就大不相同了。

通常说这只曲子之所以写得好，在于“描绘了一幅绝妙的秋景图”。这当然不算错。但更确切地说，则是一幅绝妙的秋思图。这幅图，是随着抒情主人公的脚步、视线和思绪展开的。“断肠人在天涯”一句，尽管在结尾，但实际上是贯串全局的主线。读这首曲，一开头就可以预感到这一点，并且跟着“断肠人”在“天涯”漂泊的足迹进入画卷。大致说来，这画卷是这样的：

时已深秋，一位远离故乡的“断肠人”还在天涯漂泊。他骑着瘦马，冒着西风，在荒凉的古道上奔波，不知哪里是他的归宿。哦！那纠缠着枯藤的老树上，已经有乌鸦栖息，又到黄昏时候了！一条溪水从小桥下流过，桥那边出现了人家。然而那不是他的家啊！看到小桥流水人家，便想起自己的家，也很想回家，却怎么能回得了呢？过了小桥，叩那家的门，要求投宿行不行？看来是不行的，因为那不是客店啊！于是乎，他继续骑着瘦马，冒着西风，忍着饥饿，在那荒凉的古道上颠簸。太阳已经落山了，他仍然在天涯漂泊，漂泊……

秋思是抽象的，作者却通过那位“断肠人”的漂泊天涯以及他在天涯的所见所感，把秋思写活了。

（霍松林）

【双调】

蟾宫曲

马致远

叹 世

咸阳百二山河，两字功名，几阵干戈。项废东吴，刘兴西蜀，梦说南柯。韩信功兀的般证果，蒯通言那里是风魔？成也萧何，败也萧何，醉了由他。

赏 析

在元代散曲作家中，马致远是牢骚最盛的一位，也是宣泄牢骚的技巧最高的一位。就如这首【蟾宫曲】，既名之为《叹世》，自然意在抒发对社会现实的不满，但终其篇无一字针砭当世，而只是胪列一个又一个历史故事。借助读者对历史的联想来体味作者的意图；通过“咏史”达到“叹世”的目的，这种借古喻今的曲笔，可以容纳作者更深的心迹和底蕴，也正是作者技巧的高明的表现。

历史的价值自有其评价的定向性，是不容任意为之的。然而，由于中国历史所独具的极为丰富的内涵，加以后代常从不同的角度加以演绎，致使它具有了含义的多向性，同一历史事件，因评价者的观点不同可以得出不同的结论、汲取不同的教训。此曲所征引的历史故事多发生在楚汉相争的时期，但是，波澜壮阔的历史画卷，在他笔下似乎成了毫无意义的虚无缥缈的梦幻，这分明是透过他那“叹世”的三棱镜析色后所得到的某种特殊色彩的折射。于是，历史事件就成了他宣泄对现世牢骚的手段了。且看他对历史是如何撷取，又是如何评说的。

咸阳，是当时秦朝的政治、经济中心。因地处九嵕山之南、渭水之北，形势极为险要，凭此天险即可足当数倍于我之敌，故有“百二”之称。百二，或谓二之于百，或谓百之于二百，皆言天险可以凭借之意，因此，“百二”也就成了山河险固的同义语，“咸阳百二山河”也就成了当年楚汉相争的焦点。不过，对于这样一场为推翻暴秦统治而进行的历史大搏斗，作者却以“两字功名，几阵干戈”轻轻带过，仿佛是无足轻重的功名之争。评点江山，口气虽大，透露出来的却是对历史的虚无主义态度。

“项废东吴”，指的是项梁与项羽叔侄两人响应陈胜吴广起义，杀会稽郡守而起兵的故事。会稽郡治在吴（今江苏吴县），历来泛称东吴，故有此说。“刘兴西蜀”，指的是刘项共同推翻秦朝后，刘邦受封汉王，占据巴蜀和汉中，他以此为基地，与项羽展开了为期五年的楚汉之争，并最终战胜了项羽。所谓“废东吴”和“兴西蜀”，乃为了对仗的工整而举例，意在标明刘项成就的事业，在中国历史上也是极为壮丽的一页，极为有力的一跃。但是作者却把它说成是瞬息幻灭的南柯一梦，认为于世无补。这就进一步表明了他的虚无史观。

下面又说起了韩信的故事。韩信是“汉兴三杰”之一，与萧何、张良齐名，在歼灭项羽主力的战斗中屡建奇勋，受封齐王。后因有人告他谋反，汉高祖刘邦以随游云梦之名，召而执之，贬作淮阴侯，继而为吕后所杀。“证果”一词本佛家语，指悟道有得，元杂剧中多用作应验、结果的意思。“兀的般证果”，即（直落得）这样的结果。用结果得祸把当初的建功立业也一股脑儿否定了。至于蒯通（即蒯彻，避汉武帝名讳而为通），乃韩信幕下辩士，曾劝韩信莫听高祖之命，索性起兵叛汉，韩不从，终遭祸。蒯料知自身亦不能免，遂假装风魔逃遁，但仍为刘邦所执。刘邦原欲烹之，但为蒯通历数韩信“十罪三愚”，实为之评功摆好所感动，最后还是赦免了他。所以作者说蒯通说的不是风话，不过，真话也不能免韩信一死。反映的仍是功业无用、不足立身的观点。

用得最为巧妙的还是“成也萧何，败也萧何”这句成语。他显然是对前引楚汉故事的呼应，而句型合乎曲谱的要求，韵脚又与全曲所用“歌戈”韵相应，镶嵌得真是天衣无缝，这种成语的引用给人以贴切而俏皮的美感。不过，它的更重要的作用还在一语双关，承上启下。“成也萧何，败也萧何”的引申义已成为对翻手为云、覆手为雨这种人情反复的讽喻。用这句成语导引出“醉了由他”这样一种超然物外、不问是非的情态，就显得十分自然了。

褒贬历史常为的是褒贬现实。作者从历史故事的征引中生发出的叹世的感喟，也是有其现实针对性的。反映在本曲中的这种世道无常、人生如梦的低沉情调，可常见于马致远的曲作中。其强烈若此，意味着在他的生命旅程中似曾经历过大的蹭蹬、大的波折。是否如此，不得而知，因为《录鬼簿》记载他的行状只有江浙行省务官这样的微职。但是，另一首小令【拨不断】中竟有“九重天，二十年，龙楼凤阁都曾见”的话，或者有可能他早年也曾混迹京华，官近势要，今存下来的两首【粉蝶儿】的套曲，几近“应制诗”，唱什么“贤贤文武宰尧天，喜，喜，五谷丰登，万民乐业，四方宁治”，什么“祝吾皇万万年，镇家邦万万里。八方齐贺当今帝，稳坐盘龙亢金椅”。这种粉饰升平、歌功颂德的笔墨，很可能就是这一时期的作品。现已无法考知他贬谪的原因，但从九重天跌落到地上却是他所面对的无情的现实，世态炎凉给他的沉重打击，也是不难想象的。所以才产生了【夜行船】那样的代表作，痛心疾首地唱出“百岁光阴如梦蝶，重回首往事堪嗟”的心声。在这首【蟾宫曲】中，谈的是历史故事，却仍没有离开这一愤世嫉时的主旋律。

（黄　克）

【双调】

清江引

马致远

野　兴

绿蓑衣紫罗袍谁是主？两件儿都无济。便作钓鱼人，也在风波里。则不如寻个稳便处闲坐地。

赏　析

自从唐代张志和在《渔歌子》中以“青箬笠，绿蓑衣，斜风细雨不须归”来描写渔隐生涯，“绿蓑衣”便成为渔夫钓叟和隐士的代称。“紫衣”则是贵官公服，此处代指当官。渔人与贵官本不相干，但马致远在这首小令劈头便一句“绿蓑衣紫罗袍谁是主”似乎十分奇怪。“主”，这里是主宰意。“谁是主”，通俗说来便是“为了谁”“为了什么”。钓鱼的，当官的，都为了啥？作者以此设问句提领全曲，颇令人寻味。马致远经过长期仕途蹭蹬，逐渐领悟到“风波梦，一场幻化中”，于是产生了“且向江头作钓翁”（【金字经】）的归隐之意，对“紫罗袍”已不抱任何幻想。但是，本曲题为“野兴”，意在抒发恬退之意，为什么还把“绿蓑衣”与“紫罗袍”并列，并说“两件儿都无济”（无济，无用；无味，没意思）呢？下句“便作钓鱼人，也在风波里”便道破其机。这里的“风波”是元散曲常用来隐喻政局的变幻，升沉无定。这样，所谓“钓鱼人”指的就是“渭水垂钓”，以期明主的姜太公式“隐士”了。姜太公之路是历来失意文士十分羡慕的“终南捷径”——先当隐士，以博高名；日后身登龙门，紫袍加身。这是古代所谓“隐士”的真面貌。马致远一语揭穿其秘：暂时没有当官的“钓鱼人”和已经当官的“紫罗袍”都为了啥？还不都是为了利禄奔忙；他们的“主”都是名利尔尔！而看穿了世态炎凉的马致远，既无意于“紫罗袍”，也不要做一个假隐士，他要彻底的超脱，彻底地“远离红尘百丈波”，这就是结句“则不如寻个稳便处闲坐地”的真谛，也是绿蓑、紫衣“两件儿都无济”的真正命意。

这是一首阐述个人情怀的散曲。相比之下，它不像“竞功名有如车下坡，惊险谁参破？昨日玉堂臣，今日遭残祸”，“高竿上再不看人弄险”（均为贯云石语）那样直截了当地表示与官场决绝，但在其悠闲下却蕴含着同样深刻的思想。

马致远《野兴》组曲的前五首篇篇都以“则不如寻个稳便处闲坐地”作结，但作者却从不同角度层层揭示其意蕴，突出地表达了作者要求安闲自适，置身于红尘之外的愿望。末句的这一重复，起到了加重语气的作用，成为作者的画龙点睛之笔，使读者从不同的角度去深思细味。

（杨　镰）

【双调】

清江引

马致远

野　兴

东篱本是风月主，晚节园林趣。一枕葫芦架，几行垂杨树。是搭儿快活闲住处。

赏　析

“东篱本是风月主”，是《野兴》最后一首。这一首借作者对自己隐居处所颂扬性的描写，为这组曲子的主题作了归结。“东篱本是风月主”，起句用一个判断性语句对自己的情趣、爱好及人生追求作了概括，从而为全曲的思想内容定下了基调。“东篱”是作者自号，显然取自陶渊明的“采菊东篱下，悠然见南山”的诗句。不难看出，马致远是倾心于陶渊明的悠然自乐的隐居生活的。因此，这两个字就不仅仅是作为作者的代称而出现，而且会唤起读者丰富的联想。“风月”在这里是借代，代整个大自然。马致远一开始就十分自得地宣布，他就是大自然的主人。“本”字用得非常恰切。它不仅使这个陈述句的语气显得更加肯定，而且借以表明自己过去曾热衷功名，乃是误入歧途，现在才恢复了自然本性。这一句是对自己的自然本性、情趣爱好的总写，第二句则在此基础上对时空作了具体的收拢。“晚节园林趣”，点明自己晚年的志向、爱好在于寄趣园林。正因如此，他对隐居的园林进行了苦心的经营。三、四两句用白描的手法勾勒出了园林的概貌。“一枕葫芦架，几行垂杨树”，“一枕”，一排、一溜儿之意；“垂杨”，即垂柳。作者只选取了葫芦架与垂柳这两种景物，就将他园林的景色展现在人们的眼前。可以想见，这是一个远离尘世、野兴盎然的处所。绿荫之中掩映着一座农舍，院内，搭着一排葫芦架；门前，长着几行垂柳，微风拂来，柳枝翩翩起舞。这里没有尘世的喧扰，没有官场的纷争，一切显得那么平和、宁静而又充满生机，真是一座世外仙境。我国古典诗词讲究形神兼备，并且往往是以形传神。这两句不仅写出了园林的形貌，而且写出了园林的神韵。“是搭儿快活闲住处”，“搭儿”，一处（地方）的意思，“快活闲住处”将这种神韵进一步点染了出来，而作者对自己园林的喜悦之情也溢于言表。正是在这种赞扬性的描写中，作者对隐居生活作出了毋庸置疑的肯定。

这首曲子不讲藻饰，不事雕琢，造语平淡，但却情真意切。关键在于作者对生活有浓厚的感受，加之高超的艺术造诣，因而才能以平淡出之。

（孙秀荣）

【双调】

寿阳曲

马致远

山市晴岚

花村外，草店西，晚霞明雨收天霁。四围山一竿残照里，锦屏风又添铺翠。

赏析

这是马致远写的八景(八首)小令中的一首。据《寄园寄所寄》《梦溪笔谈》等书记载，宋代宋迪，以潇湘风景写平远山水八幅，时人称为潇湘八景，或称八景。这八景是：平沙落雁、远浦帆归、山市晴岚、江天暮雪、洞庭秋月、潇湘夜雨、烟寺晚钟、渔村夕照。马致远所描写的八景的名称与之完全相同，由此可知，他描写的八景也是潇湘八景。

“花村外”，首句暗点题面中“山”字。“花村”一词，是点明描写的是山花烂漫的山村，一个“外”字，将景物描写的境界扩大，表明此曲着眼点不是山村内景，而是山村外景。接着，“草店西”，暗扣题面“市”字。店指酒店，因是山野酒店，故曰草店。“西”字与前句“外”字相呼应，进一步表明此曲不是描写草店本身的面貌，而是描写草店外的自然风光。花村、草店，虽非作者落墨之所在，但恰如古人山水画的“点俏”，使一幅宁静、恬淡的山水画平添一丝生气。使人想起“结庐在人境，而无车马喧”(陶渊明《饮酒》)的意境。这样，全曲的风景描绘便有了一种既在人间而又超尘脱俗的意味。故本曲以“花村”“草店”开篇，却又妙在似写未写，它是全曲总意境的一个有机成分。

第三句“晚霞明雨收天霁”，又扣题面中“晴”字。按《北词广正谱》，本曲牌第三句的句式是上三下四，读若“晚霞明、雨收天霁”。“晚霞明”为一顿，三字将山市上空写得清新通明，灿烂多彩，且又点明所写的是晚晴。“雨收天霁”又一顿。霁，本指雨止，引申为天气放晴。此句最妙在一“明”字，它恰到好处地表现了雨后晚晴给人的视觉印象和心理感受。下文的描写则无不由一“明”字生出，此可谓全曲风景描写之“眼”。

第四句“四围山一竿残照里”，将视线进一步移向“花村外，草店西”的四周之山。“一竿残照”与前句“晚霞”巧妙衔接，曲意流畅自然。“一竿残照”，本为“一竿照”之意，指夕阳距山仅一竿之遥。然若照应上文的“草店”，似亦可指草店上空的一竿酒旗。本曲题为“山市晴岚”，市谓买卖之地；岚，一指山风，又指山中雾气。本曲可合而解之。小酒店上空，有一面酒旗在雾气中若隐若现，在微风中悠悠飘拂，使绮丽的大自然风光中又渗透着人间生活气息，岂不更富有诗意？此句与《西厢记·长亭送别》中“四围山色中，一鞭残照里”句有异曲同工之妙。

末句“锦屏风又添铺翠”，锦屏风，比喻四周的山岭，是对“四围山色”的进一步具体描绘。山色青青，在淡淡雾气中连成一片，再加上夕阳晚霞的辉映，就像锦屏风立在“花村外，草店西”。这个比喻极其形象。唐代王维《送方尊师归嵩山》诗，有“夕阳彩翠忽成岚”之句，这里化用其意境。夕阳照射雨后的青山，水蒸气上升，产生雾气，锦绣的青山好像添铺了一层彩翠，这个景致何其绚丽多彩。

“山市晴岚”是宋元间画家诗人笔下经常出现的一个审美境界，元代诗人曲家对这一境界题咏的角度是不同的。元代著名诗人揭傒斯有《山市晴岚》诗：“近树参差出，行人取次多。板桥双路口，此世几回过。”偏重于描写地面景物，描写的中心是行人，主要表现了一种生活美。而马致远这支小令则由天及地，描写的中心是晴岚，着重表现了自然美。由此可见，诗人对于同一审美对象，有着不同的审美感受和表现中心。

（周寅宾）

【双调】

寿阳曲

马致远

远浦帆归

夕阳下，酒旆闲，两三航未曾着岸。落花水香茅舍晚，断桥头卖鱼人散。

赏析

此曲与马致远的《山市晴岚》一样也是沿用了潇湘八景的旧题，但表现了新的意境，描绘了江村风光和渔民生活。

“夕阳下”，点明了时间。全曲情境均由此而生。酒旆，酒店的旗子，既点明了地点，又表示这是小镇所在。“闲”字，显示出江滨小镇的宁静气氛，为全曲奠定了闲适的情调。“两三航未曾着岸”，将景物境界由小镇扩展到江滨。航，此处指船。江上只有两三只未曾靠岸的船，进一步突出了小镇的宁静。“未曾着岸”四字隐含着“帆归”之意。船是向岸边驶来，只是尚未靠岸罢了，这同扬帆远去或船行中流的情景是不同的。本句可以说是摄取了渔船欲归而未归那一刹那的情景。酒旆，是近景，酒旗也看得清，这是写近距离的视觉。两三航，是远景，远远望去，只见江上有船，船上人看得不甚分明，这是写远距离的视觉。以上三句是一个层次，写远浦。

“落花水香茅舍晚，断桥头卖鱼人散。”这两句转入另一个层次，写帆归。曲的构思与诗的构思有共同的特点，容许思想感情的跳跃。此曲略去了渔船靠岸、渔人卸鱼的场景，直接写渔人在镇上卖鱼和归家休憩的生活场面。作者不用人群熙攘来形容小镇，而用断桥头代指小镇，是有意突出小镇的幽寂。傍晚时分，断桥头旁曾有过短暂的鱼市交易，但这种贸易很快结束，卖鱼人散去，小镇又重归宁静。“落花”句写出渔村晚景的秀美，衬出渔人生活的悠闲自适。从断桥到茅舍，他们远隔尘嚣，与世无争，怡然自得。

元代诗人揭傒斯写有《题王山仲所藏潇湘八景图卷走笔作》诗，其中《远浦帆归》是这样写的：“冥冥何处来，小楼江上开。长恨风帆色，日日误郎回。”该诗描绘的是一幅思妇候门的场景，表现闺怨的主题。马致远的这支小令，描绘的是一幅江村渔人晚归图，表现向往宁静生活的主题。全曲境界清淡闲远，远浦，酒旗，断桥，茅舍，远景近景，相得益彰，显得清疏而又淡雅。

（周寅宾）

【双调】

寿阳曲

马致远

潇湘夜雨

渔灯暗，客梦回，一声声滴人心碎。孤舟五更家万里，是离人几行情泪。

赏 析

潇湘夜雨，是宋元人所称“潇湘八景”之一。潇湘，原指湘水与潇水在零陵的汇合处，后用以指湖南。据孙楷第考证，马致远“至大、至治间宦江浙，至治末始改官江西”(《元曲家考略》)。又，马致远八景小令之一的《洞庭秋月》有“豫章城故人来也”之句。由此可知，这首小令写的是作者由江西至湖南的亲身感受。

“渔灯暗，客梦回”这两句写在水上过夜的情景。潇湘自古为鱼米之乡，故以“渔灯”二字开头，巧妙地抓住了“潇湘夜”的特点。同时，一“暗”字又奠定了全曲暗淡感伤的气氛。“客梦回”的“客”系自指，此字为下文的思家作了铺垫。“梦回”，梦醒。梦到什么，作者未写。也许是“梦里不知身是客，一晌贪欢”(李煜【浪淘沙】)；也许是“想佳人、妆楼凝望，误几回、天际识归舟”(柳永【八声甘州】)。但是梦回人醒，却是孤舟夜雨，故下面紧接“一声声滴人心碎”。这句写对深夜雨声的感受。雨点滴在船舱上，一声声传来，像滴在人心上。“心碎”两字，直接切入本曲主题，为全曲之眼。前两句何以有黯淡情调，于此揭出其因。以上三句为一个层次，紧扣题面，写潇湘夜雨及作者触景生情。

“孤舟五更家万里”，写离家之远，孤身之苦。“孤舟”照应“渔灯”，“五更”

照应“梦回”,“家万里”照应“客”。五更,言夜之深;万里,则言离家之远。这句从时间与空间两个方面写出了远离家人的旅客在深夜的孤独寂寞之感,是为“心碎”之第一层烘托和具体内容的揭示。“是离人几行情泪”,再写思家的痛苦。它是“心碎”的第二层烘托。“孤舟”句暗点离人之苦,此句则直揭离人之情,反复回环,“心碎”之情之状,虽无过多言词渲染,然而却淋漓尽致。这里作者又采用比喻手法,把大自然的声声雨滴,比作离人眼中滴出的伤心之泪。夜雨无边,人泪如斯,离人“心碎”之深,可以想见。

闻雨伤心,离情顿生,乃是古代诗词常用的手法。温庭筠【更漏子】词:“梧桐树,三更雨,不道离情正苦。一叶叶,一声声,空阶滴到明。”便是著名一例,马致远将这种诗词中常有意境和手法引入本曲,然又自出机杼,将雨、泪、情、景融为一体。语简意深,堪称马致远散曲小令中的佳作之一。

(周寅宾)

【双调】

夜行船

马致远

秋 思

百岁光阴一梦蝶，重回首往事堪嗟。今日春来，明朝花谢。急罚盏夜阑[1]灯灭。

【乔木查】想秦宫汉阙，都做了衰草牛羊野。不恁么[2]渔樵没话说。纵荒坟横断碑，不辨龙蛇[3]。

【庆宣和】投至[4]狐踪与兔穴，多少豪杰。鼎足虽坚半腰里折。魏耶？晋耶？

【落梅风】天教你富，莫太奢。没多时好天良夜。富家儿更做道你心似铁，争辜负了锦堂风月。

【风入松】眼前红日又西斜，疾似下坡车。不争镜里添白雪，上床与鞋履相别。莫笑巢鸠计拙，葫芦提一向装呆。

【拨不断】利名竭，是非绝。红尘不向门前惹，绿树偏宜屋角遮，青山正补墙头缺；更那堪竹篱茅舍。

【离亭宴煞】蛩[5]吟罢一觉才宁贴[6]，鸡鸣时万事无休歇。何年是彻？看密匝匝蚁排兵，乱纷纷蜂酿蜜，急攘攘蝇争血。裴公绿野堂[7]，陶令白莲社[8]，爱秋来时那些：和露摘黄花，带霜分紫蟹，煮酒烧红叶。想人生有限杯，浑几个重阳节？人问我顽童记者：便北海[9]探吾来，道东篱醉了也。

【注】

① “急罚盏”句：夜阑，夜深。此句意为：赌酒人赶快把受罚之酒喝完，（否则）夜阑灯灭酒就喝不完了。

② 恁么：如此，这样。

③ 不辨龙蛇:不辨何年。龙蛇,这里指年份,如龙年、蛇年。也就是说碑上刻的那些字都看不出来了。

④ 投至:乃至。

⑤ 蛩(qióng):蟋蟀。

⑥ 宁贴:平静,安静。

⑦ 裴公绿野堂:裴公即唐人裴度,唐宪宗时累官至中书侍郎同平章事,以讨平蔡州吴元济,封晋国公。后退居洛阳,筑绿野草堂,与白居易、刘禹锡等饮酒吟咏其中。

⑧ 陶令白莲社:陶令指晋代诗人陶潜。白莲社,晋时高僧慧远等所立,在庐山之麓。无名氏的《白莲社高贤传》,其中即有陶潜传。

⑨ 北海:指后汉曾为北海相的孔融,尝自谓"座上客常满,樽中酒不空,吾无忧矣"。

赏析

马致远的散曲,写景物的、写爱情的、叙事的都有,而写隐居恬退生活的、发抒情感的,为数更多。这篇【夜行船】套数,是后一类的代表作品。先看这套曲子的内容:

开头【夜行船】一支,作者主要是说,人生百年,犹如一梦,应该抓紧时间,饮酒享乐。这支曲子总领全篇,以下再分别从帝王、豪杰、富人说明富贵的无常。

帝王有无上的权威,这是不是值得羡慕呢?作者的回答是否定的,他认为王图霸业都没有用,秦宫汉阙到头来无非变成牧场,做渔父樵夫谈今论古的材料。纵使荒坟上有记载丰功伟业的断碑残碣,可是那字迹也不能清晰地留下来。唐胡曾诗云:"功勋碑碣今何在,不得当时一字看。"(《周瑜庙》)也是这样的意思。

帝王如此,那些英雄豪杰又如何呢?英雄豪杰辅佐帝王,南征北战,创成鼎峙的局面,功勋显赫,位极人臣。可是等到他们死后,坟墓变成狐兔之穴,功勋事业仍然不能保持多久。吴宫花草,魏晋江山,现在又在哪里?

再说富人。富人有钱舍不得用。"好天良夜","锦堂风月",本来应当珍惜地享用它,可是守财奴却白白地辜负了。

帝王、豪杰、富人的结果是这样，作者在以下两支曲子里叙说了自己的处世态度。

“眼前红日又西斜，疾似下坡车”：时光飞快，今天眼看又过去了；明天呢，明天的容颜比今天更老。因此与其思前想后，愁得鬓添白发，还不如丢开一切，黑甜乡里一枕酣睡。（曲文“晓来清镜添白雪”，或作“不争镜里添白雪”。“不争”有“与其”的意思。“上床与鞋履相别”，指睡觉。）斑鸠虽然自己拙得不会筑巢，可是它将就着住喜鹊的巢，那又有什么不好？这样看来，自己也马马虎虎地装呆吧。利与名勿须争夺，是与非不必分辨。住在隔绝尘世的清幽去处，再好没有。

在最末一支曲子里，作者又比较了两种人的处世态度。这只曲子开始写到秋天的景物，题目《秋思》（见《中原音韵》）或《秋兴》（见《词林摘艳》《北宫词纪》）就是由此而来的。作者生动地描绘了那些争名夺利的人的丑恶形象：他们一天到晚忙得不可开交，你拥我挤就像争穴的蚂蚁，嘈嘈杂杂就像酿蜜的蜜蜂，抢来抢去就像争着吸血的苍蝇。他自己呢？他向往陶渊明和裴度的生活，他要“归去来”，要隐居林泉。他不肯辜负“紫蟹肥，黄菊开”（马致远【四块玉】《恬退》）的秋天。人生是短促的，酒能喝多少？重阳节能过几次？他要开怀畅饮，尽情陶醉。富贵功名，荣辱是非，管这些做什么！

这套套数表现了马致远的超然绝世的生活态度。粗粗看来，好像他在歌颂与世无争、及时行乐的处世哲学，好像他十分旷达，其实他是要从恬退中解除痛苦，要借酒浇愁，跟那纨袴子弟极骄奢、尽富贵以满足耳目口腹之欲的享乐是根本不同的；作者是在愤世嫉俗，是在发牢骚呢！元代散曲里面常有这类作品，张养浩的《云庄休居自适小乐府》、汪元亨的《小隐余音》里面，这类作品特别多。他们受统治者的压迫，抑郁苦闷，他们不满当时的社会，对统治阶级采取消极反抗的态度，不肯向他们屈服，所以他们跟那醉生梦死之徒是不大相同的。

就写作技巧方面来说，这套套数也是非常有名的。元末曲学专家周德清在《中原音韵》里给了它很高的评价，说道：“此方是乐府（按，指散曲）。不重韵，无衬字（按，实际上只是衬字很少，不是没有衬字），韵险。语俊。谚曰，‘百中无一’；余曰，‘万中无一’。看他用蝶、穴、杰、别、竭、绝字，是入声作平声；阙、说、铁、雪、拙、缺、贴、歇、彻、血、节字，是入声作上声；灭、月、叶是入声作去声，无一字不妥。”明代文学批评家王世贞在《曲藻》里说：“马致远‘百岁光阴’，放逸宏丽，而不离本色。押韵尤妙。长句如‘红尘不向门前惹，绿树偏宜屋角遮，青山正补墙头缺’，又如‘和露摘黄花，带霜烹紫蟹，煮酒烧红叶’，俱入妙境。小语如‘上床与鞋履相别’，大是名言。结尤疏浚可咏。元人称为第一，真不虚也。”这套曲子，明、清曲家颇有和韵之作，但是都没有马致远原作写得好。

（隋树森）

【仙吕】

后庭花

赵孟頫

清溪一叶舟，芙蓉两岸秋。采菱谁家女？歌声起暮鸥。乱云愁。满头风雨，戴荷叶归去休。

赏　析

此首小令，纯然写景，不着情语，别具一种神韵。

整幅小令，宛如一幅水乡秋暝图。“清溪一叶舟，芙蓉两岸秋”，一湾清溪，荡出一叶轻舟，两岸荷塘，盛开满目荷花。这一层境象，以幽静胜。秋之一字，还带出了一抹淡淡的秋意。“采菱谁家女，歌声起暮鸥”，“采菱女”承一叶轻舟而来，“暮鸥”承两岸芙蓉而来。谁家采菱女儿，唱起一曲清歌，歌声飞扬，惊起了向暮栖息的白鸥？这一层境象，以生动胜。“暮”之一字，亦暗承上文“秋”字，透出一份迟暮之感。以上半幅，境象极幽美，虽说静中有动，可这清歌之妙发，暮鸥之飞起，皆是一片天然之韵律，愈增幽美之感。接下来，“乱云愁”一句，笔势陡然直转。霎时间，乱云密布，预示着大风雨即将来临。“愁”之一字，上承秋字、暮字，下得颇有分量。不过，采菱女儿倒并不愁风雨，这个愁字，实是透露出作者自己心灵中一刹那间的悸动。“满头风雨，戴荷叶归去休”，“休”，语尾助词。密布的乱云，霎时化作扑面的风雨，水天暮雨茫茫，采菱女儿呢，这时摘了荷叶，戴在头上，打桨归去了。这一情节，在采菱女儿自己，不过是寻常小事，而在作者心目中，却别有一份真趣。这，显然是为作者所神往的。结笔情韵悠然不尽，使人为之意远。“归去休”三字，可以理解为描述采菱女归去了，也可以理解为采菱女互相呼唤归去吧，承上文秋、暮、愁一线意脉而下，还不妨理解为发自作者心灵深层的呼唤，它似乎意味着作者自己一种希企有所归宿的潜伏意识。

赵孟頫与唐代诗人王维，有很多相似之处。两人本来都是精通诗画音乐的艺术家，两人生平也都有一份希企归隐的情意缠结。王维《山居秋暝》诗云："空山新雨后，天气晚来秋。明月松间照，清泉石上流。竹喧归浣女，莲动下渔舟。随意春芳歇，王孙自可留。"意境与孟頫此首小令相通。两人的作品，都描绘幽秀清新的山水，赞美恬静自由的生活，不同的是，王诗结联直接写出归宿的意愿，而孟頫小令则含而不露，只是"归去休"三字作了点暗示。

孟頫出身宋朝宗室，宋亡后虽出仕元朝，然故国之思与归隐之志，在其心中缠结了一生。其《罪出》诗云："在山为远志，出山为小草。"《和姚子敬韵》："重嗟出处寸心违。"皆此种情思之流露。孟頫之画，也往往寄托了此种情思。故此首小令中所流露出的秋意、暮感、愁思，尤其归去之意识，可能是孟頫平生那一份情意缠结的曲折体现。

这首小令可谓诗中有画。全幅造境，以水为主。清溪、芙蓉、暮鸥、小舟、采菱女，皆水乡景色、水乡风情。造境得力于水，故灵秀清逸。这风格特色正与孟頫山水画风相通。由于全篇纯是写景，不着情语，故含蓄淡远，尤有神韵。在元代散曲众多的言情必尽之作中，这首小令确实有其独到之处，可以说是以诗为曲，即以唐诗之法而为元人散曲。

（邓小军）

【中吕】

十二月过尧民歌

王实甫

别　情

【十二月】自别后遥山隐隐，更那堪远水粼粼。见杨柳飞绵滚滚，对桃花醉脸醺醺。透内阁香风阵阵，掩重门暮雨纷纷。【尧民歌】怕黄昏忽地又黄昏，不销魂怎地不销魂？新啼痕压旧啼痕，断肠人忆断肠人。今春，香肌瘦几分，搂带宽三寸。

赏　析

以《西厢记》著称于世的王实甫，散曲创作也颇负盛名。尽管他流传下来的作品不过三、五篇，却有脍炙人口的名作【十二月过尧民歌】《别情》。

关于男女别情，在历来的诗词歌赋中，可以说是老而又老的题材了。那么，王实甫是怎样把传统的题目写得别有情趣的呢？“自别后遥山隐隐，更那堪远水粼粼”，起首便点题，把写别情的主旨开门见山，和盘托出。主人公因思念而对“遥山”，遥山层峦叠嶂遮望眼；看“远水”，远水波光粼粼动离情。这两句不仅点明离人相隔之远，更渲染出一种气氛。人是有情的，于是青山绿水似乎也随之变得有情有意，而且促使主人公的思念之情达到不堪忍受的痛苦境地。“见杨柳飞绵滚滚，对桃花醉脸醺醺”，如果说“遥山”“远水”是远距离的描写，这二句便是近景，杨柳堆烟，飞絮滚滚，桃花盛开，醉脸醺醺，主人公无一不触景生情，见物伤心。“杨柳”“桃花”二句，不仅与“遥山”“远水”构成抒情主人公的空间环境，而且点明了思念之情的时间背景是春天。古语云“女悲春，士悲秋”，柳絮飘飞，桃花灼粲，不正有着红颜日衰、而心上人不在的感伤？“透内阁香风阵阵，掩重门暮雨纷纷”，在这春雨绵绵的傍晚，抒情主人公在“内阁”“重门”中，掩饰不住内心的寂寞和悲愁，发出无可奈何的声声叹息。

【尧民歌】的首句紧接上文：“暮雨纷纷。”“怕黄昏忽地又黄昏，不销魂怎地不销魂”，这两句显然是从李清照“梧桐更兼细雨，到黄昏点点滴滴”（【声声慢】）和江淹“黯然销魂者，唯别而已矣”（《别赋》）两句而来。词、曲化用前人诗赋是常事，这两句用得巧，而且惟妙惟肖地刻画出抒情主人公矛盾而复杂的心理活动。一个“怕”字，就细腻地表现出思念之苦，而“忽地又黄昏”，说明经历这种情感煎熬并非一朝一夕，甚至想要抛开这种念头也身不由己。因此，主人公不禁潸然泪下。天天思念，日日啼哭，那“衫儿袖儿都揾湿做重重叠叠的泪”（《西厢记·长亭送别》）。特别想到对方也在思念自己，“一种相思，两地闲愁”，主人公更是柔肠寸断。正因为主人公在离别之苦中度日如年，所以：“今春，香肌瘦几分，搂带宽三寸。”《古诗十九首》有“相去日已远，衣带日已缓。”柳永【蝶恋花】词有“衣带渐宽终不悔，为伊消得人憔悴。”“搂带”，即缕带，亦即衣带。因相思人瘦，衣带也宽了。结句用形体消瘦进一步衬托出相思之深，离别之苦。

曲词至此，作者代主人公淋漓尽致地抒发了心灵深处因离别而起的浓烈情感。为了表达这种情感，在写作中特意安排前只曲子写景，句式多用叠字，景中寓情；后只曲子抒情，句式多用连环，情中又带景。这种方式有如词中的上下片，并且上下联贯，一气呵成，快声快调，如珠走盘。正是这种快唱形式，把主人公久别思念之深情宣泄出来，把司空见惯的离情别绪写活了，写得十分富有情趣。

（郑宏华）

崔莺莺待月西厢记

王实甫

第四本　第三折

【正宫·端正好】碧云天，黄花地，西风紧，北雁南飞。晓来谁染霜林醉？总是离人泪。

【滚绣球】恨相见得迟，怨归去得疾。柳丝长玉骢难系，恨不倩疏林挂住斜晖。马儿迍迍①的行，车儿快快的随，却告了相思回避，破题儿②又早别离。听得道一声“去也”，松了金钏；遥望见十里长亭，减了玉肌。此恨谁知！

【叨叨令】见安排着车儿、马儿，不由人熬熬煎煎的气；有甚么心情花儿、靥儿，打扮得娇娇滴滴的媚；准备着被儿、枕儿，则索昏昏沉沉的睡；从今后衫儿、袖儿，都揾做重重叠叠的泪。兀的不闷杀人也么哥！兀的不闷杀人也么哥！久已后书儿、信儿，索与我凄凄惶惶的寄。

【脱布衫】下西风黄叶纷飞，染寒烟衰草萋迷。酒席上斜签着坐的，蹙愁眉死临侵③地。

【小梁州】我见他阁泪汪汪不敢垂，恐怕人知。猛然见了把头低，长吁气，推整素罗衣。

【幺篇】虽然久后成佳配，奈时间怎不悲啼。意似痴，心如醉，昨宵今日，清减了小腰围。

【上小楼】合欢未已，离愁相继。想着俺前暮私情，昨夜成亲，今日别离。我谂知④这几日相思滋味，却原来比别离情更增十倍。

【幺篇】年少呵轻远别，情薄呵易弃掷。全不想腿儿相挨，脸儿相偎，手儿相携。你与俺崔相国做女婿，妻荣夫贵。但得一个并头莲，煞强如状元及第。

【满庭芳】供食太急，须臾对面，顷刻别离。若不是酒席间子母每当回避，有心待与他举案齐眉。虽然是厮守得一时半刻，也合着俺夫妻每共桌而食。眼底空留意，寻思起就里，险化做望夫石。

【快活三】将来的酒共食，尝着似土和泥。假若便是土和泥，也有些土气息，泥滋味。

【朝天子】暖溶溶玉醅，白泠泠似水，多半是相思泪。眼面前茶饭怕不待要吃，恨塞满愁肠胃。蜗角虚名，蝇头微利，拆鸳鸯在两下里。一个这壁，一个那壁，一递一声长吁气。

【四边静】霎时间杯盘狼藉，车儿投东，马儿向西，两意徘徊，落日山横翠。知他今宵宿在那里？有梦也难寻觅。

【耍孩儿】淋漓襟袖啼红泪，比司马青衫更湿。伯劳⑤东去燕西飞，未登程先问归期。虽然眼底人千里，且尽生前酒一杯。未饮心先醉，眼中流血，心里成灰。

【五煞】到京师服水土，趁程途节饮食，顺时自保揣身体。荒村雨露宜眠早，野店风霜要起迟！鞍马秋风里，最难调护，最要扶持。

【四煞】这忧愁诉与谁？相思只自知，老天不管人憔悴。泪添九曲黄河溢，恨压三峰华岳低。到晚来闷把西楼倚，见了些夕阳古道，衰柳长堤。

【三煞】笑吟吟一处来，哭啼啼独自归。归家若到罗帏里，昨宵个绣衾香暖留春住，今夜个翠被生寒有梦知。留恋你别无意，见据鞍上马，阁不住泪眼愁眉。

【二煞】你休忧文齐福不齐，我则怕你停妻再娶妻。休要一春鱼雁无消息！我这里青鸾有信频须寄，你却休“金榜无名誓不归”。此一节君须记，若见了那异乡花草，再休似此处栖迟。

【一煞】青山隔送行，疏林不做美，淡烟暮霭相遮蔽。夕阳古道无人语，禾黍秋风听马嘶。我为甚么懒上车儿内，来时甚急，去后何迟？

【收尾】四围山色中，一鞭残照里。遍人间烦恼填胸臆，量这些大小车儿如何载得起！

【注】

① 迍迍(tún):行动缓慢的样子。

② 破题儿:唐宋称诗赋的起首几句为破题,这里喻事情的开始或第一次。

③ 死临侵:形容无精打采、呆呆发愣的样子。

④ 谂(shěn)知:深知。

⑤ 伯劳:鸟名,鸣禽类,胸腹部茶色,尾、翼呈黑色,形近于燕子。

赏 析

通常被称作“长亭送别”的第四本第三折,是王实甫《西厢记》中最为脍炙人口的精彩片断之一。在第四本第一折“酬简”和第二折“拷红”中,莺莺终于克服了身心解放的要求与封建精神桎梏的矛盾,迈出了同张生私下结为夫妻的决定性一步。这种出于男女双方真诚相爱的自主选择,使封建礼教的维护者老夫人十分震怒,因此她拷问红娘严加追究。但红娘抓住了老夫人理亏的要害,非但拒不认罪,反而条分缕析,历数老夫人过错,使她不得不承认既成事实:“待经官呵,玷辱家门。罢罢!俺家无犯法之男、再婚之女,与了这厮罢。”但是,老夫人又以“俺三辈儿不招白衣女婿”为由,强令张生“明日便上朝取应去”,并声称“得官呵,来见我,驳落呵,休来见我”。崔、张爱情又面临着新的威胁。“长亭送别”紧接第二折,所表现的正是同老夫人激烈斗争中取得胜利后的这又一次曲折,写莺莺、红娘、老夫人等到十里长亭为“上朝取应”的张生饯行。这折戏由莺莺主唱,是塑造莺莺形象的重场戏之一,在全剧中占有重要地位。这折戏以别宴前后为时间线索,主要通过精心安排的十九支曲文,集中刻画了莺莺送行时的心绪。它在读者、观众面前展现的是一卷情景交融的别离图。这卷别离图由三个紧密衔接的画面组成:一、赴长亭途中;二、长亭别宴;三、长亭分别。倍增烦恼的暮秋天气,是这卷别离图的背景。

起首【端正好】【滚绣球】【叨叨令】三支曲子,系莺莺赴长亭途中所唱。莺莺是怀着无可排遣的离愁别恨,前往长亭为张生送行的。莺莺一上场唱的第一支曲子【端正好】,便通过她对暮秋郊野景色的感受,抒发了这种痛苦压抑的心情。在这支曲子中,作者选取了几样带有季节特征的景物:蓝天白云,萎积的黄花，南飞的大雁，如丹的枫叶，它们在凄紧的西风中融成一体，构成了寥廓萧瑟、令人黯然的境界。“晓来”两句，使客观景色带上了浓重的主观色彩。“染”“醉”二字，下得极有分量。前者不仅把外射的感受化为具有动态的心理过程，而且令离人的涟涟别泪，宛然如见。后者既写出了枫林的色彩，更赋予了在离愁的重压下不能自持的人的情态。

如果说，这支曲子主要是采用了寓情于景的手法，那么，【滚绣球】便是从正面刻画了莺莺与张生难以离舍的复杂内心世界。莺莺想到和张生经历了多少曲折痛苦才得以结合，不期然刚摆脱了相思之苦，却又马上生生地被迫分离，心中充满怨恨又万般无奈。因此，她多么希望那长长的柳丝能够系住张生的马儿，多么希望那疏朗的树林能够挂住西沉的夕阳！然而，柳丝难系，斜晖无情。既然这些都是不可能实现的痴幻的意愿，那么，唯一的希望就只能是让张生乘骑的马儿走得再慢一点，自己乘坐的车子跟得更紧一点——使得两情依依的亲人能够靠得更近一点，相随的时间更长一点。然而，饯行之处的长亭已经映入眼帘，别离的时刻已经临近，人愁得顿时消瘦下来了，这种悲伤的心情有谁能理解啊！

以上两支曲子都是莺莺的内心独白。接下来由红娘问莺莺“今日怎么不打扮”而引出的第三支曲子则不同。红娘的问话，触发了莺莺感情的闸门，使她内心的愁绪，奔涌而出。在道白“你那知我的心里呵”后起唱的【叨叨令】，是以尽情倾诉、直抒胸臆为特征的。莺莺先从眼前车马行色牵动愁肠说起，说明了沉重的别情压在心里，是无心打扮的原因。继而设想今后孤凄的生活情景：在了无情致的昏睡中和涕泪长流的悲愁中苦熬光阴。想到这里，不由得心痛欲碎，发出了“兀的不闷杀人也么哥”的无可奈何的悲叹。然而，别离已无法挽回，唯一可告慰的将只能是别后的鱼雁传书。于是，莺莺只得强抑悲痛，频频叮咛张生“久已后书儿、信儿，索与我凄凄惶惶的寄”。这支曲词层次分明又流转如珠。它用了一连串排比式的叠字句，每组之中，前句有两个带“儿”字的词，后句是双音词的重叠。确如前人所云：“语中每叠二字，正是呜咽凄断说不出处。”它成功地凸显出剧中人物回环往复的浓烈感情和掩抑泣诉的声气口吻。

车马到达十里长亭后，别宴开始了。可是，早已“恨塞满愁肠胃”（【朝天子】）的莺莺，“甚么汤水咽得下！”“将来的酒共食，尝着似土和泥。假若便是土和泥，也有些土气息、泥滋味”。（【快活三】）她的整个心灵，都萦牵着“酒席上斜签着坐的，蹙愁眉死临侵地”（【脱布衫】）即将远行的亲人：“我见他阁泪汪汪不敢垂，恐怕人知。猛然见了把头低，长吁气，推整素罗衣。”（【小梁州】）真是肝肠寸断，令人心碎！然而，当着长亭别宴主持者老夫人的面，他们不能互诉心曲，只能是“一个这壁，一个那壁，一递一声长吁气”。这部分共安排了九支曲子，集中刻画了郁积在莺莺心头的依恋、悲伤、怨愤的情思，同时也通过莺莺的眼和口，展示了同样经受着离愁煎熬的张生的情态。

饯别已毕，老夫人先行回程。分手的时刻已经迫近，人物的感情与剧情也一起推向了高潮。通过配以宾白的七支曲子，一方面，回旋跌宕、波澜起伏地再次展现了莺莺不尽悲戚、痛不欲生的感情潮汐和对张生的反复叮咛、无限体贴；另一方面，则先是曲折吐露继而和盘托出了与离愁别恨纠结在一起的深深忧虑，从而进一步袒露了莺莺的内心世界。此时此刻，莺莺该有多少肺腑之言要倾诉！然而，她那首作为临别赠言的“口占”绝句，所表达的却并不是她的真实心愿：“弃掷今何在，当时且自亲，还将旧来意，怜取眼前人。”这是反语，是试探，也是“我只怕你停妻再娶妻”（【二煞】）的痛苦心理的反映。“此一行得官不得官，疾早便回来”，才是她强烈的心声。莺莺的这种内心隐忧，早在她委身张生之日，就有过剖白（见第四本第一折）。这是污浊的现实投下的阴影。别离终于来临，张生带着莺莺的千叮咛、万嘱咐，上马走了。莺莺目送着张生渐行渐远的身影，愁绪万端，不忍遽归。【一煞】【收尾】两支曲子，便刻画了莺莺的这种怅望情景和依依心情。“夕阳”一句，看似平易，含情极深。日夕薄暮，本是当归之时，而今却挥袂远别，人何以堪！一个“古”字，不但平添了许多苍凉况味，而且把别离的凄苦之情推及古今，它包含着人物内心的许多“潜台词”，也启示着读者观众的丰富联想。“无人语”三字既道出了环境的寂静，更刻绘了莺莺“笑吟吟一处来，哭啼啼独自归”的孤独感和无处可诉的痛苦心理。“四围”两句，虽是淡淡景语，其实包含着无限情思。它使“长亭送别”留下了境界深远、意味无穷的余韵。

“长亭送别”并没有曲折复杂的戏剧情节，其艺术魅力主要来自对人物心灵的深刻探索和真实描摹。作者将艺术触角伸展到处于“长亭送别”这一特定时空交叉点上的莺莺的心灵深处，细腻而多层次地展示了“此恨谁知”的复杂心理内涵——交织着对“前暮私情，昨夜成亲，今日别离”的亲人的百般依恋，对即将来临的“南北东西万里程”的别离的无限悲戚，对逼求“蜗角虚名，蝇头微利”而“强拆鸳鸯在两下里”的做法的深深怨恨，对当时司空见惯的身荣弃妻爱情悲剧的不尽忧虑。同时，也深刻而令人信服地揭示了这一复杂心理内涵的纯净的灵魂美。莺莺在送别张生时的依恋、痛苦、怨恨、忧虑，都是与她美好的爱情理想紧紧联系在一起的。她对张生的爱，是相互倾慕的产物，丝毫没有掺杂进世俗的考虑和利害的打算。在她看来，“但得一个并头莲，煞强如状元及第”，她所追求的是纯真专一、天长地久的爱情幸福，而不是封建的“家世利益”。总之，作者不仅写出了人物心灵中颤动着的爱情旋律，而且写出了激荡着巨大感情潮汐的人物心灵。此外，“长亭送别”之所以动人心魄，王实甫深厚的语言功力，也是不可忽视的重要因素。作者善于化用名作中的优美成句，也擅长提炼现实生活中的白描俊语。曲词或秀丽典雅，含蓄悠长；或质朴自然，活泼爽利。既有诗词意趣，又不失元曲本色。例如，范仲淹【苏幕遮】词中“碧云天，黄叶地”是咏秋名句。王实甫易“叶”为“花”，移入【端正好】一曲，与飞雁、霜林一起，组合成一幅新的暮秋图，完全切合剧中的情景和离人的心绪。【收尾】“遍人间烦恼填胸臆，量这些大小车儿如何载得起”句，是对李清照【武陵春】词“只恐双溪舴艋舟，载不动，许多愁”意境的再创造，极其形象地传达出人物心灵所承受着的感情重压。【叨叨令】【快活三】两支曲子，出语当行，极富生活气息。【脱布衫】前两句是诗词的格调，写莺莺眼中的秋景；后两句是生动的口语，写莺莺眼中的张生。正是这萧瑟的秋色，映衬着愁苦的张生。既抒发了莺莺的情绪，也描写了张生的神态。在“长亭送别”中，这两副笔墨，交替并用，得心应手，炉火纯青，为多侧面、多色彩地再现人物的情感节律，提供了成功的艺术手段。

（高建中）

【双调】

殿前欢

阿里西瑛

懒云窝

西瑛有居号懒云窝，以殿前欢调歌此以自述。

懒云窝，醒时诗酒醉时歌。瑶琴不理抛书卧，无梦南柯。得清闲尽快活。日月似撺梭过，富贵比花开落。青春去也，不乐如何。

懒云窝，醒时诗酒醉时歌。瑶琴不理抛书卧，尽自磨陀。想人生待则么？富贵比花开落，日月似撺梭过。呵呵笑我，我笑呵呵。

懒云窝，客至待如何？懒云窝里和衣卧，尽自婆娑。想人生待则么？贵比我高些个，富比我松些个？呵呵笑我，我笑呵呵。

赏　析

阿里西瑛所居懒云窝，在吴城（今江苏苏州）东北隅。这组【殿前欢】散曲，如题下所记，是作者自述其懒云窝生活的作品。当时名曲家贯云石、乔吉、卫立中、吴西逸，皆有和作，可见此曲在元代颇有影响。

组曲第三首，《太平乐府》注为乔吉作，此从《阳春白雪》本。第三首与第二首有重言叠句，第一首与第二首之间亦是如此，三首实为一组，当为西瑛一人所作。

“懒云窝”，起唱三字，便好玩味。古人名其所居，多取雅洁字面，且一般曰堂、曰斋、曰室、曰庵。作者自称所居曰窝，略见玩世不恭的色彩。用懒云名窝，更见放纵不羁的个性。“懒云”二字，实无理而妙。云之为物，舒卷自如，逍遥自在。“懒云”二字，不仅为云传神，也暗暗为主人公传神。“醒时诗酒醉时歌”，醒时吟诗饮酒，醉时唱歌吟诗，醒与醉的循环，诗与酒的流连，便构成主人公的整个生活。这是写其“自恣以适性情”，有如云之舒卷自如逍遥自在。“瑶琴不理抛书卧”，连瑶琴也不想弹，连书也不想看，全抛在一边，只管一枕高卧。这是写其自恣适情，已到了懒的境地。“无梦南柯”一句，言用不着做什么富贵之梦，则是写其精神的自由，决不为世俗所累。唐李公佐传奇《南柯太守传》，说淳于棼梦至槐安国，娶公主为妻，任南柯太守，荣华富贵，显赫一时，后公主死，乃被遣回。醒来见槐树南枝下有蚁穴，即梦中所历。作者用此故事，意谓富贵如梦而已。作者的生活态度是：“得清闲尽快活。”不求富贵则清，不争富贵则闲。唯有清闲，才能快活。得了清闲，便尽管快活。这是作者的生活态度的正面叙述。下面二句“日月似撺梭过，富贵比花开落”，“撺梭”即穿梭，光阴似箭，人生如梦，富贵荣华不过如花开一时，转瞬便已凋落。“青春去也，不乐如何”，结二句，歌唱快活的人生，才是珍惜美好的时光。

再看第二首。“懒云窝，醒时诗酒醉时歌”，起二句与前首起二句重复，便经营出一种沉醉诗酒流连不已的情境。“瑶琴不理抛书卧，尽自磨陀”，“磨陀”，谓消磨岁月，逍遥自在，元人口语。琴也懒得弹，书也懒得看，尽管歌酒，优游卒岁。“想人生待则么”，“则么”即怎么，元人口语。想人生又能怎么样？“富贵比花开落，日月似撺梭过。”富贵不过如花开花落，日月却迅似穿梭飞过。人生又能怎样？此二句与前首同位二句文字相同而次序颠倒，亦增辞情兴会淋漓往复纵横之趣。“呵呵笑我，我笑呵呵”，“呵呵”，此状笑声。世人呵呵笑我，我亦一笑呵呵。世人笑我，是笑我懒散颓唐。我笑世人，忘不了荣华富贵。作者一笑而已，顺其辞情以解，则富贵比花开落，日月似穿梭过，到头来，谁笑到最后，才是笑得最好呢！第二首与第一首之间，多重言叠句，新辞句中，可加留意的是“磨陀”二字与“呵呵”二句。“磨陀”二字，体现出作者的生活态度，对寸阴的珍惜，对人生的细味。“呵呵”二句，则在洒脱俏皮中，见出对世俗的蔑视。

最后看第三首。“懒云窝，客至待如何”，这首开头换了个角度。客人来到懒云窝，主人公又如何呢？“懒云窝里和衣卧，尽自婆娑”，读上句，不可一滑而过，“懒云”二字，要作一停顿。懒云，此指主人公。窝者，床上之被窝也。“婆娑”，犹言徘徊、盘桓。客人到了，懒云醉了，和衣而卧，在被窝里优哉游哉，自得其乐。这两句，真个把懒云窝写活了，把主人公之真放写到极致。《宋书·隐逸传》记陶渊明“不解音声，而畜素琴一张，无弦，每有酒适，辄抚弄以寄其意。贵贱造之者，有酒辄设，潜若先醉，便语客：‘我醉欲眠，卿可去。’其真率如此。”李白《山中与幽人对酌》诗：“我醉欲眠君且去，明朝有意抱琴来。”此处化用其意，却自有个性：懒云之懒。“想人生待则么？贵比我高些个，富比我松些个”，此三句，叙述人生态度。“些个”，即一点儿，元人口语。“高”字、“松”字，语皆圆活，高指高贵，亦指高明，松指宽松，亦指轻松。想人生能怎样？难道权贵就果真比我高一点吗，富人就果真比我松一点儿吗？言外之意不难索解。权贵似乎地位高贵，然而宦海风波，一旦遭祸，又有何高贵可言？富人似乎富裕宽松，然而钱财身外之物，朝不保夕，一旦败家，又有何轻松可言？庄子曾说：“千金，重利；卿相，尊位也。子独不见郊祭之牺牛乎？养食之数岁，衣以文绣，以入太庙。当是之时，虽欲为孤豚，岂可得乎？”（《史记·老庄列传》）如此看来，富贵又有何意义？“呵呵笑我，我笑呵呵”，有了上二句意味深长的诘问，结二句的呵呵一笑，便格外耐人寻味。这，正是第三首较之第二首更加突出的命意所在。

这组散曲所写照的醒了醉、醉了醒、抛书卧、和衣卧之懒，固然不可取。不过，主人公的这种懒散，原是其放纵不羁到极致的体现。主人公的放纵不羁，实有一种追求自由的精神，视富贵如浮云的精神。懒云窝之名，源于北宋邵雍安乐窝。邵雍安贫乐道，“岁时耕稼，仅给衣食，名其居曰安乐窝”（《宋史》本传）。作者懒云窝之号虽源于此，但特定含义与时代背景已有所不同。在元代，老庄思想成为一代士子的共同心理。不是入世，而是遁世，成为有元一代散曲的普遍情调。这在中国诗史上是一特异现象。其社会背景，乃是元代政治极为黑暗，士人没有出路。阿里西瑛虽是回回人，属色目人，但其作品中的思想情感，实具有普遍意义，所以才能引起当时诸名曲家的共鸣与和作。从西瑛此曲，也可以见到元代西域人接受汉文化之深。

这组散曲的艺术造诣，在于抒情形式的自由横放，淋漓尽致。作者用活泼俏皮的口语，作行云流水般的发抒，其自由横放的笔法高度契合并体现了放纵不羁的情感，若不经意形成的重言叠句，反复展衍辞情，又增添了淋漓尽致的效果，全曲乃有一气呵成、浑然一体之妙。这种自由横放淋漓尽致的特色，实在深得散曲体性之神理。

（邓小军）

【正宫】

鹦鹉曲

冯子振

山亭逸兴

嵯峨峰顶移家住，是个不唧嚁樵父。烂柯时树老无花，叶叶枝枝风雨。(幺)故人曾唤我归来，却道不如休去。指门前万叠云山，是不费青蚨买处①。

【注】

① 青蚨：传说中的水虫名。若潜取其子，无论远近，母必飞来。以其血涂钱，用钱买物，钱必飞回。故事见于《搜神记》。后人因称钱为“青蚨”。

赏析

大德六年(1302)冬，冯子振留寓京城，与几位朋友在酒楼听歌女御园秀演唱白贲的【鹦鹉曲】：“侬家鹦鹉洲边住，是个不识字渔父。浪花中一叶扁舟，睡煞江南烟雨。觉来时满眼青山，抖擞绿蓑归去。算从前错怨天公，甚也有安排我处。”曲辞优美，旋律动人，只可惜没有人能够和韵作新辞，因为这支曲子的韵律要求很严。第二句“父”字很难下语，末句的“甚”字必须去声，“我”字又必须上声，否则，便不可唱，若勉强唱去，则吐字不真，听不清楚。在座诸公知冯公之才，便举酒索和。冯子振一时兴发，按原韵和作三十八首，即景生情，抒怀写志，登临感兴，吊古伤时，笔锋所及，顷刻成篇而不失韵律，其胸中才气，笔底波澜，为古今所罕见。

《山亭逸兴》是发笔第一篇。山亭，山中之亭，是隐逸之士的栖游之所。以“山亭逸兴”为题，则醒目地突出了抛弃仕宦道路而啸傲山林的隐逸之志。

这支散曲的主人公是一位老樵夫,但不是土生土长、精于采樵之业的樵夫。他中途迁居到这嵯峨险峻的峰顶,“是个不唧嘈樵父”。唧嘈,是伶俐、精细的意思。他对于采樵这营生并不精通,显得有点儿笨拙糊涂,但他确是一位受人尊重的长者。父,是古代对德高望重的长者之尊称,他是樵夫中一位被人们尊敬的长者。

他名义上是樵夫,实际上并不从事辛苦的采樵工作。“烂柯时树老无花”,像神仙一样,在深山老林中的亭子上整日下着围棋来消磨岁月,打发时光。“烂柯”,是围棋的代称。《述异记》载:晋朝王质入山采樵,见二童子下棋,王质放下斧子旁观,待一局棋终,王质的斧柄已经腐烂了。柯,是树枝做的斧柄。观看围棋一局,斧柄竟已腐烂,是极言神仙日子之久长。后世以烂柯一词代称围棋,意谓林下围棋,其快乐逍遥有如世外神仙。当然,老樵夫的生涯并不像神仙那样美好,他没有猿鹤为伍,没有麋鹿为伴,没有山花野果,更没有丹崖碧洞,伴随他的只是无花老树,落叶枯枝,飘飒在风雨之中。这使人联想起淮南小山的《招隐士》。汉初的王孙公子厌倦了统治集团内部的倾轧勾斗,远遁山林。作者要招回隐居的王孙,而王孙们不管山中有多少凶禽猛兽,险山恶水,不管山林多么阴森恐怖,触目惊心,他们仍然不愿回到豪华的贵族之家。文中呼告:“王孙归来兮,山中不可以久留!”但最终不能把隐士招回。这支散曲中隐居峰顶的老樵夫,自然有不少老朋友仍在朝廷,仍为显贵,得知老樵夫山林生活异常凄苦,便去山中召唤他归来。“故人曾唤我归来,却道不如休去”,老樵夫在去留的问题上仔细衡量比较的结果是“不如休去”。留在山林,固然清苦,而回到朝廷,前途叵测,也许痛苦更甚。“指门前万叠云山,是不费青蚨买处”,他指着门前所望见的万叠云山,对着来到山中招隐士的故人,或故人的使者说:“你看,这里有无限的山林乐趣,不必用金钱去买,而且用金钱也不可能买到。”在他看来,山林之逸乐远远胜过富贵荣华。读到这里,我们便会发现,这位老樵夫的艺术形象渗透了作者的遗世弃俗、泊然物外的思想情操。

这支散曲只有八句五十四个字,却刻画了一个生动而丰满的艺术形象,其关键是作者抓住了士大夫隐于樵的形象特征。“移家住”,点明他是中途迁入山林;“不唧嘈”,说明他采樵业务之生疏;“唤我归来”,表明他原为仕宦之族,等等。为了突出这一形象特征，散曲中用了“烂柯山”与“招隐士”两个典故，暗喻了老樵夫的隐士生涯及其遗世弃俗的情怀。这比用普通的词语来描述，显得内容更为丰富，思想更为深刻。

这支散曲的感人之处，不仅在于语言的精炼生动、丰富多彩，而且还在于给读者一个审美感受，为读者树立了一个不满现实而遗世弃俗的美好人格。李白《梦游天姥吟留别》诗云：“且放白鹿青崖间，须行即骑访名山。安能摧眉折腰事权贵，使我不得开心颜！”李白是直抒胸臆，而冯子振则表达得更为形象、含蓄而意境悠远，可谓异曲同工。

（张玉奇）

【双调】

寿阳曲

朱帘秀

答卢疏斋

山无数，烟万缕，憔悴煞玉堂人物。倚篷窗一身儿活受苦，恨不得随大江东去。

赏 析

朱帘秀是元代著名的杂剧女演员，《青楼集》中说她“杂剧为当今独步”。当时的文人如关汉卿、卢挚、冯子振等人都与她有交往，关汉卿就有【一枝花】《赠朱帘秀》之作。这首曲子是她存留至今的唯一的一首小令，是为赠答著名散曲作家卢挚（号疏斋）而作的。卢挚的原作如下：“才欢悦，早间别，痛煞煞好难割舍。画船儿载将春去也，空留下半江明月。”据曲意推测，他们俩分明有一段情缘，但最终还是分手了。可能是因为双方的社会地位相差悬殊，感情得不到社会的承认，于是含恨而别。“痛煞煞好难割舍”一句便透出了此中消息。朱帘秀的这支曲也充满深情与怨恨，表现了对卢挚的一往情深。

这支曲子以写景起，境界十分开阔，“山无数，烟万缕”二句，一方面是直道眼前景色，渲染分手时的气氛；一方面也有起兴与象征的意义，那言外之意是说：无数青山将成为隔离情人的障碍，缕缕云烟犹如纷乱的情丝，虚无缥缈而绵绵不绝。第三句由景到人，说出送别之人的悲凉意绪，实也反衬出自己的感伤。卢挚曾为翰林学士，而翰林院在宋代以后往往被称为玉堂，“玉堂人物”也即指卢。“憔悴煞”云云正与卢作“痛煞”相呼应，表现出卢挚对自己的一片深情，同时也形象地道出了别离的痛苦。

四、五两句又从卢挚写到了自己，据卢挚原作中“画船儿载将春去也”一句可知，朱帘秀将乘船离去，也许这是一次长久的分离，也许是一去不返，成为永诀，因而双方的心情都很沉重。行舟将发，作者想到等待自己的是寂然一身，独倚孤眠，只有那滔滔的江水与悠悠的离恨与自己作伴。这样的处境实在难以忍受，因而说是“活受苦”。由此而想到了死，一死了之，岂不万事都得到了解脱。“恨不得随大江东去”一句就是这种心愿的表白。至此，作者的感情达到高潮，全曲也在悲慨沉痛的调子中结束。可贵的是，作者以死殉情的愿望不是用哀艳低沉的调子写出，而是以慷慨悲凉的词语表现，这不仅体现了朱帘秀的一腔热情和愿为爱情献身的勇气，而且反映出艺人身处下贱，不再留恋人生的悲愤，不妨看作对等级森严的社会制度的控诉。

全曲语言质直，感情强烈，冲口而出，一泻无余。作者是长于歌咏的演员，所以此曲节奏明快，声调高朗，浅吟朗咏，可以想见当日江岸离别之情。

（王镇远）

【双调】

清江引

贯云石

弃微名去来心快哉，一笑白云外。知音三五人，痛饮何妨碍？醉袍袖舞嫌天地窄。

赏析

此曲是作者延祐元年(1314)辞官之后离京南游途中所作。它抒发了诗人摆脱了名缰利锁、宦海风波，投入大自然怀抱之中那种无拘无束、自由自在、轻松痛快的豪放不羁之情。

贯云石，这位将门勋臣的后裔，少年时就武艺超群，能腾身上惊马、运槊生风；年甫弱冠，即袭任两淮万户府达鲁花赤，出镇永州，二十七岁拜为翰林侍读学士、中奉大夫、知制诰、同修国史；身为维吾尔族，对汉文化之造诣则颇深，诗文书法靡不可观。如此青云得志、文武全才，年未“而立”，正可大展宏图之际，他却急流勇退，视高官厚禄为“蜗角虚名，蝇头微利”，蔑然弃之如敝屣；竟效法陶渊明辞官而去，浩然高唱“弃微名去来心快哉”，这似乎令人颇为费解。其实，元散曲中这一类作品是比较多的。从众多曲家的叹世归隐作品中，便可窥见那个是非不分、贤愚颠倒的社会现实；因为仕途险恶，文人普遍追求远祸全身，成为时代心理的折光反映；再看看有元一代，特别是武宗以降，为争夺皇位而阴谋倾轧、仇杀株连、直令人惊悚的历史记载，联系贯云石那热爱自由的诗人禀性，则其英年辞官的举动，我们便不难理解了。

摆脱了官场的桎梏，解除了宦海的烦恼，远离了尘世，投向大自然的怀抱，在青山白云中自由呼吸，在林泉沟壑中陶冶性情，自然顿觉一身轻松，心旷神怡、痛快淋漓了！而这一切复杂情感，又统统爆发为意蕴无穷的“一笑”：这是觉醒之后如释重负的欣喜欢笑；这是整个身心与万化冥合的陶然醉笑；对于那些追名逐利的迷津之流，这是为之可怜的冷笑；对于那些不可一世的王侯将相，这又是报之鄙夷的傲笑……

"知音三五人，痛饮何妨碍"，在辞官离京的万里壮游中，经梁山泊，他与渔翁吟诗夜话，为换得了"夜月生香"的芦花被而痛饮；在普陀山，他与诗僧鲁山共赋《观日行》，为观东海日出的壮观而痛饮；登岳阳楼，他为缅怀祖父阿里海牙征南宋时"剑光影动乾坤浮"的壮举而痛饮；至于采石矶上招太白之魂，汨罗江畔伤屈原之灵，也都离不开痛饮。卜居西湖后，他曾先后与张可久、阿里西瑛、杨朝英、乔梦符等曲家诗酒唱和，又与钱塘才女曹妙清、杭州名优杨驹儿等过从甚密。这些，皆可算作"知音"。他本人甚至诡姓名，易冠服，混迹于市民观灯群中，卖药于钱塘街市之上，可谓"何妨碍"之极了！

结句用高度的夸张，展现了诗人豪迈奔放的博大胸襟，大有"安能摧眉折腰事权贵"的气概。试看他对李白的多次倾慕、追怀："酒酣仰天呼太白，眼空四海无纤物。"（《桃花岩》）"我亦不留白玉堂，京华酒浅湘云长。"（《采石歌》）其浮云富贵、粪土王侯的傲岸之情，不是一脉相承么？

此曲笔调骏快，风格豪放。无一景语，纯以率真自然抒情取胜。"快""笑""痛饮""醉""舞"等字眼，意脉贯穿：因快而笑，因笑而痛饮，因痛饮而醉，因醉而起舞，始终洋溢着豪放之情，活画出一个蔑视功名、笑傲王侯、热爱自由、豪放不羁的诗人自我形象。朱权评其词"如天马脱羁"（《太和正音谱》），信不诬也。

（熊　笃）

【双调】

清江引

贯云石

咏 梅

南枝夜来先破蕊，泄露春消息。偏宜雪月交，不惹蜂蝶戏。有时节暗香来梦里。

赏 析

贯酸斋的《咏梅》小令共有四首，这是第一首。它赞美梅花在冰雪严寒中竞先早放，报春而不争春，幽香而不媚众的凛然风骨和高标逸韵，表现了诗人睿才早慧而能不逐流俗、贞洁自守的高尚品格。

一、二两句写梅花破蕊报春，最先向人间透露春光降临的喜讯。“南枝”“先”，说明梅花并未都已怒放，仅仅是南枝因朝阳而破蕊占先。李峤《红梅》云：“大庾天寒少，南枝独早芳。”可见，这第一批报春花，是在严寒笼罩之时，最先给死气沉沉的大地带来了勃勃生机，则梅花斗霜傲雪的英姿风采，不写而自现了。“夜来”“泄露”，状梅花报春隐秘而不盛开怒放之势态，同时也流露出诗人殷切盼春之情意。“泄露”二字用得妙极。杜甫诗云：“侵陵雪色还萱草，泄露春光有柳条。”(《腊日》)而梅花却是比柳条更早的报春使者。春的秘密被拟人化了的梅花无意中泄露了，而这一“泄露”又偏偏为盼春心切的诗人所发现，试想，其欣喜之状又何如？

三、四两句写梅花的高标逸韵，一个“偏”字，道出了梅花迥异群芳、独立不群的个性：它不像桃李诸芳那样，喜欢在艳阳明媚、春风和煦的温暾中开放，也不愿在引人注目、喧嚣热闹的白昼中吐蕊，却偏偏适宜与冰雪、夜月交往。

陆游《梅花绝句》云:“高标逸韵君知否,正在层冰积雪时。”萧泰来【霜天晓角】《梅》则云:“知心惟有月。”而酸斋这句,却将陆、萧的“雪”“月”二义全包了。“雪月”,与梅同是一尘不染、洁白无瑕,故能衬托出梅之神韵;而雪光月影交相辉映,又使横斜的梅枝显得格外疏秀清瘦,从而烘托出梅的形姿,堪称形神毕肖。上句正衬已暗寓对比,下句反衬对比益彰:它不像群芳那样招惹浮蜂浪蝶的狎戏,不趋时媚众,惟坚贞自守。这使人想起苏轼“嫣然一笑竹篱间,桃李满山总粗俗”(《寓居定惠院之东杂花满山有海棠一枝土人不知贵也》)的海棠礼赞。“偏宜”“不惹”两句,对仗珠联璧合,意脉亦有因果联系。既是梅花个性的写照,也是诗人品性的象征。

结句写梅花的幽香入梦。虽然梅花孤傲绝尘,但她却有时候伴随明月清风,把那清幽淡远的芳香散发给梦中的人们。“雪月”虽与梅花同具晶莹洁白之色,但却不具备梅花特有的暗香之味。王安石《雪梅》诗:“遥知不是雪,为有暗香来。”卢梅坡《雪梅》诗:“雪却输梅一段香。”都点明了梅之特性。酸斋此句,妙在不仅抓住这一特性,且又巧妙熔铸了林逋《山园小梅》中“暗香浮动月黄昏”和高续古《咏梅绝句》中“一夜冷香清入梦”两种意境,而不留痕迹。冠以“有时节”一词,则将明月清风中“暗香”悄然入梦那种轻盈飘逸、似觉非觉的情境,写得迷离惝恍、隐约朦胧,十分含蓄而耐人寻味。而“梦里”,又与首句“夜来”遥相照应。

此曲句句写梅,看似纯然咏物,实则处处皆有作者自身灵魂的投影。联系贯云石未及弱冠即任两淮万户府达鲁花赤,二十七岁即拜为翰林侍读知制诰,而翌年即辞官远离污浊官场,隐居西湖林泉的经历,以及他那聪颖早慧、孤高耿介、淡泊名利的个性,其托物象征的自况之意自不难窥见,唯较一般咏物诗词更为含蓄而已。又词中善于熔铸点化典故,恰如撒盐溶水,味增醇厚而了无痕迹,依然不失那“清水芙蓉”的天然本色。

(熊　笃)

【中吕】

山坡羊

张养浩

骊山怀古

骊山四顾，阿房一炬，当时奢侈今何处？只见草萧疏，水萦纡，至今遗恨迷烟树。列国周齐秦汉楚。赢，都变做了土；输，都变做了土！

赏 析

明代朱权评张养浩散曲的风格“如玉树临风”（《太和正音谱》）。这对于张氏挂冠家居后所作的那些表现逃名弃世思想、以飘逸放旷为特色的作品，无疑相当切合；但却不适合于张氏的怀古之作。张氏怀古之作的基本风格是高屋建瓴、视野阔大、气势苍莽雄浑、感慨痛切深沉，其用笔不像前者那样潇洒轻灵，而以质朴重拙为主。这种基本风格在《骊山怀古》曲中体现得十分鲜明。

这首小令虽以“骊山怀古”为题，但作者感怀、议论的范围却不仅限于曲中提到的“周齐秦汉楚”，而至少应理解为涉及了定都关中的隋、唐两朝。“骊山四顾”和“只见……”等句，既表明本曲确是作者亲临秦中有感而作，又显示出他的视野从骊山一直扩展到远在咸阳的阿房宫，实际上囊括了整个关中八百里秦川。曲中仅举出作者亲历的骊山和早已化为焦土的阿房宫，一方面是限于小令的篇幅，更重要的是以典型来概括一般，文字简洁而容量宏大。

骊山，属秦岭山脉分支，位于今陕西临潼县东南。它曾经见证过历史上无数次兴亡巨变。西周王朝在号称丰镐的这片土地上强盛起来，但西周的末代君主幽王为犬戎所逐，就被杀于骊山之下。秦国据关中而灭六国，始皇自即位之初就在这里着手兴修陵墓，费时二十载，动用人力七十万，造成了举世闻名的始皇陵。可是暴秦二世而亡，连始皇陵也被后世寻找亡羊的牧童于无意中焚毁(《汉书·刘向传》)。位于秦京咸阳西南的阿房宫也是秦始皇的杰作，其前殿“东西五百步，南北五十丈，上可以坐万人，下可以建五丈旗”(《史记·秦始皇本纪》)，“离宫别馆，弥山跨谷，辇道相属，阁道通骊山八百余里”(《三辅黄图》)，真可谓奢华侈靡到了极点。可是随着项羽大军的入关，咸阳宫殿以及阿房宫统统被付之一炬。如果顺着作者的思路推衍，那么，在这片土地上建都的还有曲中没有提到的隋、唐两朝。应当说明，曲中不提隋唐而列入了与关中地区关系不大的“齐楚”，是出于用韵(“楚”字是韵脚)和平仄声调(此句末三字多用平仄仄)的需要；并列五国的做法则暗示依此延推之意。隋唐两代君王为了统治和享乐的需要，都曾靡费大量人力物力来营建都城、修饰宫室。隋朝的大兴城何等壮丽，唐代的骊山更是环山遍造宫殿，成为帝王后妃们的避暑胜地。可是，巍峨的大兴城和骊山上万户千门的华清宫，不是早已同始皇陵和阿房宫一样荡然无存了吗？到如今，当张养浩来到这里时，所见的只有弯弯曲曲的河流，萧萧疏疏的野草和笼罩在山岚夕烟中的莽莽树林。面对这片荒凉景象，回想历史上历朝历代的兴衰隆替，怎么能不令人充满遗恨和悲戚？于是一腔感慨便凝成这样两句言简意赅的警句：“赢，都变做了土；输，都变做了土！”伴随着各个王朝的交替更迭，是无休无止的破坏，是无数物质文明和精神财富的毁灭。打赢了的，把输家的一切付之一炬、夷为平地；但今天的赢家难保将来不变成输家，赢来的一切到头来也照样会变成焦土泥尘。如此看来，输输赢赢又有什么意义呢？这个警句点明了全曲的主题，显示了一位封建文人对历史兴亡的大彻大悟，似乎颇为消极，甚至带有虚无色彩。然而，这种大彻大悟是针对封建统治者为争夺政权而进行的残酷厮杀和夺得政权之后的奢侈行为而发的，所以又具有强烈的批判性和一定的醒世意义。

(董乃斌)

【中吕】

山坡羊

张养浩

潼关怀古

峰峦如聚，波涛如怒。山河表里潼关路。望西都，意踌蹰。伤心秦汉经行处，宫阙万间都做了土。兴，百姓苦；亡，百姓苦。

赏析

这首小令是作者路过潼关时写的。《元史·张养浩传》说："天历二年，关中大旱，饥民相食，特拜（张养浩）为陕西行台中丞。……登车就道，遇饥者则赈之，死者则葬之。"并说他"到官四月，忧劳以死"。就他的作品和有关史料看，他对元朝的黑暗统治深感不满，对人民的疾苦相当关心。他在"关中大旱，饥民相食"之时写的这首【山坡羊】，尽管题为"怀古"，实际上重在"伤今"，其揭露、批判的锋芒，既指向历史上历朝累代的统治者，更指向当时的元朝统治者。

作者从东方走来，纵目四望，看到了潼关的形胜。因此，这只曲子便先从潼关形胜写起。第一句写山，潼关东有崤山，北有中条，西接华岳三峰，形势险要。诗人看见的就是这种险要的形势；但他没有用纪实的表达方式，而只用"峰峦如聚"作形象的描绘。一个"聚"字，不仅写出"峰峦"的众多，而且赋予众多的峰峦以生命和意志，从而表现出它们向潼关聚集的动势。那许多峰峦，仿佛为了同一目的，从不同的方向奔来，拱卫潼关。第二句写河。《元和郡县志》记"潼关"云："上跻高隅，俯视洪流，盘纡峻极，实为天险。"潼关所"俯视"的"洪流"，就是黄河。黄河从龙门直泻而来，汹涌澎湃，奔赴关下，诗人所见的就是这种情景；但他也未用纪实的表达形式，而只用"波涛如怒"作形象的描绘。一个“怒”字，不仅概括了黄河波翻浪涌、奔腾咆哮的气势，而且赋予它以生命和感情。它为什么发“怒”呢？这就给读者打开了驰骋想象的广阔天地。

第一句写山，第二句写河，都没有点明这是什么地方，第三句“山河表里潼关路”，便总括山、河，归到“潼关”。着一“路”字，表明诗人此时正行进在“潼关路”上，那“峰峦如聚”“波涛如怒”“山河表里”的景象，都是他亲眼看见的，因而都涂上了他的感情色彩。他在“潼关路”上行进，其目的地，就是用潼关作东方屏障的“西都”。因此，在看清了眼前的潼关形胜之后，自然要遥望“西都”了，“潼关路”三字既收束上文，又为向“望西都”过渡架好了桥梁。

《左传·僖公二十八年》：“表里山河，必无害也。”注云：“晋国外河而内山。”表，外也；里，内也。这里以“山河表里”形容潼关，极言潼关内有高山，外有大河，形势险要，为兵家所必争，关系着在关中建都的那些封建王朝的兴亡。因此，当诗人在“潼关路”上“望西都”的时候，自然就想到历代的兴亡了。

关中，曾经有西周、秦、西汉、前赵、前秦、后秦、西魏、北周、隋、唐等十个王朝在那里建都，历时达千年之久。那些都城，可以统称“西都”。在本曲中，张养浩仅举“秦汉”，以代表在那里建都的所有王朝。当他“望西都”之时，由于想到了那许多王朝的兴亡带给老百姓的苦难，心情很沉重，所以接着说：“意踌躇”。“踌躇”，本指犹豫不决，徘徊不前。这里在前面加一“意”字，形象地表现了心潮起伏，思想上找不到出路的苦闷。

“意踌躇”一顿，下面所写，就是“意踌躇”的原因和内容。“伤心秦汉经行处”一句，上承“望西都”，下启“宫阙万间都做了土”。所谓“处”，指的正是“西都”。诗人在“潼关路”上遥“望西都”，想到秦人在那里“经行”，看见的是“宫阙万间”；汉人在那里“经行”，看见的是“宫阙万间”；隋人唐人在那里“经行”，看见的是“宫阙万间”。可现在呢？“宫阙万间都做了土”啊！此所以望之“伤心”也。

当然，作者并不是说汉人“经行”时所见的“宫阙万间”，也就是秦人“经行”时所见的“宫阙万间”。凡读过秦汉史的人，都知道秦都咸阳的“宫阙万间”，已随着秦朝的灭亡化为焦土；汉都长安的“宫阙万间”，是汉朝兴起后修建的。此后，王朝有兴有亡，宫阙也有成有毁。在张养浩的时代，“西都”的“宫阙万间”，早已“都做了土”;而元朝的京城大都,又修起了“宫阙万间”。“宫阙万间”修了又毁,毁了又修,剥夺了大量民脂民膏,给“百姓”带来无穷无尽的“苦”。住在“宫阙万间”里穷奢极欲、作威作福的达官贵人,更给“百姓”造成了无穷无尽的“苦”。诗人从“望西都”所激起的情感波涛中理出了这样的思路,并循着这样的思路,倾吐出惊心动魄的诗句:“兴,百姓苦;亡,百姓苦。”无数个王朝兴、替,你方唱罢我登场,而“百姓”之“苦”依然如故,甚至有增无已。那么,怎样才能挖掉“百姓”的“苦”根呢?诗人当然还找不到答案,却已经一针见血地指出了封建统治阶级与劳动人民的根本对立,敢于为百姓的苦难大声疾呼,这是难能可贵的。

这首小令遣词精辟,形象鲜明,于浓烈的抒情色彩中迸发出先进思想的光辉,在元散曲,乃至整个古典诗歌中,都是难得的优秀作品。

(霍松林)

【双调】

得胜令

张养浩

四月一日喜雨

万象欲焦枯，一雨足沾濡。天地回生意，风云起壮图。农夫，舞破蓑衣绿。和余，欢喜的无是处。

赏　析

雨和人类生活的关系真是太密切了。暴雨淫雨给人们带来愁苦和灾难，但更多的是适时的好雨给万物以生机，给人以丰收的希望。所以“喜雨”成为古典诗歌中常见的题目，且其中不乏名作。如杜甫的《春夜喜雨》就描绘春夜雨景，表现了人民诗人对春雨的喜悦心情。

但是有多少次喜雨可以与天历二年(1329)四月一日这场大雨给张养浩带来的欢乐相比呢？据《元史》记载，关中一带已数年无雨，旱情严重，至“饥民相食”，“民间有杀子以奉母者”。张养浩是在这样的情形下受命任陕西行台中丞的。他本是个一贯关心民生疾苦的官吏，此刻又肩负着救百姓于水火的重任，面对苦旱，他是如何盼着一片乌云的出现，一滴雨珠的降落，这是可以想见的。据《元史・张养浩传》载，他“道经华山，祷雨于岳祠，泣拜不能起，天忽阴翳，一雨二日”。延续了几年的旱情缓解了，一方的生灵得救了，他的心情是如何由紧张焦灼一变而为轻松兴奋，这也是可以想见的。他用了不止一首散曲来倾泻自己的这种感情。在套曲【一枝花】《咏喜雨》中他写道：“用尽我为民为国心，祈下些值玉值金雨。数年空盼望，一旦遂沾濡，唤省焦枯，喜万象春如故。”与这首小令异曲而同工。不过套曲容量大，可以尽情表达多方面的复杂心情，而这首小令只着意于得雨当时狂喜感情的抒发。

小令首二句是叙述。上句“万象欲焦枯”写旱象之严重：大地上的东西都像被火烧过的一般。有此一句，概括一切：庄稼之枯黄焦灼，百姓之饥饿困穷，自不待言。下句“一雨足沾濡”立即转入喜雨。两句强烈的对比，迅速的转换，有力地表现了作者由极忧至极喜心情的突变。“足沾濡”，既叙述了雨量之充沛，也透露了作者心情的舒畅和满足。沾濡的不仅是土地；人们，包括作者的心，也像被甘霖浸透了。三、四两句对雨后广阔的宇宙空间的变化作了大笔勾勒。显然，纤细的笔触和一景一物的描绘是难以表现这场雨的重大意义和带来的巨大变化的。但雨毕竟给人带来了巨大的欢乐。所以曲文接着就写欢乐的人们，而前两句“天地”“风云”则被推向远处成为背景。在这背景上，农夫们身披蓑衣狂舞着。毫无疑问，农夫是旱灾主要的受害者，也是今天这场雨的主要受益者，作者作为官员的一切焦虑和辛劳也都是为了他们。所以作者突出了农夫，对他们的形象作了描绘：他们穿上蓑衣舞蹈。《礼记·乐记》说：“故歌之为言也，长言之也。说之故言之；言之不足，故嗟叹之；嗟叹之不足，故不知手之舞之，足之蹈之也。”舞蹈是表达感情的一种方式。农民身穿蓑衣，忘情起舞，说明他们是在大雨中狂欢。然而此时穿蓑衣却不是为了避雨，而是他们表达感情的又一种方式，所以哪怕舞破亦在所不惜。他们有多久不得穿它了啊！作者还特意点出了蓑衣的“绿”色，绿是充满生意的颜色，在诗人笔下，仿佛蓑衣也曾因久旱而枯黄，如今又因喜雨而返绿，这一笔，不仅使蓑衣的形象更为鲜活，也使整个大地生机恢复，作者欢愉的心情得到了物象的表现，而字面上却没有一个“喜”字。接下来的“和余”，用今天的话说，就是“连我”。全句意为“连我也欢喜得不知如何是好”，这就摆正了诗人和农夫的位置，最欢乐的首先当然是农夫，诗人只是“后天下之乐而乐”。然而作者绝非局外旁观，他具有孟子所说的以天下之饥溺为己责的胸怀，因此农夫此时此刻的欢乐心情，他是感同身受的。“欢喜的无是处”，是普通人常有的一种心理体验：无法找到表达方式的欢乐是最大的欢乐；这也是老百姓常用的一种语言。这样的语言和表达方式，使作者的身份更平民化了，也使作者与人民同甘苦同忧乐的关系得到了更好的表现。当然，这个通俗的语句也使整个作品呈现了不同于诗词的散曲情味。

（姚品文）

【正宫】

鹦鹉曲

白　贲

侬家鹦鹉洲边住，是个不识字渔父。浪花中一叶扁舟，睡煞江南烟雨。(幺)觉来时满眼青山，抖擞绿蓑归去。算从前错怨天公，甚也有安排我处。

赏　析

大德六年(1302)，散曲家冯子振同一班伶人妓女在风雪中宴游，他听到有人歌唱白贲【鹦鹉曲】，并叹惜这么好的曲子没有人续作，于是援笔写下了一百多首唱和白词原韵的【鹦鹉曲】。这些作品今天还存有四十二首。实际上，在冯氏前后，有不少曲家和过白词原韵。比如今有刘敏中【黑漆弩】二首、吕济【鹦鹉曲】一首、卢挚【黑漆弩】一首，都是步白贲【鹦鹉曲】之韵而写作的。【黑漆弩】是一支"七七七六、七六七七"体双段五韵的散曲曲牌，由于白贲辞首句中有"鹦鹉洲"三字，这支曲牌遂也获得了【鹦鹉曲】的新名称。

由此看来，白贲的【鹦鹉曲】真是一篇脍炙人口的作品！这同它的内容及形式都有关系。从内容方面说，这篇作品通过对一个隐遁人物的闲适生活的描写，曲折地透露出对现实的不满；语言很明白，但意思很含蓄，耐人寻味。从形式方面说，这篇作品用了个不易搭配的"父"字为韵脚，末句声律又定为"去仄仄平平上去"，声调谐美，却难于唱和。大概由于这两个原因，人们才喜爱它，看重它，把它推为曲中"最上品"，称赞白贲"如太华孤峰"(《太和正音谱》)，作了许多唱和的试验。

应当说，《鹦鹉曲》的题材并不新鲜。从《楚辞》中的《渔父》开始，中国文学就有了一个"避世隐身，钓鱼江流，欣然自乐"的形象典型。唐代《渔父》辞今存二十一首，皆刻画了隐士远离尘俗、情怀闲旷的形象。这种"渔父热"迅速传到日本,我们今天还能看到一组作于日本弘仁十四年(823)的宫中作品。此后,南唐李煜有《渔父》,南宋朱敦儒、陆游等人有《好事近》和《鹊桥仙》写渔父,这都是白贲辞之所本。我们甚至能具体辨别出白贲辞中各种语汇及意象的来源。比如“侬家”,原见于唐人《渔父》的“谁道侬家也钓鱼”;“不识字渔父”,同陆游词中的“我自是无名渔父”相近;而“浪花中一叶扁舟”,又可与李煜词的“浪花有意千里雪”和“一棹春风一叶舟”比对;“抖擞绿蓑归去”,既是张志和词“青箬笠,绿蓑衣,斜风细雨不须归”的意象的化用,又是朱敦儒词“活计绿蓑青笠,惯披霜冲雪”的意象的重组。但值得注意的是:白贲曲中的渔父,却绝不是个淡泊寡欲的人物。这一点,和历来的渔父形象不同。辞中主角何尝“不识字”?只不过强作不识而已。这一细节便安排下了十分深沉的忧愤。因为元代的文人大多沉抑下僚,甚至连下僚也当不上。相反,“不读书有权,不识字有钱”(无名氏【朝天子】),“如今这越聪明越受聪明苦,越痴呆越享痴呆福”(马致远《荐福碑》)。白贲故作旷达,骨子里却是在刺贤愚颠倒。第四句中的“煞”,意思是“极”“尽情”;第六句中的“抖擞”,意思是“抖动”“振动”。这些活泼的字眼,使人觉得渔父的睡眠,乃是生命力的潜藏;渔父的觉醒,乃是生命力的焕发。最后一句说真是也有安置我的地方,这可以理解为自我解嘲,也可以理解为一种讥刺,豁达之中透出一股不平之气。总之,白贲运用散曲这一表现更为自由的文学体裁,塑造了一个富有个性的渔父形象。继承传统而又跳出传统,这就是【鹦鹉曲】的成功之处。

(王昆吾)

【双调】

蟾宫曲

郑光祖

弊裘尘土压征鞍鞭倦袅芦花。弓剑萧萧，一竟入烟霞。动羁怀西风禾黍秋水蒹葭，千点万点老树寒鸦，三行两行写高寒呀呀雁落平沙。曲岸西边近水涡鱼网纶竿钓艖，断桥东下傍溪沙疏篱茅舍人家。见满山满谷，红叶黄花。正是凄凉时候，离人又在天涯。

赏 析

这支小令写离人秋思。

小令伊始，作者便写出了一位天涯羁客在萧索落寞的秋景中的凄凉与孤独：裘衣破旧，征鞍上满是尘土，他疲倦地握着马鞭，身上的弓剑颠簸摇晃，独自一人在沙尘弥漫、芦花飞舞、暮色苍茫的荒凉古道上行进。禾黍离离，秋水苍苍，树上寒鸦聒人。空中雁阵惊寒，三两成行地急遽而下，“呀呀”地鸣叫着降落在沙滩上，寻觅晚宿之处。一个“写”字，传神地描写出了雁阵排成“人”字飞翔于天空的情景。而这所见所闻，又无不牵系游子的羁旅情怀。紧接着，作者通过描写安详静谧的农家生活，进一步反衬天涯羁客的旅思与乡愁。弯弯曲曲的河岸西边，只见渔人撒网，钓夫泛舟，纶竿(鱼绳和钓竿)轻垂。远处的长桥在烟霭中若隐若现似断似连。曲岸东边，则是星星点点的疏篱茅舍。满山满谷，处处是表示秋令已深的红叶黄花。此情此景，怎不牵系游子之心而令人感伤不已？所以，小令最后点题：“正是凄凉时候，离人又在天涯。”

郑光祖无论写杂剧还是创作散曲，风格清雅典丽，被誉为“锦绣文章满肺腑，笔端写出惊人句”，“占词场，老将服输”(贾仲明【凌波仙】《吊词》)。这支小令可以看出郑光祖散曲创作的某些特色。首先是捕捉形象的手法高明，通过一系列足以表现离人乡愁的鲜明形象，如秋水、长天、西风、禾黍、寒鸦、老树等，来渲染萧瑟凄凉的情绪，牵动羁客之旅思。深秋风物，亦在这一派瑟瑟秋意中被描写得历历如画。其次，是善于运用反衬的手法，用农家生活的宁静来反衬离人流落他乡的凄凉，正所谓"以乐景写哀，一倍增其哀乐"（王夫之《姜斋诗话》）。其三，衬字多。全曲一百字，衬字多达四十七字，但多而不杂，运用得圆转灵活。例如："三行两行写高寒呀呀雁落平沙"一句，根据曲律，正字仅七字，即"写高寒雁落平沙"，语意平板，加入衬字之后，显得流走生动，形象地刻画出了深秋寒雁在薄暮时分寻觅避寒之所的情态，使人有呼之欲出的感觉，这正是衬字运用得当产生的效果。

（杜朝光）

【般涉调】

哨遍

睢景臣

高祖还乡

社长排门告示:但有的差使无推故。这差使不寻俗。一壁厢纳草也根,一边又要差夫,索应付。又言是车驾,都说是銮舆,今日还乡故。王乡老执定瓦台盘,赵忙郎抱着酒葫芦。新刷来的头巾,恰糨来的绸衫,畅好是妆幺大户。

【耍孩儿】瞎王留引定伙乔男女,胡踢蹬吹笛擂鼓。见一彪人马到庄门。匹头里几面旗舒:一面旗白胡阑套住个迎霜兔;一面旗红曲连打着个毕月乌;一面旗鸡学舞;一面旗狗生双翅;一面旗蛇缠葫芦。

【五煞】红漆了叉,银铮了斧。甜瓜苦瓜黄金镀。明晃晃马镫枪尖上挑,白雪雪鹅毛扇上铺。这几个乔人物,拿着些不曾见的器仗,穿着些大作怪衣服。

【四煞】辕条上都是马,套顶上不见驴。黄罗伞柄天生曲。车前八个天曹判,车后若干递送夫。更几个多娇女,一般穿着,一样妆梳。

【三煞】那大汉下的车,众人施礼数。那大汉觑得人如无物。众乡老展脚舒腰拜,那大汉挪身着手扶。猛可里抬头觑,觑多时认得,险气破我胸脯。

【二煞】你须身姓刘,你妻须姓吕。把你两家儿根脚从头数。你本身做亭长,耽几盏酒。你丈人教村学,读几卷书。曾在俺庄东住,也曾与我喂牛切草,拽坝扶锄。

【一煞】春采了桑,冬借了俺粟,零支了米麦无重数。换田契强称了麻三秤,还酒债偷量了豆几斛。有甚胡突处?明标着册历,现放着文书。

【尾】少我的钱,差发内旋拨还;欠我的粟,税粮中私准除。只道刘三,谁肯把你揪捽住？白甚么改了姓、更了名，唤做汉高祖？

赏析

“汉高祖”刘邦在做皇帝后的第十二年十月回到故乡沛县，豁免了沛县的赋税，教沛中儿童一百二十人唱他的《大风歌》，设宴款待“父老子弟”，“道故旧为笑乐”。临行，故乡人再三挽留，又倾城出送，简直是恋恋不舍。(《史记·高祖本纪》)

刘邦的时代距元朝已经很遥远，可是元曲家们却一度兴起“高祖还乡”创作热。据钟嗣成《录鬼簿》记载：白朴写过《高祖还庄》杂剧，张国宾写过《高祖还乡》杂剧，睢景臣与扬州的许多作家又同时撰写《高祖还乡》套数。这现象，大约与元朝皇帝每年要回一次上都有关。其他人的同题作品都没有流传下来。睢景臣的这一篇，如果与《史记》的有关叙述相对照，就看出它换了一个全新的角度，写出了截然不同的情景。钟嗣成称赞它“制作新奇，诸公者皆出其下”，并非偶然。

这篇作品的“新奇”之处首先在于选择了一位村民作为叙述人，事件发展的全过程，都是他亲眼看见的，亲口说出的。这就是角度新。正由于采取了这样的角度，才便于对迎驾的队伍、皇帝的仪仗和扈从，乃至皇帝本人，真实而自然地进行嘲弄、讽刺和鞭挞。

一开头，那位村民便以第一人称出现，按照他自己的理解讲述他见到的一切。先讲村社中的头面人物准备接驾和如何接驾。对于这些人物，他当然知根知底，因而讲社长摊派差使，比平时更横蛮无理；讲王乡老、赵忙郎执盘拿酒，打扮得像“妆幺大户”(装模作样，以充大户)；讲王留带领的乐队，则用“瞎”“乔男女”“胡踢蹬”之类的贬词来形容。关于仪仗队的介绍尤其精彩。他把那些神圣不可侵犯的月旗(房宿旗)、日旗(毕宿旗)、凤凰旗、飞虎旗、蟠龙旗，以及红叉、钺斧、金瓜锤、朝天镫、雉扇等等，统统按农村中常见的事物和农民们惯用的语言加以描绘，既形象生动，又滑稽可笑。

仪仗队过去了，接踵而来的是皇帝的车驾和车前“导驾官”及车后的侍从、嫔妃、宫娥。那位村民也弄不清他们的身份，便按照他的理解称之为“天曹判”（天上的判官）、“递送夫”和“多娇女”。

皇帝下车了！那位村民不知道那就是君临天下、擅作威福的皇帝，称之为“那大汉”。众人慌忙向“那大汉”跪拜行礼，“那大汉”却十分拿大，“觑得人如无物”。村民细看“那大汉”，认准那就是他当年熟识的大无赖刘三，险些儿气破了胸脯。

那位村民一开头就以第一人称出现，却省略了“我”，直到“气破我胸脯”一句，才自称“我”而直呼刘三为“你”，面对面地揭他的老底，历数他当年如何不务正业、好酒贪杯、借粟支米、抢麻偷豆，什么坏事都干得出来。你如今阔起来了，“少我的钱”从官差中马上拨还、“欠我的粟”从税粮中私下扣除，这也是可以的。谁还能把你揪住不放？却为什么平白无故地改姓更名，“唤做汉高祖”呢？把刘三改成“汉高祖”，你的“根脚”还是改不掉的，我仍然认得你。

读完这篇作品，就看出作者由于采取新角度而获得了意想不到的艺术魅力和讽刺效果。试想，如果由作者来叙述，怎么能像村民那样讲说皇帝的仪仗队呢？他分明知道什么是“飞虎旗”，怎能把它说成“狗生双翅”呢？而由村民来叙述，就把那些最高统治者用以“明制度，示威等”的东西说成毫不神秘，并不威风的兔、乌、鸡、狗、蛇、斧、甜瓜、苦瓜和马镫，从而揭掉笼罩在它们上面的灵光。如果由作者来叙述，要揭穿皇帝的老底，也不大好措辞。而由一位本来就熟识刘邦的村民来叙述，就可以彻底暴露他的本来面目，让人们知道威风凛凛的皇帝，原来是什么东西。

当然，这种新角度来自作者的新观念。在封建社会中，皇权高于一切，皇帝称为“天子”，代表上天的意志来统治下民。而效忠皇帝，则被说成臣民们不可违背的天职。睢景臣却蔑视皇权主义，否定忠君思想，把由于被剥夺了受教育的权利而缺乏文化知识的村民作为正面人物，让他出面来剥掉皇帝的神圣外衣，这是难能可贵的。

这篇作品所写的刘邦是一个艺术典型。作者通过这个艺术典型，讽刺、鞭打了历朝累代的帝王，特别是元朝的皇帝。作品里所写的“社长排门告示”，乃是元代农村出告示的特殊方法。所写的仪仗，也完全根据元代的制度。作者由于异常愤恨元朝皇帝的暴虐统治而孕育了反抗皇权的新观念，于是借历史上“高祖还乡”的故事而取材于现实生活，写出了这篇脍炙人口的杰作。

全篇语言皆出村民之口，体现了那位村民的生活经验、心理反应和认识水平，既具有强烈的幽默感和讽刺性，又生动、准确，一针见血。例如车驾前的“导驾官”队伍，按元代的制度，那是由御史大夫、御史中丞、侍御史、翰林学士、中书侍郎、黄门侍郎等达官显宦组成的。这些达官显宦在老百姓面前很威风，但在皇帝身旁，却装出泥塑木雕的模样，毫无表情。村民把他们说成“八个天曹判”，一下子就抓住了最本质的特征，讽刺性多么深刻！又如“汉高祖”，这是刘邦死后的“庙号”，他活着的时候并没有这种称呼。那位村民当着刘邦的面指斥他改姓“汉”、改名“高祖”，就惹人发笑。然而从本质上说，号称大汉王朝的“高祖”，何等堂皇，何等尊贵！但追根究底，那不就是无赖刘三的另一称叫法吗？当然，作者以“汉高祖”结束全篇，还另有用意。首先，这篇作品的题目是“高祖还乡”，但如果一上来就明写“高祖”，那么一系列嘲笑、讽刺就无法展开。作者的高明之处在于先写“还乡”而不说破还乡的是谁，迤逦写来，逐渐由“那大汉”过渡到“刘三”，最后以村民痛骂“刘三改姓更名”点出“汉高祖”，真有画龙点睛之妙。其次，按照曲谱，【般涉调】【尾声】最后一句的声调应该是“仄仄平平仄平仄”，末三字，最好是“去平上”。而“汉高祖”三字，正好是“去平上”。作者在结尾的七字句上加了许多“衬字”写成“(白甚么)改(了)姓、更(了)名、(唤做)汉高祖”(加括号的是衬字)，声调抑扬抗爽，命意奇警创辟。以此作为点睛之笔，双睛一点，全龙飞动。

（霍松林）

【中吕】

山坡羊

乔　吉

冬日写怀

冬寒前后，雪晴时候，谁人相伴梅花瘦？钓鳌舟，缆汀洲，绿蓑不耐风霜透。投至有鱼来上钩，风，吹破头；霜，皴破手。

赏　析

这支曲辞，为我们展示了一幅寒江独钓的清冷画面。同类题材，在现存《乔梦符小令》中，还有一支【沉醉东风】曲："万树枯林冻折，千山高鸟飞绝。兔径迷，人踪灭，载黎云小舟一叶。蓑笠渔翁耐冷的别，独钓寒江暮雪。"题下注"檃括古诗"，显然是从柳宗元那首著名的五绝《江雪》脱化而来的。纵使后人有"总不如原作的警炼"之诮，就其以渔翁自喻，表明孤独而不屈的心迹这一点上，倒也与柳河东原诗意旨相距不远，因为它毕竟是蹈袭之作。而这一首【山坡羊】《冬日写怀》，虽也写的是寒江独钓，其情趣就与之不尽一致了。

严冬季节，大雪初霁，万木萧疏，只有梅花傲寒绽放。一句"谁人相伴"，表示了对梅花品格的怜爱与欣赏。梅花无知，并无求伴之需，故而这求伴的意识只能是作者自己的孤独无依而又孤芳自赏的心态反映。当然，设问"谁人相伴"？其实是有人相伴，这人就是曲中的主角——渔翁。不过，作为梅花的同伴渔翁，就曲中所展示的形象而言，却远没有梅花那样出俗傲世的气概。他，龟缩在蓑衣里面，任凭风刀霜剑的欺凌，只是一心一意地垂钓于寒江。"投至"（待到）鱼儿上了钩，头早被寒风吹疼了，手也被霜冻裂了。其中，虽然不乏咬紧牙关的坚持精神，但整个形象总不脱一副寒酸相。恰恰在这一点上，与柳宗元《江雪》诗中那傲世脱俗的渔翁形象并不相类。

怎样来解释这种形象的差异呢？或曰主旨不同，小令怀着深切的体验反映了对渔翁的艰苦劳动生活的同情，有如李贺的《老夫采玉歌》写采玉工人。但是，它的题目分明是《冬日写怀》，顾名思义，显然意在通过渔翁生活抒写作者的襟怀，渔翁乃作者自喻。这样看来，同情劳动人民云云的说法就不尽妥当了。既然以渔翁作喻，那末，在作者与渔翁之间有哪些相通之处呢？正如曲中所状写的那样：求鱼而不得。待到鱼儿真的上钩了，头早被风吹破，手早被霜皴破——寒江垂钓者的信心已耗损殆尽了。这是一种追求入世而不果的辛酸，也正是作者遭际的写照。

根据《录鬼簿》记载的行状，乔吉一生穷困，与仕途绝缘。从自号"笙鹤翁""惺惺道人"来看，他是以超世出尘自诩的。在【卖花声】《悟世》曲中也有"富贵三更枕上蝶，功名两字酒中蛇"的认识，把功名富贵视作浮云，不屑去计较，甚至自称"不应举江湖状元，不思凡风月神仙"，似乎颇得脱俗之乐。但是，透过超脱、恬静的表面，更激荡着追求入世的潜意识，在一支祝颂别人的曲子中，就有"趁取鹏程，快意风云，唾手功名"（【折桂令】《富子明寿》）的句子，对仕途欣羡，向往之情更不能自禁。在另一首小令中，因为有心迹的含蓄剖白，尤其值得注意。"英雄事业何时办？空熬煎两鬓斑。陈抟睡足西华山，文王不到磻溪岸。不是我心灰意懒，怎陪伴愚眉肉眼。"（【玉交枝】）这里，巧妙地运用了两个历史典故。西华山乃陈抟隐居之所，应宋太祖之诏而出；磻溪乃太公望垂钓之处，遇周文王而显，二者都是传说中隐居而得遇明主的佳话。乔吉却反其意而用之，倘若陈抟睡足了也不见宋太祖来请，周文王根本就不去磻溪，他们那济世之大才又焉得而用？从中我们固不难体味作者那怀才不遇的强烈失落情绪，但作者那到老也不曾泯灭的入世之心也情不自禁地透露出来。等已等不及，不等又不甘心，这种苦闷的大跌宕，与"投至有鱼来上钩"，风早"吹破头"，霜早"皴破手"，如出一辙。

元代自太宗九年（1237）起，七十八年间科举不兴。据《录鬼簿》，乔吉病故于至正五年（1345），所以，仁宗延祐二年（1315）始恢复的科举取士，他应该是赶上的，更可能怀着极大的幸运热衷此道。但是，严酷的现实是统治者实行民族压迫政策，将种种钳制施与汉人、南人，不啻拿他们开了个玩笑。为什么在这支曲子里透着一种被捉弄的寒酸相？大致就是这种入世不成的失落感的反映。而这种心态，在元代读书人中是很有代表性的。

（黄　克）

【双调】

折桂令

乔　吉

秋　思

红梨叶染胭脂，吹起霞绡，绊住霜枝。正万里西风，一天暮雨，两地相思。恨薄命佳人在此，问雕鞍游子何之？雁未来时，流水无情，莫写新诗。

赏　析

《秋思》是一支秋日抒情的曲子，作者托言抒情主人公是一位“相思”女子、“薄命佳人”，她所怀念的意中人是一位不知归期、未知何之的游子。

曲子的前三句先写萧疏的秋景，以扣紧题目中的“秋思”。在秋景描写上，作者选取最有典型性的景物，细写霜叶的飘零，用一叶惊秋的环境气氛，来牵动主人公的情思。看：那红色的梨叶经过秋风秋霜的浸染，如同涂上了一层深红色的胭脂，风起叶飘，那绯红如朝霞的叶片随风飞舞，像轻绢薄纱，有时轻轻落地，有时挂罥在经霜渐枯的枝条上。开首三句，一幅萧萧秋色图，便跃然纸上，而凄凉之秋气正为全曲的抒情烘染了一种伤感的氛围。

“正万里西风，一天暮雨”两句，将萧瑟之景更深染一层。此句化用宋柳永【八声甘州】“对潇潇暮雨洒江天，一番洗清秋”之句意，从而逼出以下“两地相思”之全曲主旨句。“两地相思”，本极为平常，但由于已有前面浓墨重彩的写景铺垫，故显得平中见深。这是古代诗歌中常用的“情景交融”手法。

“恨薄命佳人在此，问雕鞍游子何之”两句，点出曲的主角，原来是一位孤独的女子，她的恋人离她远去，此刻，她自恨薄命，默默地发问：远方的游子啊，你现在何处？这里暗用柳永【定风波】词“恨薄情一去，音书无个。早知恁么，悔当初不把雕鞍锁”的意境，说明这位薄命佳人正在后悔当初没有坚决阻止爱人远行。下句的“雁未来时”，表示恋人的归期无定，大雁秋去春回，尚有归期，可自己的恋人，不但不知他身在何处，连什么时候回来也不知道，想到这里，她怎能不泪洒相思地呢？

最后两句，暗含“红叶题诗”的典故，与本曲开头写红叶回环相扣，使全曲在结构上显得更加紧密。关于“红叶题诗”的故事，唐宋间流传很多。孟棨《本事诗》、宋人张实的《流红记》等均有记载，故事梗概大体相同，都是用红叶题诗句，靠流水来传送所题之诗。此处反其意而用之，说“流水无情”，纵然题诗也不能靠它传递，还是不写诗为妙。这里，既反映了女主人公的怨嗟之情与孤独之感，也表现了她因音讯难通和无可告语所造成的相思之苦。其中“莫写新诗”之尾句，写得极为传神。将女子屡屡以诗寄情，欲罢不能，而又怨恨游子之极，遂发誓不再作新的相思之诗的情状与心态，微妙毕肖地表现出来了。

这支曲子的前六句，在意象上似受到王实甫《西厢记·长亭送别》“碧云天，黄花地，西风紧，北雁南飞。晓来谁染霜林醉？总是离人泪”一段曲词的影响，创造出一种情景交融的意境。在语言上，它很讲究辞藻的华美和对仗的工整，如“吹起霞绡，绊住霜枝”“万里西风，一天暮雨”等等，都是对偶极工之句，在音韵上也比较婉谐，代表了乔吉散曲的艺术特色。

（刘文忠）

【双调】

水仙子

乔　吉

寻　梅

冬前冬后几村庄，溪北溪南两履霜，树头树底孤山上。冷风来何处香？忽相逢缟袂绡裳。酒醒寒惊梦，笛凄春断肠，淡月昏黄。

赏　析

乔吉散曲集中，颇多写景咏物之作，这首小令，用跌宕的笔法写出寻梅的意趣和梅花的风韵，运词精巧，使典妥帖，深得行家赞赏。

【水仙子】是北曲双调常用的曲牌。全曲八句七韵，写作时一般分为三节。本曲分别描写寻梅、遇梅和赞颂梅花的神情韵味。

先看第一节。“冬前冬后几村庄，溪北溪南两履霜，树头树底孤山上”，主要描写寻梅的经过。诗人走过不少村庄，也到过溪畔水涯，两脚踏遍了霜雪，最后走到杭州西湖的孤山上，遍寻树头树底，但一直没有找到令他钦羡的梅花。这一节，突出了一个“寻”字。

“冬前冬后”，写诗人寻梅的时间之长；“溪北溪南”“树头树底”，则写寻梅之勤；“几村庄”“两履霜”，说明寻梅之艰。然而诗人遍寻不获，内心焦急、失望，这就为下节找到梅花惊喜欢欣作了铺垫。这三句，用词工整，彼此对仗，从散曲的创作来说，这种对仗方式称之为“鼎足对”；而它每句之中，词语又两两相对，重复中又有变化，非常巧妙。

第二节意脉一转：“冷风来何处香？忽相逢缟袂绡裳。”诗人久寻不获，忽然一阵冷风吹过，送来阵阵幽香，眼前出现了仙子一般的梅花，这使他非常高兴。铁鞋踏破，蓦然发现，真使人有豁然开朗之感！“冷风来何处香”，写得含蓄有味，姜白石咏梅诗中有“梅花雪里无人见，一夜吹香过石桥”之句，二者相比，堪称异曲同工。它们妙就妙在写出梅花之魂——异于他物的幽香！抓住了“香”这个特点，梅花的风神便表现出来了。下一句，接写梅花的外形。“缟袂”，白绸做的衣袖；“绡裳”，薄绸做的下衣。这里，诗人用拟人化的手法，把梅花比作一个穿着白衣的仙女，于是梅花的形神俱现，给人以深刻印象。

“酒醒寒惊梦，笛凄春断肠，淡月昏黄”，第三节，作家使用了三个典故，进一步描写梅花的神韵。我国古代有这样一个故事：相传隋代赵师雄在一个冬天的傍晚路过罗浮山，于林舍中遇见一位素衣淡妆的女子，二人相约到酒店喝酒，赵师雄醉后睡着了，醒来发现自己躺在一棵白梅树下，枝头翠鸟娇啼，原来他昨夜梦见的是一位梅花仙子。（事见《龙城录》）唐朝殷尧藩咏梅诗“好风吹醒罗浮梦，莫听空林翠鸟声”，写的就是这个故事。“酒醒寒惊梦”，显然是用了这个典故，它紧承上句“缟袂绡裳”，进一步描写梅花仙子，连接非常自然。“笛凄春断肠”句也是用典。原典出晋向秀《思旧赋》。向秀与嵇康、吕安等友善，嵇善吹笛，后嵇、吕被司马昭杀害，向秀将西去，经昔时三人所聚之旧庐，怀念旧友，作《思旧赋》，其序有“邻人有吹笛者，发音嘹亮。追思曩昔游宴之好，感音而叹”之语，后常以“闻笛”指怀念旧人。诗人暗用此典，意思是说，听到凄咽的笛声，就想到落梅春尽，自己心爱之物失去，故为之断肠。最后一句“淡月昏黄”，不仅点明诗人找到梅花的时间，同时还化用了宋代林逋“暗香浮动月黄昏”（《山园小梅》）的诗意，突出了梅花的风神，与首节孤山寻梅前后呼应，笔法极其绵密。

统观全曲，诗人是以寻梅来展现梅花的形神风韵，它在写作上有一个特别的地方，这就是通篇描写梅花，但字面上未出现过一个“梅”字，尽管如此，读者却时时感受到梅花的存在。比如第一节写孤山寻梅，孤山是诗人林逋隐居的地方，宋时遍植梅花，提起孤山，人们马上联想到梅花。又如第二节写“冷香”，写“缟袂绡裳”，这是梅花洁白幽香的神形，曲中虽不直说，读者自可领悟。至于第三节的三个典故，更是咏梅所常用。这种写法巧妙别致，足见诗人构思时的艺术匠心。

（黄竹三）

【双调】

殿前欢

乔　吉

里西瑛号懒云窝自叙有作奉和

懒云窝，静看松影挂长萝。半间僧舍平分破，尘虑消磨。听不厌隐士歌，梦不喜高轩过，聘不起东山卧。疏慵在我，奔竞从他。

懒神仙，懒窝中打坐几多年。梦魂不到青云殿，酒兴诗颠。轻便如宰相权，冷淡如名贤传，自在如彭泽县①。苍天负我，我负苍天。

【注】

① 彭泽县：萧统《陶渊明传》记载，陶潜为彭泽县令时，不愿"束带"见督邮，"即日解绶去职，赋《归去来》"。乔吉曲中的彭泽县，即指代陶潜这一举动。

赏　析

这两首散曲是乔吉对阿里西瑛【殿前欢】《懒云窝》的奉和之作。内容是表白对功名富贵的淡泊和慨叹人生的无常。

"懒云窝，静看松影挂长萝"，隐居在"懒云窝"的主人是何等悠闲：有高洁的松、常青的藤作伴，在半间僧舍般的寒室中，乐趣无限地静静观赏那松影里的藤萝，不再有什么尘世的烦恼。"听不厌隐士歌，梦不喜高轩过，聘不起东山卧"，"隐士歌"，指隐士们唱的表示超尘脱俗、追慕自由的歌，如《楚狂接舆歌》《沧浪歌》等等。"懒云窝"主人以隐自乐，所以屡听而不厌；"高轩过"，李贺之诗。据传，李贺少有才名，时文坛名公韩愈、皇甫湜造府试之，李贺即援笔作《高轩过》，愈、湜大惊其才。"梦不喜"者，意谓诗人无意于被人赏识。"高山卧”,《晋书·谢安传》载晋谢安隐居东山,“诸人每相与言,安石不肯出”。后即以高山卧指隐居。谢安后经桓温聘请,终于出山。本曲则说受聘而终不起身,其意又更翻进一层,意谓隐居之志,终不可摇。“疏慵在我,奔竞从他”,为题旨作结:让别人去说我们懒散吧,奔波、钻营的事由他们去干好了。

“懒神仙,懒窝中打坐几多年”,“懒云窝”的主人简直像神仙,在这“窝”里盘腿闭目、静思默想、修真养性好多年了。“梦魂不到青云殿,酒兴诗颠”,“青云殿”,指皇宫。张耒《大礼庆成赋》:“天子翳青云之屋。”“梦魂不到”,指诗人无意于功名富贵,而是在诗酒中一寄其情,就像“李白斗酒诗百篇”那样进入狂颠的境界。“轻便如宰相权,冷淡如名贤传,自在如彭泽县”,“轻便”,轻视而不在意;“名贤”,指有治世之才,道德高尚的人。“名贤传”意谓载名贤之史册。而沉湎在诗酒中的“懒神仙”,无意于追求宰相的权柄,更无须去理睬什么“名贤传”,淡泊名利如此,岂不就像不愿为五斗米折腰的陶潜那样自由自在了么!“苍天负我,我负苍天”,这两句是“懒神仙”们悲愤的呼喊。“老天”抛弃了我,我当然也要对不起“老天”了。在科举不兴、仕进无途的元代,这貌似旷达的话语蕴含着曲作者以及他的同时代文人深沉的愤懑。诗人就这样以高旷而深沉的慨叹结束了全曲。

（钟林斌）

【双调】

蟾宫曲

阿鲁威

问人间谁是英雄？有酾酒临江，横槊曹公。紫盖黄旗，多应借得，赤壁东风。更惊起南阳卧龙，便成名八阵图中。鼎足三分，一分西蜀，一分江东。

赏析

这是一首咏史怀古之作。诗人也许是在灯下展读史卷，也许是面对滚滚东去的大江，俯仰今昔，心潮澎湃。突然，一个问题涌上他的心头："问人间谁是英雄？"这个问题提得十分突兀，大有昂首天外，放眼千秋的气概；又提得十分概括，茫茫古今，叫人从何答起？

作者毕竟有非凡的笔力。他笔锋轻轻一转，就把读者的目光引入了一幅波澜壮阔的具体历史画面：三国，那风云变幻的时代，正是英雄辈出、各显身手的大好时机。

第一位英雄：曹操。苏轼《前赤壁赋》就说他："方其破荆州，下江陵，顺流而东也，舳舻（战船）千里，旌旗蔽空，酾酒临江（洒酒于江，以示凭吊），横槊赋诗，固一世之雄也。"在这首小令中，诗人仅以寥寥二句，便将曹操这位不可一世的英雄形象勾勒出来了。曹操不仅身经百战，力扫群雄，统一了中国北方，而且多情善感，文采斐然，是一位名副其实的风流人物。

第二位英雄：孙权。"紫盖黄旗"，指云气，古人附会为王者之气的象征。《吴书》记魏郎中令陈化答曹丕问云："旧说紫盖黄旗，运在东南。"诗人认为，虚幻的王气不足凭信，东吴之所以能建立王业，是因为孙权、周瑜赤壁一战，借助东风，火烧了曹军的战船，遏止了曹操的攻势。

第三位英雄：诸葛亮。他胸怀奇才，隐居南阳，徐庶称之为卧龙。按照他的本愿，只想“苟全性命于乱世，不求闻达于诸侯”，后来之所以出山辅佐刘备，直接原因是为了报答刘备三顾茅庐的知遇之恩，但归根到底还是时代的、历史的因素促使他作出了这一抉择。诗人用“惊起”二字，生动而又形象地描绘出诸葛亮由隐居到出山的转变过程。唐韩偓诗云：“必若有苏天下意，何如惊起武侯龙？”宋朱熹诗云：“君看蛰龙卧三冬，头角不与蛇争雄。”又云：“伏龙一奋跃，凤雏亦飞翔。”都指出了诸葛亮出山的这种历史必然性。至于诸葛亮出山以后的历史功绩，以杜甫“功盖三分国，名成八阵图”（《八阵图》）的概括最为确切完备。这里诗人即化用其意。末三句既是紧承对诸葛亮的描写而来，又对魏、吴、蜀三方作了一个总结，而全篇也就戛然而止了。

纵观全篇，诗人以大开大合之笔，再现了三国人物的历史风采，歌颂了他们的英雄业绩，含蓄地表达了自己追慕古贤、大展经纶之宏愿。感情基调是雄健的，高昂的，大有苏轼【念奴娇】《赤壁怀古》、辛弃疾【南乡子】《登京口北固亭有怀》遗风。而无苏词的“人生如梦”和辛词的“千古兴亡”的感叹，因而更能激发读者振奋向上的情感。然而此曲究竟何时、何地因何而作，已难详按。作者是否欲借此慕古贤而暗寓自己壮志难酬之隐呢？也不完全排除。唯曲辞未露端倪，故只有留待欣赏者见仁见智地去领略了。

（赵山林）

【双调】

蟾宫曲

阿鲁威

烂羊头谁羡封侯？斗酒篇诗，也自风流。过隙光阴，尘埃野马，不障闲鸥。离汗漫飘蓬九有，向壶山小隐三秋。归赋《登楼》，白发萧萧，老我南州。

赏析

这是一首向往归隐之作。诗人面前有两条可供选择的道路：一条是醉心功名，追求高官厚禄；一条是辞官归隐，过着无拘无束的生活。诗人从感情上否定了前者，而对后者加以肯定，这种人生态度，在起头第一句就十分鲜明地表现出来。“烂羊头”典出《后汉书·刘玄传》。刘玄被立为更始帝后，滥封官爵，甚至连身边的“膳夫庖人”也都拜将封侯。当时长安流传着这样的谚语：“灶下养，中郎将。烂羊胃，骑都尉。烂羊头，关内侯。”阿鲁威认为，元代官场窃踞高位的，也是一群不学无术的宵小之徒。这种廉价的、浮滥的功名，还有什么值得羡慕与追求！这一句立意显豁，造语警拔，将现实生活中无价值的事物一下子撕得粉碎。

以下作者转入对自己生活理想的正面描述：“斗酒篇诗，也自风流。”杜甫《饮中八仙歌》有“李白斗酒诗百篇”之句，阿鲁威仰慕李白那种豪放飘逸的诗仙品格，他不无自负地宣称：此生若能斗酒篇诗，也足够风流快意的了。阿鲁威赞同庄子的看法，认为“人生天地之间，若白驹之过郤（隙），忽然而已”（《庄子·知北游》），或者说，像细微的尘埃，蒸腾的水汽（野马），飘然而来，倏忽即逝。在这样短暂的人生中，只有从心所适，如同白鸥无拘无束（不障）、自由自在地飞翔，才是值得羡慕的。因此作者希望像李白那样：“明朝拂衣去，永与海鸥群。”（《赠王判官时余归隐居庐山屏风叠》）

"离汗漫飘蓬九有，向壶山小隐三秋"，这两句紧承上句而来。"汗漫"语出《淮南子·俶真》"甘瞑于溷澖之地，而徙倚于汗漫之宇"，意为漫无边际；《淮南子·道应》云"吾与汗漫期与九垓之外"，则转为仙人别名。晋张载《七命》："尔乃逾天垠，越地隔，过汗漫之所不游，蹑章亥之所未迹。"作者此处用张载语意，以"汗漫"为"汗漫之所"之简称。两句意为离开虚无缥缈的仙境，像飞蓬一样在九州（九有）飘游；到东汉樊英隐居过的壶山（今河南鲁山县南）去，寻找自己的归宿。

作者向往无拘无束的生活，然而由于现实生活的种种复杂原因，作者并没有真正归隐。尽管他已两鬓斑白，但还得远离家乡，在南剑（今福建南平）屈任太守，目前能做的，无非是像东汉末年流寓当阳的王粲那样登楼望乡，写上一篇《登楼赋》，抒发自己的思归之情而已。

这支小令篇幅短小，但作者在其中融注了自己的爱与恨，有对理想的热烈憧憬，也有无力改变现实的苦闷，思想容量还是相当丰富的。在艺术上，作者把《庄子》、杜诗、古谚等多种前人语言有机地熔铸在一起，构成自己作品的独特意境，铸辞造境的能力是很高超的。

（赵山林）

【正宫】

醉太平

王元鼎

寒　食

声声啼乳鸦，生叫破韶华。夜深微雨润堤沙，香风万家。画楼洗净鸳鸯瓦，彩绳半湿秋千架。觉来红日上窗纱，听街头卖杏花。

赏　析

有关王元鼎生平，所知甚少。约元成宗大德(1297—1307)中在世，曾为翰林学士。生活不受检束，好作散曲，现传有小令七首，套数二篇。

寒食在农历三月初，清明前一二日，此时春已过半。王元鼎的这组《寒食》小令共存四首，此是其中第二首。另外三首主要描述流逝的春光在作者心里引起的丰富、复杂的感受，或惹动莫名的困倦，或撩拨缠绵的情思，或萌发及时作欢的欲念，主观色彩表现得比较浓烈。这一首却不同，作者不直接宣泄自己的情感，而是采用融情于景、含藏不露的抒写手法，把对春天的喜悦之情完全融化在一片生机勃勃、情趣盎然的春的声光画面之中。

曲一开始，就点出了时间。“声声啼乳鸦，生叫破韶华”，“韶华”是指美好的春光。乳鸦鸣啼的声音，打破了凌晨的寂静，似乎把繁闹的春光从沉睡中唤醒，又仿佛顿然宣告了春天行将离逝而去的消息。作者选用“生”(意思是偏偏，硬是)这一俗语，来表现春天昼夜之交由静入动的境态变化，并强调节候突发的、违拗人意的转折，这样就把作者迷恋春光的心情恰当、准确地表达了出来。尽管作者已经听到了春天开始离去的声响，但他此刻还来不及产生春光难留的惆怅和惋叹，眼下的景色依然是那样美丽，令人赏爱不已。他时而遐想，时而环顾，细心地捕捉着春天的影子。堤上湿润的泥沙，到处吹拂的花的芬芳，经过春雨清洗的画楼，悬吊着的秋千架上的彩绳，临窗而照的红日，街头叫卖杏花的人声。这些信手拈来的景致，把野外与院内、自然与人寰连成了一片，画面是这般清丽明亮、富有生气。作者没有外加一句赞美的言词，也没有径直抒发自己的感情，他只把深春早晨的几种景物、声响集中在一起，创造了一个欢快的场景，生动地传递出人们对春天的欢悦。

整首小令的语言典雅华丽。如用"韶华"代指春光，以及在"乳鸦""微雨""香风"这些词组中修饰词的选用，都反映了典丽的特点。一般来说，散曲中文字典雅的小令用衬字者少，而以俗言俚语入曲的加添衬字者多，王元鼎这首小令很少添入衬字，这也表明它是属于一种典雅的类型。他还注意选择富有光泽的词语，如"画楼""彩绳""红日"，这与春天明丽的景色很相协调；同时，前两个词还起着提示曲中的赏春者是富贵人家身份这样的作用。作品以"麻"韵为韵脚，发音洪亮，加以句句押韵，声调悠扬，念起来琅琅上口，给人以流畅圆转之感，这与春天明快的节奏也是和谐一致的。

还可以看出，这首小令有多处语意受到古诗的启发。例如："声声啼乳鸦""觉来红日上窗纱"，受之于孟浩然《春晓》"春眠不觉晓，处处闻啼鸟"；"夜深微雨润堤沙"，受之于杜甫《春夜喜雨》"随风潜入夜，润物细无声"；最后一句更是直接由陆游《临安春雨初霁》"小楼一夜听春雨，深巷明朝卖杏花"变化而来。然而读罢作品，并没有给人以拼凑、陈旧的感觉，这说明作者在运用古诗入曲方面有自己独到的造诣。

（王运熙　邬国平）

【双调】

楚天遥过清江引

薛昂夫

【楚天遥】花开人正欢，花落春如醉。春醉有时醒，人老欢难会。一江春水流，万点杨花坠。谁道是杨花，点点离人泪。【清江引】回首有情风万里，渺渺天无际。愁共海潮来，潮去愁难退。更那堪晚来风又急。

赏析

薛昂夫是维吾尔族诗人，汉姓马，故亦称马昂夫。对汉文化濡染极深，当时评者称“其诗词新严飘逸，如龙驹奋迅，有并驱八骏、一日千里之想。”（王德渊《薛昂夫诗集序》）所作散曲，除散佚的以外，今尚存小令六十五首，套数三曲和一些残句。在元代少数民族散曲作家中，传下来的作品数量仅次于贯云石。

薛昂夫是元代著名作家萨都剌的同时人，当生活于14世纪前叶的元代中期。这时，散曲已渐渐与音乐疏远，不一定以弦索伴唱，而成了文人感怀、酬酢的案头抒情作品，同脱离了音乐的词一样，已成为抒情诗的一种体裁；曲风也不像早期散曲的质朴通俗，趋向于典雅柔丽。虽然也是按牌填曲，但形式较词更为自由，不但句中可加衬字，而且冲破单曲的限制，越来越多用“带过”的形式，将同宫调的两种或两种以上的曲牌连结使用。例如此曲，就用【楚天遥】和【清江引】两个曲牌合成。

此曲前半咏杨花，后半咏海潮，前后浑成为咏叹人生的无尽愁怀。薛昂夫于前代诗人中最尊崇苏轼，常以苏轼自拟，如在【殿前欢】《秋》一曲中，便有“四海诗名播，千秋谁酬和。知他是东坡让我，我让东坡”之句，自负之情可见，而倾心东坡之情亦宣泄无遗。这支曲中翻用苏轼的词句，有如己出，更可看出其心仪苏轼和彼我心情的默契。如【楚天遥】末尾的“谁道是杨花，点点离人泪”，便是化用苏轼【水龙吟】《次韵章质夫杨花词》的结拍“细看来、不是杨花，点点是离人泪”;【清江引】起句“回首有情风万里”,化用苏轼【八声甘州】《寄参寥子》的起句“有情风万里卷潮来”,都毫无镶嵌拼凑之迹。末句“更那堪晚来风又急”,字面与李清照【声声慢】“怎敌他晓来风急”句同一机轴,但却是意象发展至此水到渠成之句,而境界也较李词更为开阔。

此曲前咏杨花,后咏海潮,初看似不甚绾结,然而读来仍觉浑然一体者,全赖下片歇拍前的“愁共海潮来,潮去愁难退”一联,和上片“春醉有时醒,人老欢难会”一联,都用同一事物的反义成偶,两两对照,唤起联想,于是全曲的意象一脉贯通,扣合无间。这种运用修辞手法达到表现效果的特点,正是文人散曲才有的;如果运用得过于纤巧,真情就会减损,此曲用此手法而了然无痕,乍看几难发现,是作者的高明之处。

（何满子）

【双调】

拨不断

吴弘道

闲 乐

暮云遮，雁行斜，渔人独钓寒江雪。万木天寒冻欲折，一枝冷艳开清绝。竹篱茅舍。

赏 析

这支小令题目叫做“闲乐”，内容写作者傍晚时分的所见所感，构成“闲”中的乐趣，所以题为“闲乐”。

“暮云遮”三字点明时间已是傍晚。“暮云”遮住了天光，表明天色渐渐暗下来了。而“云遮”，又预示着天将下雪，为后文写雪埋下伏笔。“雁行斜”三字，写一群大雁在暮云之下排着队向远处的天空飞去，望上去成为一条斜线，似乎禽鸟也在急于寻找当夜的归宿。夜幕即将来临，人们已经回家休息去了，只有一个“渔人”在“寒江”里“独钓”。由于这是寒冬时令，故转瞬下起“雪”来，渔人为了鱼，不肯离去，仍然冒着严寒在下雪时独自垂钓。再看，周围的“万木”在“天寒”中冻得好像要断“折”的样儿，但那“竹篱茅舍”之间竟然有“一枝”冷而艳的梅花开得那么“清绝”（“冷艳”二字在这儿是梅花的代词）。作者欣赏这一“清绝”境界而得到了“闲”中之“乐”。

唐代柳宗元的《江雪》一诗，写“千山鸟飞绝，万径人踪灭”的环境之下，有“孤舟蓑笠翁”在那儿“独钓寒江雪”，用客观事物的描写来反映一个孤高绝俗的境界，象征作者的卓异不群、孤傲不屈的品格。这支小令写作者眼中所见之“暮云”“雁行”“渔人”“寒江”“万木”“梅花”“竹篱茅舍”，而“闲”中有“乐”，心情正是“竹篱茅舍”中人的心情，和柳宗元《江雪》相比，是别有会心的。柳宗元贬官永州，经常徘徊潇水之上，和渔翁打交道，春天写过“欸乃一声山水绿”的名句，冬天又写了“独钓寒江雪”，纯粹从对客观世界的描绘中来暗示自己的孤高，带有禅学家“一片空灵”的意味。吴弘道似乎不是柳宗元那一种内热外冷、胸中愤愤不平而借禅学以消遣时光的人物。他做过小吏，不算得意，也说不上失意，只是觉得功名事业无大希望，不肯追求，也不必追求，而怀着得过且过的心情，寻找“闲”中之“乐”。当他偶然遇着这种境界，感到了一些乐趣，就信笔把它写了下来，并非“着意求工”，只是把眼中所见组合起来，构成了一幅“清绝”的图画。这幅图画以“独钓”的“渔人”和“一枝冷艳”的梅花来构成中心，有了这个中心，全部画面都活起来了。元代画家喜欢画点小景致，诗词曲中也有类似的境界，这篇作品正是如此。

（鲜述文）

【中吕】

普天乐

赵善庆

江头秋行

稻粱肥，蒹葭秀。黄添篱落，绿淡汀洲。木叶空，山容瘦。沙鸟翻风知潮候，望烟江万顷沉秋。半竿落日，一声过雁，几处危楼。

赏析

这是描写诗人秋天漫游江边所见景物的一首小令。全篇句句写景，没有一句抒情。但从诗人对景物赋予的不同形态、色彩和情调中，我们仍能窥出作者丰富的情感消息。景物随着作者的漫行而移步换形，诗人的情感也在起伏荡漾。

“稻粱肥，蒹葭秀”，诗人起笔展现了一片丰收景象。田地里稻子和高粱结着累累硕果，肥大沉甸。江干湖湄，苍苍蒹葭，伸长着秀颀的身姿，楚楚动人。在这片田野里，秋色不是萧瑟惨淡的。一个“肥”字，一个“秀”字，使我们窥出了诗人内心的欣喜。“黄添篱落，绿淡汀洲”，农家院落里、篱笆上，黄澄澄的收获物堆积起来，而河上汀洲，芳草已渐枯萎惨淡，大地显出了“黄添绿淡”的变化。作者巧妙地利用黄、绿两种色调的对比，加上一个“添”字、一个“淡”字，把季节更替形象生动地描绘出来了。在这一段行程中，作者虽喜忧参半，基本上还是赏心悦目的。随着行进的脚步，作者纵目远眺，眼中出现了别一番景致：“木叶空，山容瘦。”昔日青翠郁茂的林木，而今树叶正在秋风中凋残，山的形容就像一位美女的身段，由丰满变得瘦削了。“空”“瘦”两个字，使我们明显地觉出惋惜悲凉的气氛。以下展现的是一片浩荡雄阔的画面：“沙鸟翻风知潮候，望烟江万顷沉秋。”秋风乍起，沙上鸥鹭翔集江面，上下翻飞。它们熟知季候的每一细小变化，因而知道潮汛将临而变得不安宁起来。再向远处瞭望，一片烟雾笼罩江面，浩渺迷蒙，已是一派深秋气象。此时我们觉得诗人的心潮似乎时而随着沙鸥上下在翻腾，时而又与浩渺烟波一起凝聚而沉着。作者的笔在这里也似乎在对着画纸尽情挥洒。一“翻”一“沉”，两字和诗人的感情相应和；一个“知”字，诗人的心，似乎和鸟儿的心灵沟通了。最后三句对正像鼎足一样，给人以平静稳定感。作者的运笔，似乎也收住了泼墨之势，而改成细笔勾勒点染："半竿落日，一声过雁，几处危楼。”似也没有抒情的成分，但是“落日”“雁声”“危楼”是频频出现在古代诗歌中带着感伤色彩的意象。“斜晖脉脉水悠悠，肠断白蘋洲”（温庭筠【梦江南】），“怅望倚危楼，寒日无言西下。”（张昇【离亭燕】）举不胜举。所以这里作者实在是给读者创造了一个颇有感伤气息的境界，读者可以从中联想到怀乡的游子、失意的文人、报国无望的志士和萦念远人的思妇。“半竿”“一声”“几处”这点点滴滴的小景也与诗人情感趋向细腻深邃相吻合。

（姚品文）

【中吕】

山坡羊

赵善庆

燕　子

来时春社，去时秋社，年年来去搬寒热。语喃喃，忙劫劫，春风堂上寻王谢。巷陌乌衣夕照斜。兴，多见些；亡，都尽说。

赏　析

燕子是非常惹人喜爱的小鸟。它颜色鲜明，体形灵巧，叫声似儿语呢喃，娇恰动听。尤其爱飞入屋梁筑巢，依依可人。且以时来去，与人们对时令的敏感、对离合的悲欢容易发生联系，所以燕子早就成为诗人笔下的爱物。早在《诗经》中就有了“燕燕于飞，差池其羽”“燕燕于飞，颉之颃之”“燕燕于飞，上下其音”等描写。自从唐代诗人刘禹锡写了“朱雀桥边野草花，乌衣巷口夕阳斜。旧时王谢堂前燕，飞入寻常百姓家”（《乌衣巷》）著名的怀古诗之后，燕子又成为感叹兴亡的象征物。刘作脍炙人口，后人趋之步之者不少。但名作在前，不要说超越，写出自己的特色也非易事。这首小令在寓意上与刘作相比并无新的开掘，依然是感慨盛衰兴亡，在表现方面，也有意蹈袭刘句，使我们读着便有“似曾相识燕归来”（宋晏殊《浣溪沙》）的感觉。但是它并不令人觉得雷同、陈旧，读来给人以“千秋观里逢新燕”（宋陆游《春游》）的新鲜感。这成就便很难得。我以为这首曲的新鲜感主要来自两个方面：

其一是突出了燕子的形象。在刘诗中燕子与野草、夕阳等是作为乌衣巷边许多景物之一被写到的，当然是重点，但仍不是唯一歌咏的对象；其次，在手法上主要是记叙燕子的行踪，描绘的成分不浓。而这首曲以“燕子”为题，它就成了全曲的中心形象，曲中用了大半篇幅刻画燕子。首二句写燕子的来去。燕子是候鸟，春来秋去，与乡村社日并无直接关系。但燕子却有“社燕”的“封号”，人们说它是“春社来，秋社去”。春社按习俗在立春后第五个戊日，秋社在立秋后第五个戊日，燕子来去大致在此前后，却并非准在这一天。但人们的印象并非无缘无故。因为社日是农民祈祷丰年，感谢神祇的日子，盛大而又欢乐。带着喜悦的心情，人们也就赋予燕子社来社去的品格了。“来时春社，去时秋社”，现成语信手拈来尚不足为奇，而下一句“年年来去搬寒热”，却是非常新鲜奇特的想象。燕子趋热避寒被说成是在搬运寒热。这想象并非无据，它与热俱来，与寒俱去嘛！着一“搬”字，燕子带上了更多的人情味。然而作者的命意却并非在于歌咏燕子，而在于说明：在这年复一年的搬运之中，时光流逝了，朝代更替了；盛的衰了，衰的盛了，而燕子却依然如故。它们“语喃喃，忙劫劫”，它们窃窃私语些什么，在春风中飞来飞去做什么呢？原来是在找寻它们曾经筑过巢的王谢家的画堂。这一“寻”字比仅用“飞”字，蕴意就丰富多了。它包含它们曾是“旧时王谢堂前燕”的意思，也包含飞来飞去寻找的过程，以及王谢之家已经不存在了等多重蕴意。“巷陌乌衣夕照斜”只将“乌衣巷口夕阳斜”句略略改动，作为前面描写的燕子的背景，在结构上也与刘诗先描写背景有所不同，使燕子的形象更为突出了。

其二是散曲的风格特点与诗也不同。《乌衣巷》诗虽然自然流畅，仍然是较为含蓄的。诗中并没有出现“兴”“亡”等字样，而感慨就寄寓在野草、夕阳等意象和它们构成的境界中。对燕子，用“飞入”隐去了“寻”的过程。而散曲对燕子形象的刻画，特别是用“寻”字将寓意表达得更显豁了。尤其是结尾两句，直抒胸臆。利用【山坡羊】句格的特点，将“兴”“亡”对比起来，抒发感慨更为有力。这种作法在元散曲中并非仅见，还有张养浩“兴，百姓苦；亡，百姓苦”（【潼关怀古】）。张句直接发议论，意思更显明尖锐，这首小令仍就燕子生发，说燕子春去秋来，见了许多兴亡更替，也尽由它们去评说，这就避免了作者自己的感慨议论，而具有了委婉的风致。与张养浩散曲相比各有特点，而与刘禹锡诗相比，仍然是散曲的风味。

（姚品文）

【双调】

折桂令

赵善庆

西　湖

问六桥何处堪夸？十里晴湖，二月韶华。浓淡峰峦，高低杨柳，远近桃花。临水临山寺塔，半村半郭人家。杯泛流霞，板撒红牙。紫陌游人，画舫娇娃。

赏　析

杭州西湖在宋宁宗时已有“十景”之说，到了元代，又有“钱塘十景”，并称“西湖双十景”。“六桥烟柳”即是其中一景。从这一景的题名来看，大概六桥一带柳树颇多，到了春天，柳丝吐翠，远远看去，绿烟笼罩，春意盎然。这首小令写西湖景象，以“问六桥”起句，举一景而点出西湖；并且用向六桥问的方式，提出“何处堪夸”，对后面描述的西湖景色已流露出赞叹之意。另外，这样写比开篇就直说要委婉些，多一层情趣，更易吸引人。“何处”在这儿不仅指“何地”，亦有“何时”的意思在内。所以，接下来“十里晴湖，二月韶华”，先概略地总述一笔：春光明媚的二月，十里西湖，天空晴朗，波光潋滟。这里，作者强调了“晴湖”，特别点出“二月韶华”，实即暗示出这是最美地方的最好时光，怎不“堪夸”？

总述以后，作者分层次地对西湖美景进行具体描绘。“浓淡峰峦，高低杨柳，远近桃花”，连用三个排句，鼎足相对写的是自然景色，以“浓淡”二字形容西湖周遭大大小小的山峰，可谓精当之至：晴日下的山峰呈现出青紫色，远处的色彩浅淡，近处的色彩深浓，放眼看去，浓浓淡淡，深深浅浅，美不胜收。中国画的水墨山水，描摹山峰时，即用浓淡不同的墨色来表现，效果极佳。作者在此用“浓淡”二字，深得水墨山水之妙趣。“高低杨柳”则画出了在春风中摆动的杨枝柳条，参差披拂，绿浪上下。“远近桃花”，“远近”应理解为远远近近，处处皆是桃花，如蒸霞喷火，艳丽动人。这三句写了青山、绿柳、红桃，色彩鲜艳绚丽。“浓淡”“高低”“远近”，均为反义组合，看起来美，读来好听。“临水临山寺塔，半村半郭人家”，由自然景色转为人工风光。西湖附近，依山傍水建有寺庙，山旁水边，矗立着寺庙的高塔；城郭与乡村之间，坐落着红墙绿瓦的深宅大院和竹篱茅舍的农户之家。这些寺塔房舍点缀在水光山色、绿树红花的自然景色之间，为西湖景致更增添了几分雅趣。最后四句“杯泛流霞，板撒红牙。紫陌游人，画舫娇娃”，由描写寺塔人家又进一层刻画游湖之人和湖上繁华热闹的情景：大道上游人来来往往，络绎不绝；湖面上五彩缤纷的游船随波荡漾，娇艳的歌女们随着红色檀板的节拍唱着动听的歌曲，游客们边听边品味着杯中的美酒。

这首描写西湖的小令在艺术上的特点是由大到小，由远到近，由静到动，层层推进，最后构成一幅层次清晰、布局匀称的画面，幽雅的静景和湖上的活动亦很协调。另外，除首句设问总领之外，其余通篇对仗皆十分工稳，色彩浓艳，音调明朗。整首曲子洋溢着一股春日勃兴的气氛。

（唐永德）

【黄钟】

人月圆

张可久

山中书事

兴亡千古繁华梦，诗眼倦天涯。孔林乔木，吴宫蔓草，楚庙寒鸦。数间茅舍，藏书万卷，投老村家。山中何事，松花酿酒，春水煎茶。

赏析

这首小令当是作者寓居西湖山下时所作。通过感慨历史的兴亡盛衰，表现了作者勘破世情、厌倦风尘的人生态度，和放情烟霞、诗酒自娱的恬淡情怀。

起首两句总写兴亡盛衰的虚幻，气势阔大。“千古”是“思接千载”，纵观古今；“天涯”是“视通万里”，阅历四方。诗人从历史的盛衰兴亡和现实的切身体验，即时间与空间、纵向与横向这样两个角度，似乎悟出了社会人生的哲理：一切朝代的兴亡盛衰，英雄的得失荣辱，都不过像一场梦幻，转瞬即逝。正如他在【普天乐】《道情》中所云：“北邙烟，西州泪，先朝故家，破冢残碑。”“诗眼”，即诗人的观察力。作者平生足迹曾遍及湘、鄂、皖、苏、浙等江南各省，可谓浪迹“天涯”了。然而终其碌碌一生，仅做过路吏、扬州民务官、桐庐典史、昆山幕僚等卑微杂职而已。一个“倦”字，包含了多少风尘奔波之苦，落拓不遇之怨，世态炎凉之酸！难怪他常为此喟叹：“为谁忙，莫非命？西风驿马，落月书灯。青天蜀道难，红叶吴江冷！”（【普天乐】《秋怀》）难怪他常为此愤激不平：“人生底事辛苦，枉被儒冠误”；“半纸虚名，十载功夫。人传梁甫吟，自献长门赋，谁三顾茅庐？”（【齐天乐过红衫儿】）如此坎坷悲辛，书剑飘零，怎能不令人厌倦思归呢？“倦”字，已遥为后文写隐居伏根；“天涯”，又先替“孔林”三句张本。

“孔林”三句具体铺叙千古繁华如梦的事实，同时也是“诗眼”阅历“天涯”所得。“孔林”，是孔子及其后裔的墓地，在今山东曲阜城北，密植树木花草。“吴宫”，指吴王夫差为西施扩建的宫殿，名馆娃宫（包括响屧廊、琴台等），后被越国焚烧，故址在苏州灵岩山上，也可指三国东吴建业（今南京）故宫，李白诗“吴宫花草埋幽径，近代衣冠成古丘”（《登金陵凤凰台》）可证。“楚庙”，即楚国的宗庙，楚国始建都于丹阳（今湖北秭归），后又迁于郢（今江陵）。三句用鼎足对，具体印证世事沧桑，繁华如梦的哲理：即使像孔子那样的儒家圣贤，吴王那样的称霸雄杰，楚庙那样的江山社稷，而今安在哉？惟余苍翠的乔木，荒芜的蔓草，栖息的寒鸦而已。

“数间”以后诸句，写归隐山中的淡泊生活和诗酒自娱的乐趣。“投老”，即到老、临老。“松花”，即松木花，可以酿酒。“茅舍”“村家”“山中”，既缴足题面《山中书事》，又突出隐居环境的幽静古朴，恬淡安宁：这里没有车马红尘的喧扰，而有青山白云、沟壑林泉的景致，正是“倦天涯”之后的宜人归宿。“藏书”“酿酒”“煎茶”，则写其诗酒自娱，旷放自由的生活乐趣。“万卷”书读之不尽，“松花”“春水”取之不竭，饮酒作诗，读书品茶，足慰晚年。联系作者“英雄不把穷通较”（【庆东原】《次马致远先辈韵》），“名不上琼林殿，梦不到金谷园”，“风月无边，海上神仙”（【水仙子】《次韵》），“欠伊周济世才，犯刘阮贪杯戒，还李杜吟诗债”（【殿前欢】《次酸斋韵》）等多次自白，则不难窥见本篇那表面恬静的诗酒自娱中，不是也隐藏着一股愤世嫉俗、傲杀王侯的潜流么？

此曲较小山多数典雅清丽之作又异：一是风格更近于豪放一路，二是语言也较浅近直朴，未用典故，直抒胸臆，不留余蕴。结构上则以时间顺序为线索，写勘破世情而生倦，倦而归山卜居，居而恬淡适意。感情亦由浓到淡，由愤激渐趋于平静。

（熊　笃）

【正宫】

醉太平

张可久

怀 古

翩翩野舟，泛泛沙鸥。登临不尽古今愁，白云去留。凤凰台上青山旧，秋千墙里垂杨瘦，琵琶亭畔野花秋。长江自流。

赏 析

这是一支缅怀古人、伤悼自身的小曲。作者从自己的漂泊无依、萍踪无定，想到李太白、苏东坡、白乐天虽出类拔萃，也已风流云散，只留下一些供人凭吊的往事，不由得发出繁华易歇、功名未遂的感叹，既流露了自负不凡的感情，也表现出积极用世的态度。曲一开始，便以"野舟"和"沙鸥"来比喻自己的天涯羁旅、湖海飘零。庄周不是说过"饱食而遨游，泛若不系之舟"(《庄子·列御寇》)么？杜甫不是说过"飘飘何所似？天地一沙鸥"(《旅夜书怀》)么？诗人化用了他们的语意，而分别用"翩翩"和"泛泛"加以形容，就更加形象地说明自己像一只来往不停的"野舟"和漂泊不定的"沙鸥"。经过这样的形容和点化，就把静态变为动态，旧的内容化为新的意境了。小令的开头，不着痕迹地化用前人的语意，显得美丽、深厚和博雅，实为曲家所艳称的"凤头"。特别可贵的，是诗人通过"登临"的所见、所感，把曲意贯串起来了，"野舟"和"沙鸥"，既是眼前的景物，又是自己的化身。一个漂泊天涯的倦客，在登山临水的时候，触景生情，怎么不发出无穷的忧思呢？"登临不尽古今愁"，就通过这么个抒情线索把它连接起来了。但如果沿着这根抒情线索发展下去，就只有叹老嗟卑的感叹，怨生恨死的苦恼了。诗人好像彻悟人生，故作达观似的，用"白云去留"一句话，改变了那种灰色的感情，真有回肠荡气的妙趣，移山倒海的笔力。这自然是从陶渊明的“云无心而出岫”（《归去来辞》）那里得到的启迪，从韦执中的“乃无心而自出”，“考攸往而无必”（《白云无心赋》）那里进一步获得的思想资料，融化到自己此时此地的心境中去，从而创造出更高层次的美的境界的。

中间用一组鼎足式的对偶句，充满了缅怀和景仰的感情，概括了我国历史上三位伟大的诗人李白、苏轼和白居易在政治上失意时所留下的一些诗作，借以抒发自己同样的感情，特别显得格调高昂，气势磅礴，局面浩荡，也就是曲家所追求的“中要浩荡”的“猪肚”式的艺术结构。李白在天宝年间被变相放逐以后，漫游金陵（今南京市），写下了脍炙人口的“凤凰台上凤凰游，凤去台空江自流”（《登金陵凤凰台》）那样的诗句，吊古伤怀，以抒发自己政治上的失意心情。可现在登台吊古的诗仙早已去了，只有那远处的“青山”，还像过去一样屹立在那里。苏轼在元丰年间，也在被贬途中写过“墙里秋千墙外道，墙外行人，墙里佳人笑”（《蝶恋花》）那样寄托深远的词，以行人多情，佳人无情，喻自己的报国有心，人莫我知。特别是句末着一“瘦”字，便把苏词的“枝上柳绵吹又少”，更加形象地表现了出来。大有“树犹如此，人何以堪”的感慨。白居易在元和年间曾谪贬九江（在今江西），听了琵琶女的弹奏，写下了“同是天涯沦落人，相逢何必曾相识”的《琵琶行》，后人便在浔阳江口（今江西九江）筑了琵琶亭来纪念他。上述三句曲词的字里行间，流露出诗人多么复杂的情感，多么深沉的悲哀！这些诗坛的宗匠，生前的道路虽然是坎坷的，死后的声名却是昭彰的。那么自己的沉抑下僚，偃蹇仕途，又有什么可说的。中间写得如此浩荡，如此壮阔，结语如何把读者引向更广阔的天地，形成一个“响亮”、有力的“豹尾”，是值得仔细推敲的。诗人以扛鼎的笔力，举重若轻地用“长江自流”这句非常漂亮的俊语，不但高度概括了全部的曲意，而且巧妙地运用了王勃的“阁中帝子今何在，槛外长江空自流”（《滕王阁》）的诗境，给人们留有广阔而饶有韵味的联想空间。物换星移，人事全非，是不以人的意志为转移的自然规律，有什么值得悲叹呢！从而把年华易逝的感慨，转化为纯任自然的心理状态，思想升华了，意境提高了，给人的启示也更多了。这么一来，这支小曲简直是“无一字无来历”了，不是失之堆垛了吗？否！王骥德说得好：“曲之佳处，不在用事，亦不在不用事”，而在于是否“引得的确，用的恰好”(《曲律·论用事》)。作者虽然在曲中化用了许多前人的诗句，但却把它化为自己的思想，自己的语言，成了自己创造的新的意境，别有一番耐人咀嚼的韵味，给人以极大的美感享受，所以是成功的。

（羊春秋）

【正宫】

醉太平

张可久

人皆嫌命窘，谁不见钱亲？水晶环入面糊盆，才沾粘便滚。文章糊了盛钱囤，门庭改作迷魂阵，清廉贬入睡馄饨。葫芦提倒稳。

赏　析

这首小令《中原音韵》题作《感怀》，《北词纪外集》题作《叹世》。它辛辣地讽刺了那些不择手段追求金钱的无耻之徒，从一个侧面揭露出元代社会的病态和世俗风气的腐败。

一、二句入手擒题，为全篇主旨，道出了贪财乃世风腐败之根源：在这个社会上，人人都嫌弃讨厌命运穷困，个个都势利得见钱眼开；因为都想飞黄腾达，家财万贯，自然就造成了人欲横流、如蝇逐血、寡廉鲜耻的社会风气。所以从第三句以下，就铺写这种腐败风气的具体表现。“水晶环”一本作“水晶丸”，比喻清白无瑕、光明纯洁的人，一说喻圆滑的人，仔细玩味，当以前一解为宜。“面糊盆”，比喻糊涂污浊，此处指当时社会或官场。“沾粘”，意犹沾染；“滚”，意谓滚在一起，混成一团，喻同流合污。这两句讽刺社会、官场犹如一个糊涂污浊的大面糊盆，大污染缸，即使本质清白纯洁的人，只要一走进去，就立即被环境熏陶，沾染恶习，同流合污、营私舞弊起来。五、六、七三句，进一步列举三种丑恶现象加以讽刺。“囤”，本是用苇篾编织的盛粮食的囤子，此借指盛钱的器具；“盛钱囤”形容钱财聚积如粮囤那么高。“迷魂阵”，本指迷惑、坑害别人的一种圈套或陷阱，使你进得来出不去；而元人常用此词代指妓院。“睡馄饨”，即躺着的馄饨，比喻软弱站不起来；一说即“混沌”，谓一无所知；寻绎上下文意，宜以前解较妥。这三句意谓：读书写文章，本应经时济世，沾溉后人，可现在竟成了升官发财、狗苟蝇营的手段；门庭本是用以接待亲友宾朋之地，可现在竟变成专门坑害别人的陷阱,设置机彀的场所;清正廉洁的人本应受到晋升褒奖,可现在竟被贬斥打击,让你倒在地上站不起来。三句鼎足对,音节铿锵,语调冷峻,辛辣的讽刺中充满愤激不平之气,不仅对拜金主义者之卑劣无耻极尽嬉笑怒骂的谴责,同时对社会上是非颠倒、贤愚不分的现象,也作了淋漓尽致的揭露。

结尾一句,写作者自己的处世态度,收束全文。"葫芦提"是双关语,既指糊涂,亦代指喝酒。如作者在另一首《道情》中有"酒葫芦,醉模糊,也有安排我处。"即其例。这句意谓:世俗名利、是非贤愚我都不管,还是长醉不醒,权装糊里糊涂,反倒觉得一切安稳。表面上看,这种处世态度未免消极颓废,其实这只是诗人愤激不平的反语;倘若他真个无是非观念,一味装聋作哑,麻木不仁,那么,他大可不必愤愤然对上述种种腐败丑恶现实大加挞伐,而应处之泰然,就像某些田园隐逸诗那样冲和闲远才是。但事实表明,作者对这个病入膏肓、丧尽廉耻的社会风气是痛心疾首的。他之所以感叹"葫芦提倒稳",适足表明他既不甘愿失足掉进这个社会大染缸里去同流合污,但个人又无回天之力扭转乾坤、移风易俗;为了解脱这种矛盾、苦恼,只好无可奈何佯装糊涂,闭眼不看红尘,但求独善安稳了。这与关汉卿"闲的是他,愚的是我,争什么"(【四块玉】),马致远的"葫芦提一向装呆"(【夜行船】),曾瑞的"朝市得安为大隐。咱,妆作蠢"(【山坡羊】),皆一脉相承,反映了元代知识分子消极反抗的普遍情绪。

此曲未用一典,全用口语俗语为喻,充满尖新泼辣的蒜酪味,正好切合嬉笑怒骂的讽刺,与小山多数散曲好用诗词语的雅丽风格迥异。在音律上平仄相间,和谐浏亮,鼎足对三句皆施俊语,恰是务头所在。故周德清评此曲:"'窨'字若平,属第二着。平仄好。务头在三对,末句收之。"(《中原音韵·作词十法·定格》)

(熊　笃)

【中吕】

迎仙客

张可久

秋　夜

雨乍晴，月笼明。秋香院落砧杵鸣。二三更，千万声，捣碎离情。不管愁人听。

赏　析

在元代散曲家中，张可久是传世作品最多的一人。他不仅数量压榜，而且艺术上本色当行与清丽高华兼而有之，表现了散曲这一抒情诗体的高度成熟。因此在当时已被尊为词林宗匠，明人李开先更将他与乔吉并推为曲中李杜。他的作品题材广泛，而以写景和怀古为大宗。写时节景色的散曲也不拘于即景状物，常常别有寓意，只是借景发挥，故特具耐人寻味的曲折含蕴。

如此曲题作“秋夜”，表面上是写秋色秋声，其实却是一首闺怨曲。首两句淡淡写景，只点出宿雨初晴，月光隐约迷蒙，就不再在景物上多费笔墨了。以下从“砧杵鸣”起，一路写秋声到底。“砧杵鸣”暗示着闺中思妇为远征的丈夫捣帛准备寒衣，与下文“捣碎离情”句前后相逗，从侧面写出了李白在《子夜吴歌·秋歌》中正面写出的“长安一片月，万户捣衣声，秋风吹不尽，总是玉关情”的幽怨。“二三更”两句再将包含着离愁别绪的秋声加以铺染，使“捣碎”两字更有分量，更加凝重。歇拍“不管愁人听”，不仅使曲中有作者自己在，而且显示了旁人听之尚且愁闷不堪，何况当事的捣衣人，其愁怨更将万倍。背面敷粉，将闺妇的离情益发渲染得淋漓尽致。

【迎仙客】有两调，一调四、五两句可作五字句（也有六字句的，其实是三字句加上衬字），此曲是正格。元人杂剧中用这一曲牌时大都加衬字，早期的散曲或加衬字，或四五两字用五字句，张可久的小令中，用此牌的共十一首，除一首用衬字（《湖上》）和一首用别格（《春思》）外，其余都用正格。后人作散曲时，别格已不再用。词曲牌的正格与别格，大致也看名家或前人的多数作品用哪种格式而定，【迎仙客】的正格，当也是因为张可久多采用此格的原故。

（何满子）

【中吕】

喜春来

张可久

金华客舍

落红小雨苍苔径，飞絮东风细柳营。可怜客里过清明。不待听，昨夜杜鹃声。

赏　析

张可久真不愧为描春的能手。这首小令落笔轻倩，潇洒飘逸，宛如一幅湿淋淋的水彩写生。它几乎是一挥而就，色彩鲜明而不浓艳，玲珑剔透却又意境开阔，读来令人抚玩无斁。

春天来了，万物复苏，整个世界悄然间绽开了妩媚的笑容。面对着大好春光，每个人的感受是各自不同的；即使在同一个人，因了情绪和境况之不同，其感受此一时彼一时亦不尽相同，甚或是大相径庭的。张可久善于捕捉这种极为微妙的差异，因而他的描春之作面貌也就各有其独特之处。此曲写于客中，写景中便蕴藏着一丝隐约可求的轻愁。然而，这愁绪淡得如西施颦眉，美极了！只是在结尾处，那愁绪才以杜鹃鸣叫声的回忆，显得浓重了。在优美的景物描写中掺和了些许思归之情，又达到了水乳交融的程度，它的通体是隽永的、和谐的。

金华，元代称婺州，为婺州路治所，是浙江西南的交通枢纽。小山在金华客舍之中，适逢清明佳节，他春思难遣，不免要踏青赏春，外出游览一番。首二句纯然写景，一如唐人绝句，对仗工稳，色彩明丽，轻巧中极见功力。落红轻飘，细雨蒙蒙，苔径苍翠欲滴；飞絮袅袅，柳丝摇漾，东风阵阵送暖。细雨将落红洗得更艳，将苔径滴得更绿；东风也为春天吹来无限生机，柳絮杨花迎风轻飏、吐穗。“细柳营”，原指汉文帝时大将周亚夫驻守细柳的军营，以军纪严明著名。此处借其名而指春风杨柳的景致，以之与“苍苔径”相对，用来装饰文面。紧接着一句“可怜客里过清明”，流露出一种他乡异客的凄凉况味。这样美好的春光，却不是在家乡与亲朋好友共度良辰，不仅满含遗憾之意，亦复透出一种油然而生的孤独感。

结尾的“不待听，昨夜杜鹃声”，是说思乡的情绪并非看到春意盎然之后才生起的，昨夜依稀闻到杜鹃声声“催归”之时，就已然满怀惆怅了。或许作者离家时间很长了，思归之情又添感时伤春，怎能不叫人陡增愁闷呢！“不待听”，犹言不忍听。

【喜春来】即【阳春曲】，适于作短小精悍的写景作品，一般不加衬字。张可久写散曲技巧娴熟高超，尤长于令曲，他写过不少【喜春来】曲，都是很精彩的。这支小令字少意多，颇能代表小山曲清丽流转、情款味厚的格调和作风。

（王星琦）

【双调】

折桂令

张可久

村庵即事

掩柴门啸傲烟霞，隐隐林峦，小小仙家。楼外白云，窗前翠竹，井底朱砂。五亩宅无人种瓜，一村庵有客分茶。春色无多，开到蔷薇，落尽梨花。

赏　析

这是一首写村居生活的小令。“村庵”即农村中的小屋(旧时文人的书斋亦称庵)。“即事”是当前事物的意思。沈约《游钟山诗应西阳王教》：“即事既多美，临眺殊复奇。”后来人们就把以当前事物为题材的诗称作即事诗。

起首三句，写村庵所在的环境和庵中人的生活。从内容上看，这三句的顺序是倒装的。意思是说：隐隐约约的树林和小山之中，有一座小小的屋舍(“仙家”)，屋中人关起用树条编扎的门(“柴门”)，在里面无拘无束，过着神仙般的生活(“烟霞”，云烟彩霞之境，一般指郊野美景或仙境)。这里，“掩柴门啸傲烟霞”一句，交代了主人公生活的总的情况；“啸傲烟霞”的具体内容是什么呢？这就得由下文来补充了。

“楼外白云，窗前翠竹”二句，进一步描写这座小庵：楼外有白云，窗前有翠竹；恰如一幅恬静而富于诗意的幽居图，颜色柔和，构图雅淡。这是从庵内外望所见之景。而庵内则另有一番情趣：“井底朱砂。”原来主人公在炼丹呢！道家炼丹，需要用丹砂(即朱砂)铅汞配制其他药物，在炉中烧炼而成。北宋道士张伯端《悟真篇》云：“偃月炉中玉芯生，朱砂鼎内水银平，只因火力调和后，种得黄芽渐长成。”说的就是这种情况。“井”指丹井，即用来装药炼丹的井状的容器,亦即丹鼎。隐士们多少都信奉道家思想,炼丹也就常常成为隐士生涯的标志了。

“五亩宅无人种瓜,一村庵有客分茶”二句,说主人没有在家中“种瓜”,却在庵中与客人“分茶”。“五亩宅”是古人心目中的普通之家。《孟子》书上说:“五亩之宅,树之以桑”,是其出处。“种瓜”是秦东陵侯召平的故事,秦亡后,他隐居长安城东种瓜。“分茶”,古代待客礼仪,源出宫廷豪门。韩翃《谢茶表》:“吴礼贤,方闻置茗,晋臣爱客,才有分茶。”后分茶又成为与“煎茶”不同的茗茶之法。此处借以写村庵主人与其客人的高雅,从而进一步突出了村庵主人逍遥自在的生活乐趣。

“春色无多”三句,写暮春景物。这时候,花事已开到蔷薇,而梨花则早已落尽了。梨花于早春盛开,蔷薇科植物中的荼蘼则在春花中开得最晚。王琪《春暮游小园》诗云:“开到荼蘼花事了。”说的就是这种情况。这三句的意思,是说春天的日子不知不觉就过去了,还是表现了生活的悠闲自得,无忧无虑。

这首曲描写村居生活,自始至终贯串着淡泊、恬静、醇雅的情调,带着浓厚的隐士色彩。这种生活情趣是一般元代文士共有的,反映了他们对自由、宁静生活的追求。艺术上,这首曲最大的特征是对仗工整。“隐隐林峦”两句,“五亩宅无人种瓜”两句,“开到蔷薇”两句,都是合璧对;“楼外白云”三句是鼎足对。这些对子,无论词类或句法结构都相同,显得圆润精巧,但它们又有着曲的特点,即不像近体诗那样平仄相对,反而多用同声调字相对,以取得用韵繁密的效果。另外,它构图优美,颜色鲜明,用字雅丽。体现了张可久作曲“清丽”和善于吸收诗词手法入曲的特色。

(洪柏昭)

【双调】

折桂令

张可久

西陵送别

画船儿载不起离愁。人在西陵，恨满东州。懒上归鞍，慵开泪眼，怕倚层楼。春去春来，管送别依依岸柳。潮生潮落，会忘机泛泛沙鸥。烟水悠悠，有句相酬，无计相留。

赏析

此曲题为“西陵送别”，曲中并有“人在西陵，恨满东州”之句。西陵，元代无此地名，疑指渡口。浙江有西陵渡，故址在今萧山县，张乔《越中赠别》诗云：“别离吟断西陵渡，杨柳秋风两岸蝉。”前人每以西陵渡指称送别之地。本曲此处亦当作如是解。“东州”，《后汉书・陈俊传》云：俊为琅邪太守，张步畔（叛），俊追讨斩之。诏曰：“东州新平，大将军之功也。”东州即指琅邪（今山东临沂县北）一带。此处之“东州”，大约是指山东某地，而本曲或为越中别友之作。

“画船儿载不起离愁。”起唱一句，便是警策俊语。李清照【武陵春】词云：“只恐双溪舴艋舟，载不动许多愁。”虽然已有名句在先，但此句仍觉动人。舴艋舟乃春游之小艇，画船则江河之大船，画船儿尚载不起离愁，则此离愁之沉重，已非寻常。且此句是从行人一面写，送者先替行人着想，充分体谅其离愁之深重，则两人相知之深，情谊之笃，亦可想见。

“人在西陵，恨满东州”，“人在”，他本作“人到”，此从《雍熙乐府》本，于辞情更洽。两句意为人在渡口相别，但离愁别恨却将随友人之行踪，弥满东州，作者双管齐下，写足送者、行人从此天各一方，彼此相思之苦况。运笔极是周到。

“懒上归鞍，慵开泪眼，怕倚层楼”，此三句写出既别情景。江岸一别，画船远矣，渺不可见，送者不得不上马回去。“懒”字，状出无可奈何之情态。男儿到了伤心时，也不能不下泪呵。泪眼模糊了视线，望不见画船去的方向，故“慵开泪眼”。“慵”字，状出黯然神伤，又眼巴巴去望的样子，尤为生动。船渐行渐远，已望不见了。便寻思更上层楼，可是又怕独倚高楼远望，将更难以为怀！此写既别情景，回肠寸断，可谓精细入微。

“春去春来，管送别依依岸柳。潮生潮落，会忘机泛泛沙鸥”，此四句是一扇面对，上二句与下二句骈俪成文，极写别后生涯之凄凉寂寞。岁岁年年，春去春来，唯有岸上杨柳依依，与离人之心相关而已。朝朝暮暮，潮生潮落，唯有水上沙鸥拍拍，与孤身一人相对而已。岸柳依依，仿佛含情，更加令人伤心。沙鸥忘机，虽然可爱，但是日日唯与沙鸥相对，则自己在这天地之间，寂寞凄凉，也就可想而知。此四句，充分体现了作者对离愁别恨之不可顿脱及对行人之一往情深。

“烟水悠悠，有句相酬，无计相留”，结尾三句，一气呵成，辞情则极为凝重。烟水悠悠，一笔挽尽上四句自然之景。烟水悠悠，也解不了愁，反增添阻绝的痛苦。下二句，收笔落到送别之情。我虽有诗句与您相答，却无法挽留下您！情语如此，可谓朴拙，却正是实诚。

这首散曲抒发离情别恨，深沉执着。中间四句扇对，描写自然，融情于景，则尤为蕴藉深远。

（邓小军）

【双调】

清江引

张可久

秋　怀

西风信来家万里，问我归期未？雁啼红叶天，人醉黄花地，芭蕉雨声秋梦里。

赏　析

张可久是元代最著名的散曲作家之一，以诗的历史地位为喻，明李开先认为“元之有乔（梦符）张（可久），其犹唐之李、杜乎”（《乔梦符小令序》）？也有人批评他的小令是诗词化了的曲，不是曲的正宗。那么，我们究竟应该怎样来评价他的散曲呢？他的散曲到底好在哪儿呢？

我以为他的散曲好就好在“含蓄不露，意到即止”（清梁廷枏《曲话》），好就好在“清而且丽，华而不艳”（明朱权《太和正音谱》），好就好在“意新语俊，字响调圆”（明王骥德《曲律·论套数》）。这支小令，题目是“秋怀”，作者紧紧把握题意，用西风、北雁、红叶、黄花、芭蕉、雨声，点染成一幅萧瑟的秋景。又因“西风”的到来而联想到“归期”的未卜；因“芭蕉雨声”而烘托出自己的功名未就、展转反侧的愁思。于是一个异乡漂泊、壮怀激烈的游子便呼之欲出了。它句句围绕秋的特征来写，句句扣紧秋的情怀来写，写得又那样的婉曲细腻、清俊芳润，读起来令人舌底翻澜，口角噙香。其所以能够取得这样的艺术效果，除了没有一句浮词泛语之外，还在于它能够融情于景，情景相生。曲的第一、二句，把时间和空间的跨度巧妙地表达了出来。“西风”是悲凉的，容易引起“志士悲秋”的感慨。“一年容易又秋风”，这“自春徂秋”的时间跨度就在言外显示出来了。“万里”是遥远的，往往“经岁又经年”，才能得到一封平安的家信。信中只问“归期”而无他语，便把“一行书寄千行泪”的离愁别恨烘托了出来。妙在作者并不正面回答“归期”是否已定，却说北雁在霜林如醉的长空里哀啼，行人在黄花已瘦的疏篱边痛饮，便把“有家归未得”的矛盾心情和“家乡何处是，忘了除却醉”(李清照【菩萨蛮】)的深沉乡思作了出色的表达。而窗外的秋雨，点点滴滴，打在芭蕉叶上，惊醒了神游故国的美梦，又进一步深化了“疏雨听芭蕉，梦魂遥”(刘光祖【昭君怨】)的意境。句句是写景，句句又是抒情，情和景高度的统一起来，不知何者为景，何者为情，达到了王船山所说的情和景“妙合无垠”(《夕堂永日绪论内编》)的艺术境界，也就是“含蓄不露，意到即止”的传达手法。

其次，是他能够运用色彩的浓淡、明暗，反衬人物内心的悲欢、苦乐。“红叶天”“黄花地”，是显色，是大景，是用浓墨重彩涂成的，是客观外在的自然环境；而雨中的芭蕉，梦里的秋夜，是隐色，是小景，是用烘云托月的手法表现出来的，是主观感觉的投影。换言之，那显色、大景，不过是人物心理的反衬，而隐色、小景，才是人物的真情实感，才是阴沉、灰暗的人生的写照。句中无其词，而句外有其意，使读者从曲的形象中通过联想和想象，终于获得感情上的共鸣。体现了梅尧臣所说的“作者得于心，读者会以意”(欧阳修《六一诗话》引)的艺术规律，也就是作者“清而且丽，华而不艳”的艺术风格的体现。再次，就是它在参差之中，寓有整齐之美。这支小令的句式是七五五五七，就其整体而言，是参差不齐的。但却在错落中见整，参差中见齐，特别是“雁飞”一联，妙语天然，对偶极巧，两句之中，铢两悉称，形式整齐，字面富丽，有此方见其芳润、渊茂，造成曲意上的回环往复，使人感到机趣盎然，余味无穷，完全符合周德清提出的“逢双必对，自然之理”(《中原音韵·作词十法》)的制曲原理，从而形成它“意新语俊，字响调圆”的艺术效果。

（羊春秋）

【越调】

凭阑人

张可久

江　夜

江水澄澄江月明，江上何人掐玉筝？隔江和泪听，满江长叹声。

赏　析

【凭阑人】小令是元人常用的曲牌。而张可久的这支则尤为著称。朱权《太和正音谱》记录知音善歌者的事迹时曾说："蒋康之，金陵人也。其音属宫，如玉磬之击明堂，温润可爱。癸未春，度南康，夜泊彭蠡之南。其夜将半，江风吞波，山月衔岫，四无人语，水声淙淙。康之扣舷而歌'江水澄澄江月明'之词，湖上之民，莫不拥衾而听，推窗出户，是听者杂合于岸。少焉，满江如有长叹之声。自此声誉愈远矣。"这段文字也可以说明这支曲子感人的力量和流播的情况。

本曲第一句先写江景月色，着重写江水和月光的清明，时间正当夜晚，这便形成幽静的气氛。第二句写筝的声音，这里的设问是听到筝声后自然生出的，正说明听者已为筝声打动心弦。后两句从听者的反应来写江夜筝声的哀怨，从"和泪听""长叹声"，可以想见所受感染的深沉。这样全曲就形成一种意境，虽然没有具体的事件和人物，但它传达了一种自然而充满感情的境界，从而获得更强的感染力。

这支小令有着类似诗词的意境，但它仍是曲，而不是诗词。这是因为它有着曲的艺术特色，语言明白如话，毫无朦胧的感觉，虽言浅而意深。在韵律上，这支小令前两句平仄相同，后两句平仄相同，这是诗词之忌，却正是曲之特色。末两句用“上平平去平”，“泪”“叹”用去声，以加强感染力，给人留下无限联想的余地。

（李修生）

【中吕】

朝天子

徐再思

常山江行

远山，近山，一片青无间。逆流泝上乱石滩，险似连云栈。落日昏鸦，西风归雁。叹崎岖途路难。得闲，且闲，何处无鱼羹饭。

赏　析

题目作"常山江行"，写的是"逆流泝上"途中所见所想，由"途路难"扩及而为人生世事之艰辛，继而升起了一种归隐避险的感叹，这就是甜斋这支【朝天子】曲所表达的内容。

常山，在今浙江常山县南三十里，又作长山，因绝顶有湖，亦称湖山。唐以常山名县，宋改为信安，元复称常山。江行不写江，劈头便写山，以突出环境之险。"远山，近山，一片青无间"三句，采取大笔挥洒，恣意泼彩的手法，晕染出山峦重叠、青葱蓊茸的大背景，色调是单纯的"青"，令人想起小山曲中"山似佛头青"(【一枝花】)的意境。"逆流泝上乱石滩，险似连云栈"两句，写溯源而上，乱石满目，路途艰险，有如栈道。所谓栈道，是指古时山险无路，用竹木靠山架起来修成的道路。"连云"是状栈道之高、险，好像架在云端。"落日昏鸦，西风归雁"两句，写泝流山行举首所见：落日余晖中，寒鸦数点；秋风凛冽里，北雁南飞。"落日"乃一天之将尽，"西风"乃一岁之将尽，二句不仅点明了秋季黄昏的时令，流露出几分悲凉，而且妙在只写眼前景物，却能景中寓含一种发人深思的哲理意味：昏鸦、大雁在碌碌奔忙中都在寻找自己合适的归宿，它们终日在奋翅拼搏，能无"畏途巉岩不可攀"之感吗？禽鸟尚然，人何以堪！故自然引示下句的感叹:"叹崎岖途路难。"一个"叹"字,耐人寻味：表面上看是对眼前山路崎岖,途路艰难的感叹,实际上是对整个人生道路曲折艰险的叹喟。如果不是这样,结句的向往归隐之情就不好解释了。甜斋好甜食,也写过不少风味甜蜜的曲子,而这一首却含有较浓重的苦涩和辛酸意味。

结尾二句也有两层意蕴。表层是,因畏惧眼前山高水长途路艰难,想到了不如不去跋涉,以一闲对百忙,索性以渔樵山野生活为乐;深层意蕴是,厌倦了官场的险恶,深味了人生的凄苦。所谓千古江山,忽忙忽闲;名缰利锁,总归虚幻。于是产生了不如归去,远避祸患的思想。甜斋曾做过嘉兴路吏,对元代社会和官场险恶是大有感触的。他曾写下过"三千尺侵云粪土,十万家泣血膏腴"(【折桂令】《姑苏台》)这样亢奋的句子,认为姑苏台是用百姓的血汗堆积起来的。也写过"九殿春风鳷鹊楼,千里离宫龙凤舟。始为天下忧,后为天下羞"(【凭阑人】《咏史》)这样沉痛而警拔的作品,可见甜斋也是一位忧国忧民,时发兴亡之慨的诗人。如此看来,令曲结句"何处无鱼羹饭",更有深层意蕴在,即白眼官场,厌倦名利,以退隐作为归宿的情绪。"鱼羹饭",指以鱼羹为饭,言清苦而自乐也。很难用积极或消极这样的字眼来论定元代士大夫的这种情愫,这是特定时代特有的东西,元代知识分子以此来完善自己的人格,不与统治阶级合作,站在同情人民一边,自有积极的意义在。

令曲艺术上最突出的特点是写江行观感,很自然地融情于景,寓理于景,含蓄蕴藉,且从容写来,全无躁气。明明山路险峻,却偏偏写它的"青无间";明明向往归隐闲逸,又大写山路奔波之忙。作者迤逦用笔,一支小令,有波有折,读来别有一番风味。以泝流山行之苦喻人生道路之艰难也是很巧妙的,曲中句句扣住"江行",又处处隐喻世事人情,逼到结尾,才使人豁然开朗,顿悟作者旨趣,这是作者技巧娴熟的表现。此外,小令严守韵律,却又显得洒脱奔放,毫无拘泥感。曲中"叹"字,用得极巧,平添了顿挫,增强了感情色彩。可见衬字的用法也是要恰到好处的。

(王星琦)

【越调】

凭阑人

徐再思

春 愁

前日春从愁里得，今日春从愁里归。避愁愁不离，问春春不知。

赏 析

题目是“春愁”。全曲句句绾合“春”“愁”二字来写，是一首巧具匠心之作。

开头“前日春从愁里得，今日春从愁里归”两句，各嵌以“春”“愁”二字，使人们产生出春与愁紧紧缠绕在一起的感觉（按：首句之“前日”意指“前些时候”，而非今之所谓“前天”）。也就是说，一方面，整个春天是在愁情中度过的；另一方面，这些愁情却又是因着春天而生的。这就分别从春与愁两个角度写足了题目。结尾“避愁愁不离，问春春不知”两句则既承接上意，又有所发展：上文已言一春之间无好心情，春与愁始终不离须臾，故而此处就再言“避愁愁不离”——这其实也是对于上面两句的一个重申，不过句意的重心已从前两句的春与愁并重，转为了独重“愁”字；而“春”字在此句中已采取一种“暗伏”状态。全句意为“避愁”犹如“避春”那样不可能。曲情到此，似已结束，但紧接而来的“问春春不知”一句，却又陡生妙笔，把读者引入到另一个耐人寻味、启人联想的新的境界中去。这是因为，前文至此，只讲了结果而始终尚未交代出原因——我们只知道，作者从春天开始到春天结束，一直在愁中挣扎，故曰“避愁愁不离”。但因何而会产生这无可排遣的万种愁情呢？对此，作者没有明说；甚至连他自己都有些弄不清楚。因此就只好“问春”——因为“愁”似乎是伴随着“春”而来的。但妙句更在下三字：“春不知”。春天本是自然现象，它当然无法理解人的内心奥秘，因而“回答”只能是“不知”二字。可是，就在这“问春”而“春不知”的五字之中（此句的重心又已移为“春”字），我们却又从反面获得了会意和满意的答案：“愁”原来是从“心”而来的！不是吗，“愁”字从“心”，实与春天无干；不过因着春景的撩拨，促使作者内心深藏着的愁绪勃发为一股浓郁的春愁而已。故而与其求诸外地去问春，还不如求诸内地去反问一下自己的内心世界吧，这才是全曲真正的意蕴所在。

讲到这里，我们不妨联系一首宋词：“春归何处？寂寞无行路。若有人知春去处，唤取归来同住。春无踪迹谁知？除非问取黄鹂。百啭无人能解，因风飞过蔷薇。”（黄庭坚【清平乐】）此词一开始即提问：“春归何处?”以后却一直未作正面回答；但从黄鹂百啭、蔷薇凋落中，我们实际已知了“春光已谢”的答案，妙就妙在似答非答而含意无穷。徐再思这支小曲的结语，也同样具有这种空灵、别致之妙趣。而总观全曲，既以“春”“愁”二字反复连缀叠现，贯穿始终，使曲情的发展呈现出“若纳水辖，如转丸珠”（司空图《诗品》）的流动之势，又以“问春春不知”的委婉方式，巧妙地揭示出作者的内心世界，表现了作者善于结句的本领。据《珊瑚网》载，徐再思曾与宋末元初著名词人张炎有过唱和。张炎论令曲有云：“词之难于令曲，如诗之难于绝句，不过十数句，一字一句闲不得。末句最当留意，有有余不尽之意始佳。”（《词源》）徐氏的这首小曲，确实深得小令词的这种妙处。

（杨海明）

【双调】

水仙子

徐再思

夜　雨

一声梧叶一声秋，一点芭蕉一点愁，三更归梦三更后。落灯花棋未收，叹新丰逆旅淹留。枕上十年事，江南二老忧，都到心头。

赏　析

客中夜雨，倍添离人惆怅；夜半梦回，更令百感交集。这首曲子就写了诗人这样的境遇与心情。类似的主题在传统诗歌中是常见的，陈与义就有过“客思雨中深”（《雨思》）的句子，然而徐再思的这首曲子却用了极流利的语言将旅人羁思表现得淋漓尽致，读来别具风韵。

诗歌的生命在于联想，而联想又是与传统密切相关的，正如依依的杨柳令人伤别，南归的雁阵勾起乡情一样，在中国文人的心中，雨则常常同芭蕉、梧桐联系在一起。我们读“一声梧叶一声秋”时，自然会想起李清照“梧桐更兼细雨，到黄昏，点点滴滴。这次第，怎一个愁字了得”（【声声慢】）的词句；再想开去，便是温庭筠的“梧桐树，三更雨，不道离情正苦，一叶叶，一声声，空阶滴到明”（【更漏子】）；甚至可追溯到白居易的“秋雨梧桐叶落时”。那么这句中的“秋”字就应作“愁”字解了。同样，“一点芭蕉一点愁”就令人想起了李商隐的名句“芭蕉不展丁香结，同向春风各自愁”（《代赠》）、杜牧的“一夜不眠孤客耳，主人窗外有芭蕉”（《咏雨》）、李煜的“秋风多，雨如和，帘外芭蕉三两窠，夜长人奈何”（《长相思》）以及林逋的“此夜芭蕉雨，何人枕上闻”（《宿洞霄宫》），由此，芭蕉也同愁和雨连在一起了。借助于联想，开头两句便造成了一种孤寂惆怅的气氛。“三更归梦三更后”一句点明了诗人愁肠百结、夜不能寐的心理状态。三更正是午夜，午夜梦醒，辗转枕上，是因为绵绵的相思、悠悠的乡情，还是莫可名状的悲哀？

梦回初醒，见到的只是一炷残灯与凌乱的棋枰，于是想到自己身处异乡，为天涯飘零之客，所以紧接着一句说“叹新丰逆旅淹留”。这两句为一整体，写从梦中回到现实。梦醒后首先见到的自然是灯光，由灯光而看到棋局，由棋局而想到自身的处境，完全是真实的感受，然而从那纷纷落下的灯芯余烬及散乱的棋局中，暗暗透出了作者客中百无聊赖的情怀。新丰在今陕西临潼县东北，汉高祖得天下后，将父亲接到京中，然而太上皇思乡心切，遂按丰县的街道格式改筑骊邑并迁来丰民，故称新丰，此后，新丰也便成了触发乡思的地方。唐人马周未发迹时，曾旅宿新丰，受到店主冷遇。这里作者暗用其事，未必真的旅居新丰，只是借此抒发羁思客愁、备受冷落的情怀。

雨夜梦醒，勾起作者无限愁思，酸甜苦辣一时俱上心头，思量平生悲欢成败的经历，作者心潮起伏，再也不能入睡。“十年”只是举成数而已，泛指他一生的萍飘蓬转与离愁别绪。“江南二老”是指自己遥在家乡的双亲，因久客不归，使父母担忧。这里用了传统诗词中从对面落笔的手法，不写自己如何思念双亲，而写二老为游子忧愁，遂令文意更加婉曲，读来令人回肠荡气。“都到心头”四字戛然而止，含无限悲慨。“枕上”三句具体写了作者的心理活动，着墨不多，却已道尽客中孤怀与平生浪迹四方，郁郁不得志的愁苦。

全曲语言朴实，自然流走，而感情深挚，警策动人，故明王世贞《艺苑卮言》中称此为“情中紧语”。

（王镇远）

【中吕】

山坡羊

宋方壶

道　情

青山相待，白云相爱，梦不到紫罗袍共黄金带。一茅斋，野花开，管甚谁家兴废谁成败。陋巷箪瓢亦乐哉。贫，气不改；达，志不改。

赏　析

孟轲与景春谈论怎样才算得"大丈夫"的问题时说："居天下之广居，立天下之正位，行天下之大道。得志与民由之，不得志独行其道。富贵不能淫，贫贱不能移，威武不能屈：此之谓大丈夫。"(《孟子·滕文公》)这一观点，长期以来，一直是中国正直的知识分子的生活信条。宋方壶生当元蒙统治的乱世，是柔顺以求取富贵，还是刚直而坚守志气呢？他的这一曲【山坡羊】《道情》便是其回答，表明他是按孟轲的上述观点来处世、做人的。

"青山相待，白云相爱，梦不到紫罗袍共黄金带"以工整的四言对偶句开端，节奏平稳轻快。"青山""白云"，色彩柔和，形象鲜明，又一下便能激起人的联想，使人在脑际浮现出优美的山林风光来。在"青山""白云"之后，分别连缀"相待"和"相爱"，不仅把"青山""白云"人化了，更展现了这山林风光的魅力和他对这山林风光的陶醉情态，神似于李白的"相看两不厌，只有敬亭山"(《独坐敬亭山》)。后一句补足其乐于隐居山林之意，酣畅饱满。"紫罗袍共黄金带"，语本《北齐书·杨愔传》："愔自尚公主后，衣紫罗袍，金缕大带。"指做大官。只这七个字，语意不明，故特于其前添了"梦不到"三个衬字，形成了十言的长句，节奏为之一变。对于做官的事，夜间入睡，神志不清的"梦"中尚且"不到"，白天神志清醒，就不在话下而“不到”了，这是透过一层的表现手法。有了这三个衬字，作者厌恶官场，“不义而富且贵，于我如浮云”（《论语·述而》）的情愫便顿时活现了。

“一茅斋，野花开，管甚谁家兴废谁成败。陋巷箪瓢亦乐哉”，结构与前三句一样，同是先写景而后抒情。不过前三句所写的是远景，大环境，而这四句所写的是近景，小环境；前三句所抒的是因当前现实所产生的厌恶官场之情，而这四句所抒的是对朝代更替和历史人物成败所产生的安贫乐道之情。“一茅斋”，是作者所居的陋室。这一陋室的位置，从前三句可知，定是在白云缭绕的青山之间，其清幽可以想见。“野花开”，是作者所居陋室附近的景象，充满了生意，充满了野趣。这两句看似纯客观的描述，其实却包含着作者自我满足的情绪。虽然所居只是简陋的“一茅斋”，但眼前有“野花开”可赏，远望有“青山相待，白云相爱”，而绝无利名、是非之缠，岂不值得怡然自得吗？既可怡然自得，“谁家兴废谁成败”，便可以不予理睬，所以特于其前添了“管甚”两个衬字。不管“谁家兴废谁成败”，可能一是认为自己“无力正乾坤”（杜甫《宿江边阁》）；二是感觉到了“兴，百姓苦；亡，百姓苦”（张养浩【山坡羊】《潼关怀古》）。作者自己的表述则是“陋巷箪瓢亦乐哉”。这一句，语本《论语·雍也》：“一箪食，一瓢饮，在陋巷，人不堪其忧，回也不改其乐。”作者以颜渊自况，进一步表现了安贫乐道的志趣，说明他的“管甚谁家兴废谁成败”，并非真正忘世，只不过要守道而已。这种安居山林茅斋过清贫生活的行为，即是对孟轲所说的“不得志独行其道”的实践。

最后的排比句“贫，气不改；达，志不改”，斩钉截铁，戛然而止，收煞全篇，掷地有声，把思想的高度和情感的强度有力地推进了一层。“贫，气不改”，便是孟轲所说的“贫贱不能移”；“达，志不改”，便是孟轲所说的“富贵不能淫”。作者没有具体说出他的“气”与“志”的内涵，但已表明其“气”与“志”是与苟活取容，背道义而求富贵水火不相容的，因此我们推想其“气”与“志”的内涵近于孟轲所说的“居天下之广居，立天下之正位，行天下之大道”，恐是能被容许的吧？

（何均地）

【双调】

水仙子

宋方壶

居庸关中秋对月

一天蟾影映婆娑，万古谁将此镜磨？年年到今宵不缺些儿个。广寒宫好快活，碧天遥难问姮娥。我独对清光坐，闲将白雪歌，月儿你团圆我却如何？

赏析

居庸关系长城的重要关口之一，在今北京昌平境内，宋方壶为华亭（今上海松江）人，乃是从数千里外飘泊来此的。逢中秋佳节，登居庸雄关，面对晴空皓月，作为一个羁旅行役之人的他，不免感慨而心潮起伏，浮想联翩，从而激起了创作的动机，于是产生了这一曲小令。“一天蟾影映婆娑”，起得美丽，描出了一个天无纤尘，月光皎洁，下照人寰动摇之景物的中秋之夜的独特境界，引人入胜。“蟾影”，即月影。传说月中有蟾蜍，故借称月为蟾，月影为蟾影。“婆娑”，本来是状盘旋舞蹈之貌的，这里作为名词用，指一切在月光下动摇的景物。“万古谁将此镜磨”，逞才发挥，就月联想，忽地由眼前思及“万古”，把时间扩展到了无限遥远，诱人寻思。以新磨之镜比明月，古已有之，但询问谁磨，意却尖新。“年年到今宵不缺些儿个”，轻轻一笔，带回眼前，紧扣“中秋对月”。中秋之夜，明月常为风云所掩，“年年到今宵不缺些儿个”，不过是方壶的主观看法罢了。“不缺些儿个”，似褒非褒，似贬非贬，笔墨狡狯，给后文留下了余地。“广寒宫好快活”，转入即景抒情，羡慕之意，溢于言表。“广寒宫”，传说中的月中仙宫之名。“碧天遥难问姮娥”，无限遗憾，宛转出之，妙趣横生。所欲问的是什么内容，没有具体说明。不是不能说明，乃是有意不说明，好给读者提供想象的空间，并迅疾地抒写自己的情怀。“姮娥”，即嫦娥，传说中的月宫仙女。“我独对清光坐”，突出了一个孤独者的自我形象，与在广寒宫中过快活生活的仙女们形成鲜明的对照。“清光”，指月光。“闲将白雪歌”，一个“闲”字，道出了内心的寂寞。“白雪”，古代高雅的歌曲名。《文选》所收宋玉《对楚王问》：“其为阳春白雪，国中属而和者，不过数十人。”歌唱《白雪》，是“闲”得无聊的表现，兼有慨叹曲高和寡，知音难遇之意。“独对清光坐，闲将白雪歌”，对仗整齐而天成，毫无做作的痕迹。“月儿你团圆我却如何”，怨气冲天，响亮传神，绾摄全篇，集中地抒发了他漂泊江湖、孤独寂寞的不满情绪。读了这末句，才使人悟到，前面写中秋的朗月，羡广寒的快活，原是为了反衬这末句的，而独坐、闲歌，原是为这末句铺垫的。

关于小令，元人有不用衬字的主张（见周德清《中原音韵》），方壶用了“到今宵”“碧”“我”“月儿你团圆”等十来个衬字，显得清通流畅，使全曲生色。体现出散曲“文而不文，俗而不俗”“急切透辟，极情尽致”等特色，恰切地表达了作者所欲表达的思想情感。

这曲小令多汲取辛稼轩【太常引】《建康中秋夜为吕叔潜赋》一词中的意象。辛词云：“一轮秋影转金波，飞镜又重磨。把酒问姮娥，被白发、欺人奈何？……斫去桂婆娑，人道是，清光更多。”当然，二者的思想情感、艺术风格等是迥然相异的，不赘说。

（何均地）

【正宫】

醉太平（三首）

钟嗣成

绕前街后街，进大院深宅。怕有那慈悲好善小裙钗，请乞儿一顿饱斋。与乞儿绣副合欢带，与乞儿换副新铺盖，将乞儿携手上阳台①。救贫咱波奶奶。

俺是悲田院下司②，俺是刘九儿宗枝③。郑元和当日拜为师，传留下莲花落稿子。搠竹杖绕遍莺花市，提灰笔写遍鸳鸯字，打爻槌唱会鹧鸪词。穷不了俺风流敬思。

风流贫最好，村沙富难交。拾灰泥补砌了旧砖窑，开一个教乞儿市学。裹一顶半新不旧乌纱帽，穿一领半长不短黄麻罩，系一条半联不断皂环绦。做一个穷风月训导。

【注】

① 阳台：称男女合欢之所。宋玉《高唐赋》："旦为朝云，暮为行雨，朝朝暮暮，阳台之下。"
② 悲田院：乞丐收容所。
③ 刘九儿：元杂剧中乞丐的共名。

赏析

元代社会贫富悬殊，是一个突出的社会问题。文人学士仕进无门，无钱无势，至有"九儒十丐"的笑谈之讥。对这种不合理的现实，散曲作家往往感同身受，他们由同情而愤慨，而一旦形诸歌咏，却又化庄为谐，使人在苦笑中有所领悟。钟嗣成这三首[正宫]【醉太平】，就是这样的作品。作者用代言之体，模仿乞儿口吻，实际上是乞儿的自述。用第一人称来写，诉说更见亲切，口气愈加逼真，读来使人忍俊不禁。

有趣的是，作者主要笔墨并不花在写乞儿的贫困之状，而着重表现了乞儿的风流和才情。这在同类题材的元曲中显得分外别致。第一首，写此乞儿在走街串巷乞食之时，居然异想天开，盼望有哪家的"小裙钗"给他合欢带、新铺盖，能与之同宿共寝，以圆佳梦。对乞儿，人们头脑中总会浮现这样的形象：衣衫褴褛，形容憔悴，铺盖破旧，但作者不选这样的形象加以描绘。当然，读者对此是完全会想象得出的，而我们头脑中的乞儿形象，必会与作者实写的这个风流形象形成一种有趣的对照。此曲结尾写乞儿哀告："救贫咱波奶奶。"这里的"救贫"二字，实在有双关的含义，我们从中可以尝到散曲特有的"蛤蜊"味。第二首仍写乞儿的风流，但变换了角度，转向乞儿自夸才情。这个乞儿有才有艺，他混迹于青楼，辗转于市肆，会打莲花落、三棒鼓，会写鸳鸯字，会唱鹧鸪词。作者写道："郑元和当日拜为师。"这郑元和，是石君宝杂剧《曲江池》中的人物，也即唐代白行简《李娃传》中的郑生，是个风流书生，后沦落为乞丐。作者要指出的是：乞儿虽穷，却透出一身的风流潇洒("穷不了俺风流敬思")。在那个社会里，有才有艺却只能用于乞讨，这多么不公平！作者虽不明说，结论其实已包蕴其中。第三首，曲意又深入一层。开头两句"风流贫最好，村沙富难交"是全篇点睛之笔。作者将"风流贫"与"村沙富"(庸俗无知的富贵者)对举，褒贬爱憎，判然分明，使我们看到了此曲谐中寓庄的一面。社会上的人嫌贫爱富，这个乞儿却有自己的价值判断：贫而风流值得称许，富而粗俗则讨人嫌恶。于是他以做一个"穷风月训导"自许，"开一个教乞儿市学"。请看这位教书先生的打扮："裹一顶半新不旧乌纱帽，穿一领半长不短黄麻罩，系一条半联不断皂环绦。"这个形象虽然穷酸，穷酸中却显出自尊；这个形象不免有点滑稽，滑稽中又透着可爱。

以乞儿的风流为内容，是否把肉麻当成了有趣？乞儿也是人，有人的多种多样的追求。书生出身的乞儿，更有人的自尊。更何况，作者的本意是在诙嘲调笑，而调笑的对象是那些有钱的蠢才，是那个产生有钱的蠢才的不合理社会。作者是由愤世而讽世，这才是正确的结论。因此，在尚俗、尚博杂的元代散曲中才会出现乞儿自述风流的内容，而这种世俗的生活画面，在庄雅的诗词中绝难见到。同时，更值得深味的是，作者笔下的“乞儿”并非是现实中的具体形象，其中实寓文人以自嘲口吻而出之的“自况”，其所云“风流”种种，乃是元代任诞恣性、白眼世俗的文人特有的玩世不恭和对抗现实的方式，从关汉卿身上，我们就已看到了元代文人这种特有的自诩形象。而此曲不惮以最为人鄙视的乞儿自况，不惜以重墨丽彩而铺绘之，以传统文学观念视之，则不免“俗”到极点，但惟其如此，它才成为古代文人文学中绝无仅有而大放异彩的作品。

（方智范）

【双调】

折桂令

周　浩

题《录鬼簿》

想贞元朝士无多，满目江山，日月如梭。上苑繁华，西湖富贵，总付高歌。麒麟冢衣冠坎坷，凤凰台人物蹉跎。生待如何，死待如何？纸上清名，万古难磨。

赏　析

周浩其人生平不详。他既然为《录鬼簿》题辞，则与钟嗣成为同时人是可以肯定的，约生活在至元、至正年间。所存散曲，仅此一首【折桂令】。

《录鬼簿》一书，专为难入正史的元代曲家作传。钟嗣成在该书自序中，公然声言："酒罂饭囊，或醉或梦，块然泥土者，则其人虽生，与已死之鬼何异？"而赞扬"门第卑微，职位不振，高才博艺"的已亡名公才人为"不死之鬼"。这种不惜"得罪于圣门"的奇谈怪论，表现了钟嗣成将豪门权贵、正统文人学士与梨园曲家相对立的可贵意识。周浩慧眼卓识，深有见于此，他为《录鬼簿》题辞的这首【折桂令】，便是对元代曲家反传统精神的一曲赞歌。

首句开端，以一个"想"字提唱，引出缅怀前人的意思。"贞元"是唐德宗年号，贞元年间柳宗元、刘禹锡等一批朝士曾活跃过一时，但不久革新失败，即故交零落。刘禹锡晚年追忆往事，吟出了"休唱当时供奉曲，贞元朝士已无多"（《听旧宫中乐人穆氏唱歌》）的诗句。周浩在这里借用唐人成句，意谓当年活跃在剧坛艺苑的名公才人，如今已寥若晨星，这是十分切合今昔盛衰的缅怀感叹之意的。但是这样的缅怀感叹，其思想内涵究竟是什么？作者紧接首句，推出了空间意象“满目江山”和时间意象“日月如梭”。缅怀古人的情思与时空意象的组合、交织，就超越了一时一地的特定时空意义，表达了涵盖古今的人生感慨：江山长存，岁月无情，人生与之相比，真如白驹过隙，何其短暂！这两个意象的出现，使首句染上了更为苍凉的色调，令人低回不已。

“上苑繁华，西湖富贵，总付高歌。麒麟冢衣冠坎坷，凤凰台人物蹉跎”，表现蔑视功名富贵、慨叹世事变迁的主题，在元曲中屡屡可见，如汤式【天香引】《西湖感旧》“光景蹉跎，人物消磨。昔日西湖，今日南柯”，其意就与这几句相仿佛，但周浩此曲，却是要由此引出一个更为深层的问题：人生价值究竟何在？古人以“凤麟质”来形容贵族的身份，“凤凰台”“麒麟冢”，说明贵族们从生到死，都与“繁华”“富贵”相联系，他们的人生价值就在于此。但是，古往今来多少人，身前死后都难逃“坎坷”“蹉跎”的厄运，这样的人生价值，又有什么值得称许的呢？

周浩提出了自己的人生价值观：“生待如何？死待如何？纸上清名，万古难磨。”作者认为人生价值体现于文学事业之中，把文学事业提到了超乎生死、跨越时空的高度。重视文学事业，这是中国典型的文人意识，曹丕就曾说过：“盖文章，经国之大业，不朽之盛事。年寿有时而尽，荣乐止乎其身，二者必至之常期，未若文章之无穷。”（《典论·论文》）但这种观点并未越出儒家将“立言”与“立德”“立功”并提的传统功利观念的框框。周浩则不然，他此曲为《录鬼簿》题辞，缅怀的是被正统文人鄙视的艺人才士，肯定的是被摒于正统文学之外的通俗文学，张扬的是具有反传统意义的人生价值观。蔑视“已死之鬼”，赞颂“不死之鬼”，这就是周浩与《录鬼簿》作者共同的价值判断。如此看来，周浩真不愧是钟嗣成的知音！

（方智范）

【双调】

沉醉东风

汪元亨

归 田

二十载江湖落魄，三千程途路奔波。虎狼丛辨是非，风波海分人我。到如今做哑装矬，着意来寻安乐窝，摆脱了名韁利锁。

赏 析

元朝的汉族知识分子往往沉抑下僚，生活潦倒，而其时的吏治极为黑暗，社会秩序也极为混乱，因此在元人散曲中归隐田园成了具有时代性的常见主题。汪元亨所写归隐田园的散曲数量极多。《录鬼簿续编》中说他“有《归田录》一百篇行于世，见重于人”。他现存小令有【醉太平】二十篇、【朝天子】二十篇、【沉醉东风】二十篇、【折桂令】二十篇和【雁儿落过得胜令】二十篇，虽然标题不一，但厌恶尘世、讴歌闲居的内容基本相同。这些曲子加起来恰好是一百篇，所以隋树森认为“疑即《归田录》之全”(《全元散曲》)。一百篇内容基本相同的小令，写来却极少雷同，实是高手。

这一篇，开头的“二十载江湖落魄，三千程途路奔波”为一对偶句。上句着眼于时间，以数量词“二十载”显示其长；下句着眼于空间，以数量词“三千程”显示其远。一纵一横，相互交织，相互铺衬，不仅写出了他在漫长的时间内、广阔的空间中，飘泊于江湖，奔波于道路的落魄潦倒的生活经历，而且表现了他对过去生活的沮丧、懊悔之情。这一对偶句，没有“偏枯”的毛病，达到了“字字的确，斤两相称”(见王骥德《曲律》)的高标准。按这篇小令用的是“歌戈”韵，“落魄”的“魄”同于“泊”，不属于“萧豪”韵，而属于“歌戈”韵，是一个“入声作平声”的字，与下面的阴平“波”、上声“我”、阳平“矬”、阴平“窝”和上声“锁”相押，故不失韵。

接下来的“虎狼丛辨是非，风波海分人我”两句，顺承上意，对仗亦妥，是对过去生活的进一步总结，蕴含着无限痛苦，无限愤懑。“虎狼丛”，喻凶残的人群。“辨是非”，与陶渊明《归去来兮辞》的“觉今是而昨非”意近，“是”者乃今日的归田，“非”者乃往昔的误入名利之尘网。“风波海”，喻险恶的社会。“分人我”，意谓分辨出人不同于我之良善。末了的“到如今做哑装矬，着意来寻安乐窝，摆脱了名韁利锁”三句，推开过去，而言现在，展示归田的题旨。“做哑装矬”，是因为恨社会太黑暗：自己又无力回天，而只好采取不闻不问，与之断绝的态度。“矬”，本意为短，一般指人体的高低，这里是引申而指才短。“装矬”，犹如说装傻。厌恶社会，何所归宿呢？“安乐窝”便是。“安乐窝”为宋代邵雍给自己耕稼之地所取的名字，在其故居苏门山中（在今河南辉县）。他后来徙居洛阳天津桥南，仍以此名称其所居。不过这里并非实指，只是用以代替归隐的田园，兼取“安乐”之意。“安乐窝”既为理想的境地，所以“着意来寻”，兴致勃勃。到得“安乐窝”，好处何在呢？末句便是说明：好处在从此不再受名利的羁绊而飘游江湖，奔波途路，亦不再见那种如狼似虎的人群，不再过那种时有狂风恶浪的生活，获得“闲快活”。“名韁利锁”，取自柳永的【夏云峰】词：“向此免名韁利锁，虚费光阴。”李开先《词谑》说：“世称‘诗头曲尾’，又称‘豹尾’，必须急并响亮，含有余不尽之意。”这句“摆脱了名韁利锁”，正可以作为范例之一。

（何均地）

【越调】

小桃红

倪 瓒

一江秋水澹寒烟，水影明如练。眼底离愁数行雁。雪晴天，绿苹红蓼参差见。吴歌荡桨，一声哀怨，惊起白鸥眠。

赏 析

前人对唐代诗人、画家王维有“诗中有画，画中有诗”的评论。读了上面这首小令，就会觉得这评语同样可以施之倪瓒的作品。

这是一首写景之作。写的是一个雪后晴天，一江秋水白练似的向远处平铺舒展，在残雪的映衬下显得分外明亮。水面上淡淡的烟霭似乎还带有一些寒意。天空中征雁数行，飞向南方，似乎勾起了诗人的离愁别恨。展眼望去，水边的绿苹、红蓼参差错落有致，把这幅“秋江雪霁图”点缀得更加素雅，更富有野趣。然而，港汊深处凄清哀怨的吴歌声却又使这明丽的画面染上了一层淡淡的怅惘色彩。一叶小舟荡桨而出，歌声、桨声惊起了滩头休憩的白鸥，扑簌簌地飞向远处……

如果说它是一幅图画，那它就是一幅简洁凝练的山水图。秋水如练，此乃画之空灵飞白处；再烘染于寒烟，则氤氲满纸，此又是画中常用的染晕之法。绘画中有水墨取韵，见笔得骨之说，倪瓒此处正是先求其韵，而后以飞雁“出俏”。而绿苹红蓼则于画面中微着色彩，得此一笔，则画面灵活而有生气，在江天、雪天的映衬下，此“小景”便更是全图之俏丽处了。而“吴歌荡桨”“白鸥腾空”，则又使静态的图画中显出动感。诗人在此未具体描绘吴娃之态，若将其作画观，则此船此桨当微露于绿苹之上，隐然于红蓼之中，此又是画家常用的“藏头露尾”之法。整个画面远景、中景、近景层次分明，虚实相生，颇见画家倪瓒的构图匠心。

然本曲毕竟又是“诗”，它又具有诗的魅力。诗中有画固然为佳境，但仅限于此，却还不足，妙处当还在画中有诗。画只能凭视觉去体会，而诗却可以将人之心境妙托字间。本曲以“寒烟”先暗点一笔，以“离愁”表明心绪，而哀歌之声，则非诗不能点出了。为此，本曲就不是一首单纯的写景之作。

但更耐寻味的却是诗人心底的思绪。作者并未完全忘情世俗，超脱现实，心灵深处的幽怨微妙地叩击着他的心弦。“眼底离愁”是什么，诗人并未明说。倪瓒晚年预感国势将乱，疏散家财而遁迹江湖，其“离愁”也许就是因此而来，也许不限于此，还有更深一层的底蕴。总之，诗人一方面把大自然写得那么美，一方面又透露出内心的不平静，完整地展现了他的内心世界。

（范民声）

【双调】

折桂令

倪　瓒

拟张鸣善

草茫茫秦汉陵阙，世代兴亡，却便似月影圆缺。山人室堆案图书，当窗松桂，满地薇蕨。侯门深何须刺谒，白云间自可怡悦。到如今世事难说，天地间不见一个英雄，不见一个豪杰。

赏　析

这支小令，以【折桂令】为曲牌，“拟张鸣善”为题目。既为“拟”，当是步张氏同曲原韵之作。惜张氏同曲原作已失传，故不能从两曲的对应词句来作阐明，给深入理解这支作品带来障碍。题中提及的这位张鸣善，是元末的曲家，曾著杂剧数种，皆不传，又擅长于散曲，存世作品数十首。

倪瓒的这首小令是一首述志寄怀之作。作者生活在元末。这时社会动乱，危机四起。元王朝日趋崩溃，农民起义到处涌起。作者家居无锡，这时张士诚正在这里拥兵称王，社会极不安定。倪瓒是一位高士，一生抱清贞绝俗的态度，攻书好学，笃于自信，以书画名噪一时。但他也不能与世隔绝，更不能对社会的动荡无动于衷，他在一首《述怀》诗中写道：“放笔作词赋，览时多论评。白眼视俗物，清言屈时英。”可见性好评古论今，仍然关心世事。不过由于他力在书画，不屑俗务，诗文中没有留下更多的伤时感事之作。这首小曲，抒发了他对历史和现状的感慨，直接表现了他的生活态度，生动地反映了这位杰出的山水画家的思想品格，很值得重视。

前三句从吊古入题。陵是古代帝王的坟墓，阙是墓门前所立的双柱。起句的浅层意思是说，时间无情，秦汉帝王的陵墓都已埋在茫茫草野之下；实际含义是，有雄才大略的秦汉帝王的丰功伟业也都成了历史陈迹，早已埋在荒草中被人遗忘。作者紧接着说，秦汉尚如此，那以后历代江山易主，就像天边的月亮时圆时缺那样迅速变幻，司空见惯。这样，腐败的元王朝的命运，也就不足以使这位隐逸之士特别关注了。这几句，时间的跨度大，寄托的感慨深，虽然情绪有些低沉，但这种人世沧桑的历史感，却也反映了他在黑暗现实中的高迈态度。“山人”以后三句，写自己的生活。“山人”是自称，显出自己的野趣。薇、蕨是两种野生植物，可以食用。商周时伯夷、叔齐，耻食周粟，采薇而食，最后饿死首阳山，是一个崇尚气节的历史故事。作者说他家里堆的是书画，窗前栽的是松桂，满地长的是薇蕨，表面在写生活之境，却处处在抒写自己简淡高洁之情。这种水墨画的背景，正好对人物性格作了折射，作了衬托。“诗中有画”，恰是倪瓒身兼画家的本色。

下片“侯门”“白云”两句直接述志。“侯门”指达官贵人之家。“刺谒”是说带着名刺(名片)之类去拜访大人物为自己谋利。周老南《云林先生墓志铭》说，倪瓒为人“清而不污”，“不为谄曲以事上官，足迹不涉贵人之门”，正是这两句曲辞很好的注脚。最后三句，再回到历史与现实上来，曲辞说，如今世事依然不堪，古往今来的英雄豪杰却一个个退出舞台，埋骨荒草了。其潜台词是说，即便有英雄豪杰，也无补于世事。言语间虽有几分消极，几分颓放，但其中也包含历史的隐痛和现实的失望，反映了作者孤高绝世、神思散朗的品格。这也是这位艺术家和诗人受人仰慕的地方。

(江巨荣)

【南吕】

一枝花

刘庭信

春日送别

丝丝杨柳风，点点梨花雨。雨随花瓣落，风趁柳条疏。春事成虚，无奈春归去。春归何太速？试问东君：谁肯与莺花做主？

赏析

这是刘庭信所作套数[南吕]【一枝花】《春日送别》的第一曲，在元散曲中久享盛誉，贾仲明《录鬼簿续编》说它“语极俊丽，举世歌之”。

这首曲辞确实是“语极俊丽”。开头四句，作者扣住题中的“春日”，用工细绮丽的笔墨，描绘了一幅形象生动的春景图。其实，这四句的内容骨干，只是风、雨、杨柳和梨花。但作者以风写杨柳，以显其风流；以雨写梨花，以显其圣洁。于是，杨柳随风，梨花带雨，风与杨柳，雨与梨花，其形象皆互为衬托，相得益彰，春天的特有景象已分明呈显眼前。且“风”是“丝丝”的风，“雨”是“点点”的雨，“丝丝”“点点”两个叠词，把春天特有的轻柔、甜美的韵味也透露出来了。这四句由工稳的对句组成，所描写的物象、色彩以至词语的声律平仄，都互相为对，这实际上是以诗入曲，借对仗艺术而使这幅春景图形象更鲜明，色调更和谐。由此也可看出这首曲辞“语极俊丽”的特点。这四句曲辞所表现的情感基调是温柔的，但“雨随花瓣落”，也隐隐透露了一缕感伤的情绪。这种情绪，在“春事成虚”以下五句中得到了充分表现。梨花瓣落，春景将尽，春将归去，故云“春事成虚”。其实，这里的“无奈春归去”，既是指自然界的“春”，也是指即将远去的“人”；同样，“春归何太速”，既是对匆匆而尽的“春”的质问，也是对匆匆离去的“人”的埋怨。字面指春归，实指人去，暗扣题旨“送别”，这种亦春亦人、借春写人的双关笔法，给全曲增添了含蓄美。结句紧承上意，谓春既归去，那么谁为“莺花”做主呢？“东君”是司春之神；“莺花”，莺啼花开之意，泛指春天景物，这里以“莺花”指代曲中的抒情主人公。从“谁肯与莺花做主”看，这个主人公应是女性，而她所送别的，也应是她的丈夫或恋人。

这首曲辞先写景而后抒情，由景生情，从而达到情景交融的艺术境界。开头四句写送别之时的自然景物，景色虽美，但却少有欢乐。趁风的柳条，是送别的象征(古人折柳赠别)；而梨花带雨，则是送行者的形象写照(白居易《长恨歌》用“梨花一枝春带雨”形容泪痕满面的杨妃形象)。可以说，开头的写景，不仅是为下文抒情作铺垫，而且本身也饱含情感，只是将“情”含蓄在“景”中而已。再者，良辰美景，本应与丈夫或恋人共赏，而他却匆匆离去！良辰美景，顿成虚设，于是对景伤怀，愁思茫茫，景愈美则愁愈深。于是转而抒情。在写作上，这是一种富有表现力的反跌笔法，使写景抒情跌宕转折，相应相生，从而达到情景交融的艺术境界。

(邱鸣皋)

附录：读曲常识

目　录

【元曲】 元杂剧和元散曲的合称。元代新兴的一种韵文文学。杂剧是戏曲，散曲是诗歌，两者属于不同的文学体裁。但它们也有共同点，即都使用当时的北曲，其曲词都要按曲调撰写，都能合乐歌唱，因此有时散曲、剧曲都称作“乐府”。元曲是在元代社会生活的基础上，融合唐宋大曲、宋词、金元音乐和各种民间曲艺发展而成，所用曲牌约四百余个。元代北曲流行，作家辈出，名作如林，其中杂剧的成就尤高，因此常以与唐诗、宋词并称，作为一代文学的代表。过去也有人以元曲作为元杂剧的同义语，如《元曲选》实际上就是元杂剧的选集。

【元杂剧】 元代用北曲演唱的戏曲形式。金末元初产生于中国北方。是以宋杂剧和金院本为基础，融合宋金以来的音乐、说唱、舞蹈等多种艺术发展而成。剧本体裁一般每本分为四折，每折用同一宫调的若干曲牌组成套曲，必要时另加“楔子”。也偶有分成多本多折演唱的，如《西厢记》就有五本二十一折。脚色有正末、正旦、外末、外旦、净等。一剧大都由正末或正旦一种脚色唱到底，以正末主唱的称“末本”，以正旦主唱的称“旦本”。

【散曲】 曲的一种体式。和诗词一样，用于抒情、写景、叙事，无宾白科介，便于清唱，有别于剧曲。在元代，它是一种新兴诗体。包括散套、小令两种。

【乐府】 诗体名。本指乐府官署所采集、创作的乐歌，也用以称魏晋至唐代可以入乐的诗歌和后人仿效乐府古题的作品。宋元以后的词、散曲和剧曲，因配合音乐，有时也称乐府。元人所编散曲选本如《乐府新编阳春白雪》《朝野新声太平乐府》，别集如《云庄休居自适小乐府》（张养浩）、《张小山北曲联乐府》（张可久）等，皆以“乐府”指散曲。

【传奇】 一指唐宋人用文言写作的短篇小说，也叫传奇文。二指明清以演唱南曲为主的一种戏曲形式，是宋元南戏的发展。三指元杂剧，元代和明初常用。如周德清《中原音韵》“前辈《周公摄政》传奇”，钟嗣成《录鬼簿》“前辈已死名公才人，有所编传奇行于世者”，陶宗仪《辍耕录》“金季国初，乐府犹宋词之流，传奇犹宋戏曲之变”，皆以传奇指杂剧，明中叶以后，此义渐少用。

【北曲】 宋元时北方戏曲、散曲所用各种曲调的统称。同南曲相对。大都渊源于唐宋大曲、宋词、诸宫调等传统音乐艺术，并吸收了金元时期流行的民间音乐，包括汉族民歌及北方少数民族民歌的曲调。用韵以元周德清《中原音韵》为准，分阴平阳平上去四声，无入声。音乐上用七声音阶，声调遒劲朴实，以弦乐器伴奏，故有“弦索调”之称；一说也用笛伴奏。清人编定的《九宫大成南北词宫谱》所收北曲曲牌有五百八十一个。北曲盛行于元代，元杂剧、散曲大都用北曲。

【南曲】 宋元时南方戏曲、散曲所用各种曲调的统称，同北曲相对。大都渊源于唐宋大曲、宋词和南方民间曲调。用韵以南方（今江浙一带）语音为标准，有平上去入四声。音乐上用五声音阶，声调柔缓宛转，以箫笛伴奏。清人编定的《九宫大成南北词宫谱》所收南曲曲牌有一千五百十三个（包括集曲）。南曲盛行于元明，宋元南戏和明清传奇大都以南曲为主。

【南北合套】 戏曲、散曲术语。在一个套曲里兼用南曲和北曲的一种体式。由于音乐特性不同，最初南北曲的曲牌不能出现于同一套曲内。元中叶以后，有人于同一宫调内选取若干音律和谐的南曲及北曲曲牌，交错使用，联成套曲。据钟嗣成《录鬼簿》说：“以南北调合腔，自和甫始。”按和甫为沈和字，其所作《潇湘八景》套曲的曲牌搭配为：【仙吕·赏花时（北）】-【排歌（南）】-【那吒令（北）】-【排歌（南）】-【鹊踏枝（北）】-【桂枝香（南）】-【寄生草（北）】-【乐安神（南）】-【六幺序（北）】-【尾声（南）】。其后仿效者渐多。

【宫调】 我国古代音乐，乐律有十二律吕，即十二个半音阶；乐音有七声：宫、商、角、变徵、徵、羽、变宫。其中以任何一声为主，均可构成一种“调式”。凡以宫为主的调式称“宫”；以其他各声为主的调式则称为“调”，统称“宫调”。以七声配十二律，理论上可得十二宫、七十二调，合称八十四宫调。但实际上并不全用，元代北曲只用六宫十一调，而最常用者又不过五宫四调，即：正宫、中吕宫、南吕宫、仙吕宫、黄钟宫；大石调、双调、商调、越调，合称“九宫”。各宫调所表现的声情不同，元燕南芝庵《唱论》、周德清《中原音韵》均有论述。

【仙吕宫】 古代戏曲音乐名词。宫调之一。或称为仙吕调。元周德清《中原音韵》：“大凡声音各应于律吕……仙吕调清新绵邈。”《中原音韵》载仙吕宫所属曲牌为四十二只。据《九宫大成南北词宫谱》所载，属仙吕宫的曲牌，北曲有八十一只，南曲（包括集曲）有二百九十四只。北曲仙吕宫联套的格式如“【点绛唇】-【混江龙】-【油葫芦】-【天下乐】-【那吒令】-

【鹊踏枝】-【寄生草】、【赚煞】”，较为常用。元杂剧第一折大都用仙吕宫套曲。

【南吕宫】 古代戏曲音乐名词。宫调之一。元周德清《中原音韵》：“大凡声音各应于律吕……南吕宫感叹伤悲。”《中原音韵》载南吕宫所属曲牌为二十一只。据《九宫大成南北词宫谱》所载，属南吕宫的曲牌，北曲有三十三只，南曲（包括集曲）有一百七十八只。北曲南吕宫联套的格式如“【一枝花】-【梁州第七】-【隔尾】-【九转货郎儿】（九曲）-【隔尾】”，如“【一枝花】-【梁州第七】-【牧羊关】-【四块玉】-【骂玉郎】-【玄鹤鸣】-【乌夜啼】-【煞尾】”，较为常用。元杂剧第二折大都用南吕宫套曲。

【中吕宫】 古代戏曲音乐名词。宫调之一。元周德清《中原音韵》：“大凡声音各应于律吕……中吕宫高下闪赚。”《中原音韵》载中吕宫所属曲牌为三十二只。据《九宫大成南北词宫谱》所载，属中吕宫的曲牌，北曲有五十六只，南曲（包括集曲）有一百四十四只。北曲中吕宫联套的格式如“【粉蝶儿】-【醉春风】-【迎仙客】-【石榴花】-【上小楼】-【幺篇】-【小梁州】-【幺篇】-【朝天子】-【尾声】”，较为常用。

【黄钟宫】 古代戏曲音乐名词。宫调之一。元周德清《中原音韵》：“大凡声音各应于律吕……黄钟宫富贵缠绵。”《中原音韵》载黄钟宫所属曲牌为二十四只。据《九宫大成南北词宫谱》所载，属黄钟宫的曲牌，北曲有五十五只，南曲（包括集曲）有一百十六只。北曲黄钟宫联套的格式如“【醉花阴】-【喜迁莺】-【出队子】-【刮地风】-【四门子】-【古水仙子】-【尾声】”，较为常用。

【正宫】 古代戏曲音乐名词。宫调之一。元周德清《中原音韵》：“大凡声音各应于律吕……正宫惆怅雄壮。”《中原音韵》载正宫所属曲牌为二十五只。据《九宫大成南北词宫谱》所载，属正宫的曲牌，北曲（题作高宫）有四十三只，南曲（包括集曲）有一百二十只。北曲正宫联套的格式如“【端正好】-【滚绣球】-【叨叨令】-【脱布衫】-【小梁州】-【幺篇】-【快活三】-【朝天子】-【煞尾】”，较为常用。

【大石调】 古代戏曲音乐名词。宫调之一。元周德清《中原音韵》：“大凡声音各应于律吕……大石风流蕴藉。”《中原音韵》载大石调所属曲牌为二十一只。据《九宫大成南北词宫谱》所载，北曲“大石角”“高大石角”曲牌共计四十八只，南曲“大石调”“高大石调”曲牌（包括集曲）共计一百六十只。北曲大石调联套的格式如“【六国朝】-

【喜秋风】-【归塞北】-【六国朝】-【雁过南楼】-【擂鼓体】-【归塞北】-【好观音】-【好观音煞】”，较为常用。

【小石调】 古代戏曲音乐名词。宫调之一。元周德清《中原音韵》：“大凡声音各应于律吕……小石旖旎妩媚。”《中原音韵》载小石调所属曲牌为五只。据《九宫大成南北词宫谱》所载，属小石调的曲牌，北曲有二十九只，南曲(包括集曲)有七十四只。北曲小石调联曲成套方式使用较少。

【般涉调】 古代戏曲音乐名词。宫调之一。元周德清《中原音韵》：“大凡声音各应于律吕……般涉拾掇坑堑。”《中原音韵》载般涉调所属曲牌为八只。《北词广正谱》载北曲般涉调曲牌为九只，《南词新谱》载南曲般涉调曲牌仅有三只。《九宫大成南北词宫谱》改入黄钟宫内。般涉调套曲，使用时较少，最常见者为北曲“【耍孩儿】-【煞】(多少不拘)-【尾声】”，大都在正宫或中吕宫套曲后段，作为该套曲的结束部分。

【双调】 古代戏曲音乐名词。宫调之一。元周德清《中原音韵》：“大凡声音各应于律吕……双调健捷激袅。”《中原音韵》载双调所属曲牌一百只。据《九宫大成南北词宫谱》所载，属双调的曲牌，北曲有一百十三只，南曲(包括集曲)有八十一只。北曲双调联套的格式如“【新水令】-【折桂令】-【雁儿落】-【得胜令】-【沽美酒】-【太平令】-【鸳鸯煞】”，较为常用。元杂剧末一折大都用双调套曲。

【商调】 古代戏曲音乐名词。宫调之一。元周德清《中原音韵》：“大凡声音各应于律吕……商调凄怆怨慕。”《中原音韵》载商调所属曲牌为十六只。据《九宫大成南北词宫谱》所载，属商调的曲牌，北曲有四十一只，南曲(包括集曲)有一百六十三只。北曲商调联套的格式如“【集贤宾】-【逍遥乐】-【金菊香】-【梧叶儿】-【醋葫芦】-【幺篇】-【后庭花】-【柳叶儿】-【浪里来煞】”，比较常用。

【越调】 古代戏曲音乐名词。宫调之一。元周德清《中原音韵》：“大凡声音各应于律吕……越调陶写冷笑。”《中原音韵》载越调所属曲牌三十五只。据《九宫大成南北词宫谱》所载，属越调的曲牌，北曲有四十五只，南曲(包括集曲)有一百十一只。北曲越调联套的格式如“【斗鹌鹑】-【紫花儿序】-【小桃红】-【金蕉叶】-【调笑令】-【秃厮儿】-【圣药王】-【麻郎儿】-【络丝娘】-【收尾】”，较为常用。

【曲牌】 曲调的名称。有一定的调子、唱法；字数、句法、平仄、用韵都有基本定式,可据以填写新曲词。曲牌大都来自民间,一部分由词牌转变而来,如【人月圆】【鹦鹉曲】【风入松】,不仅调名相同,句式结构也相同,但词中有上下两片,曲中只有一片。每一个曲牌都属于一定的宫调,如【叨叨令】属【正宫】,【一枝花】属【南吕】,【折桂令】属【双调】。也有同时分属几个不同的宫调,如【端正好】既属【正宫】又属【仙吕】,【水仙子】既属【黄钟】又属【双调】,等等。同一曲牌分属不同宫调,调子、唱法不同,乐曲风格不同,有的连字数、句法、平仄、用韵也发生变化。有的一种曲牌有几种异名,如【折桂令】又名【天香引】【蟾宫曲】【步蟾宫】【秋风第一枝】,【水仙子】又名【凌波曲】【湘妃怨】【冯夷曲】。

【套数】 也叫"套曲"。剧曲和散曲(小令除外)中,由多种曲调前后联缀,有首有尾,成为一套的,名为"套数"。其组成一般有两个特点:一是必须有二支以上同一宫调的曲子相联,如宫调虽异,管色相同者也可互借入套;二是全套无论长短,必须首尾一韵。散曲中的套数,又称"散套"。套数曲牌的排列次序大致有规律可寻,如北曲【仙吕·点绛唇】套曲,以"【点绛唇】-【混江龙】-【油葫芦】-【天下乐】-【那吒令】-【鹊踏枝】-【寄生草】-【赚煞】"的格式为常用。

【小令】 散曲体式之一。体制短小,元人也叫"叶儿"。普通以一支曲子为独立单位,但也有例外。"摘调""带过曲""集曲""重头""换头"等都是小令的特殊形式。

【叶儿】 即散曲的小令。详见"小令"。

【重头】 散曲中小令的一种体式。凡以同一曲调,重复填写几遍或几十遍,甚或百遍,用韵互异,首尾句法全同的,谓之"重头"。此种形式,大都用来合述一事,或分咏各事。也有用来演述故事的,如以一百首【小桃红】来咏唱《西厢》故事等。

【带过曲】 散曲中小令的一种体式。小令本以一支为限,但也可以两支或三支曲调为一个单位,两个曲调间的音律必须衔接,故名"带过曲"。带过曲可以用"带过"或"带""过""兼"字相联,如【雁儿落带过得胜令】【雁儿落带得胜令】【雁儿落过得胜令】【雁儿落兼得胜令】。

【幺篇】 戏曲、散曲术语。北曲中连续使用同一曲牌时,后面各曲不再标出曲牌名,而写作"幺篇"或简作"幺"。南曲中同样情况则写作"前腔"。

【尾声】 戏曲、散曲术语。套曲中最末一曲的泛称。北曲部分宫调中有以【尾声】为名的曲牌，字数大致相同；另有些曲牌专作尾声之用，如【赚煞】【煞尾】等。【尾声】亦有称【尾】【收尾】【余文】【结音】的。

【煞尾】 曲牌名。北曲黄钟宫、正宫、南吕、中吕、大石调均有【煞尾】，名称有【煞尾】【随尾】【随煞尾】等。用作套曲中的末一曲。大都在开始用【煞】曲中的七字句两句，结尾用【尾声】一句，中间或反复使用七字句，或在七字句后再用三字句或四字句数句。句数多少不拘，可以随意增损。

【煞】 曲牌名。"煞"是"煞止"之意。北曲般涉调、黄钟宫、正宫、南吕宫、商调、双调等都有【煞】曲，字数定格互有不同。都用在套曲的结尾部分，在末一曲的【尾声】或【煞尾】之前。可只用一曲，标为【煞】或【三煞】。也可连续使用，依其在套曲中的位置取名，位于倒第二者称【二煞】，倒第三者称【三煞】，余类推；但也有顺第二者称【二煞】，顺第三者称【三煞】的。【煞】曲并可与其他曲牌结合，用以代替【尾声】，如【后庭花煞】【卖花声煞】【浪来里煞】【离亭宴煞】【煞尾】等。

【隔尾】 曲牌名。属北曲南吕宫。据清人《九宫大成南北词宫谱》，其字数定格是七、七、七、二、二、七（六句）。是南吕宫【尾声】的一种体式，但亦可用于套曲中间，一般接在【梁州第七】曲牌之后，其作用是既将套曲的前后两部分隔开，又起着转折上的枢纽作用。于关汉卿《谢天香》第二折、《蝴蝶梦》第三折、罗贯中《风云会》第三折及一些元人散曲套数中可见。

【正字】 词曲用语。词谱、曲谱规定的定格字数。如词牌【清平乐】规定格式是四、五、七、六、六、六、六、六，正字共四十六字；曲牌【大德歌】规定格式是三、三、五、五、五、七、五，正字共三十三字。正字以外增加的字，称为衬字。

【衬字】 在曲调规定的字数定额以外，句中增加的字叫"衬字"。一般只用于补足语气或描摹情态，在歌唱时不占"重拍子"，不能用于句末或停顿处，字数并无规定。北曲用衬字较多。

【增句】 戏曲用语。明朱权《太和正音谱》列有"句字不拘，可以增损者，一十四章"，即【正宫】之【端正好】【货郎儿】【煞尾】，【仙吕】之【混江龙】【后庭花】【青哥儿】，【南吕】之【草池春】【鹌鹑儿】【黄钟尾】，【中吕】之【道和】，【双调】之【新水令】【折桂令】【梅花酒】【尾声】。如【梅花酒】字数定格为三、四、四、五、五、六（六句，据吴梅《南北词简谱》），而《汉宫秋》第三折中之【梅花酒】共有二十句，增句比定格所规定的句数还要多。

【曲韵】 戏曲用语。曲韵与诗韵、词韵不同。唐宋人写诗用“平水韵”，分一百零六个韵部。词韵基本上是诗韵的变通。北曲用的是当时的北方话音韵，没有入声，而是分别归入平、上、去三声，其用韵情况反映在元周德清的《中原音韵》里，分为十九个韵部：1.东钟 2.江阳 3.支思 4.齐微 5.鱼模 6.皆来 7.真文 8.寒山 9.桓欢 10.先天 11.萧豪 12.歌戈 13.家麻 14.车遮 15.庚青 16.尤侯 17.侵寻 18.监咸 19.廉纤。曲中平仄可以通押，但按照歌唱的需要，有些地方平声要分阴、阳，仄声要分上、去。曲比诗、词用韵密，几乎句句押韵，而且不管小令还是套数，都是一韵到底，中间不能换韵。曲不忌重韵，同一首曲中可以出现相同的韵脚字。

【四声】 古代汉语平、上、去、入四种声调的总称。北曲没有入声，入声字分别归入平、上、去三声，又分平声为阴、阳二声，因此北曲的四声是：阴平、阳平、上声、去声。周德清《中原音韵》讲到在某种情况下平声要分阴、阳，但《太和正音谱》等曲谱只注平、上、去三声。

【务头】 戏曲、散曲术语。历代戏曲论著如元周德清《中原音韵》、明王骥德《曲律》、清李渔《闲情偶寄》、近人吴梅《顾曲麈谈》等解释各有不同。一般认为是作品中精彩、警辟或动听之处。《中原音韵·作词十法》：“要知某调、某句、某字是务头，可施俊语于其上。”

【关目】 戏曲术语。剧本的结构、关键情节的安排和构思。元刊杂剧剧本，篇首往往冠以“新刊关目”“新编关目”字样，表示剧本情节的新奇，以吸引观众。如关汉卿《拜月亭》题作《新刊关目闺怨佳人拜月亭》，张国宾《汗衫记》题作《大都新编关目公孙汗衫记》。

【关子】 戏曲术语。指故事情节。元刊本《遇上皇》第二折：“（正末做过来吃酒科，做啼哭科。）（驾问了。）（正末做说关子了。）”元刊本《拜月亭》《介子推》中亦有之。现代曲艺中的术语“关子”，指为吸引观众而造成的悬念，当由元剧“关子”一词中来。“关子”又有关文、文书之义，见杨显之《潇湘雨》第四折。

【折】 戏曲名词。元杂剧剧本结构的一个段落。每剧一般分为四折，每折用同一宫调的若干曲牌组成一个整套，须一韵到底，不能换韵。四折中，第一折多用【仙吕】，第四折多用【双调】，第二、三折【南吕】【中吕】【黄钟】

【正宫】【大石】【商调】【越调】可任意选用，其他宫调较少入选。这种习惯用法的形成，与元杂剧戏剧结构及情节发展的需要有关，也与各宫调的声情有关。

【楔子】 戏曲名词。元杂剧在四折以外所增加的短的独立段落。多数是放在第一折之前，作为剧情的开端，也有放在折与折之间，起衔接过渡的作用，类似现代戏曲中的过场戏。每本杂剧通常用一楔子，也有用两个或不用的。楔子所用曲牌以北曲仙吕宫的【赏花时】或【端正好】为多。

【题目正名】 戏曲名词。元杂剧剧本结尾处总括全剧情节的对句。一联或两联。对句的末句为剧名全称，全称中截取前半或后半即为剧名简称。如白朴《梧桐雨》题目正名是"安禄山反叛兵戈举，陈玄礼拆散鸾凤侣；杨贵妃晓日荔枝香，唐明皇秋夜梧桐雨"(据《元曲选》)，其中"唐明皇秋夜梧桐雨"为剧名全称，"梧桐雨"为简称。南戏通称"题目"，但放在剧本开头。

【开】 宋元戏曲术语。人物在每剧或每折第一次上场时，先说白或念诵诗词。如《任风子》(元刊本)杂剧第一折："正末扮屠家引旦上，坐定。开：'自家姓任，任屠的便是。……'"

【断】 戏曲术语。元杂剧在一剧演出结束时，通常由皇帝派遣官员或由玉帝派遣神仙上场致词，惩恶扬善，收束全剧。诵词基本为七字或十字句的韵文，因其首句必用"一行人听我下断"，故名。

【打散】 杂剧术语。每本杂剧演完，附加一段表演，作为整个演出的结束，称"打散"。元刊本《紫云亭》第四折在标明"散场"后又有【鹧鸪天】词一首及诗一首，即打散时歌唱之用。打散亦可用队子，见元高安道散套【般涉调·哨遍】《嗓淡行院》；亦可用歌舞，见元夏庭芝《青楼集》"魏道道"条。

【宾白】 戏曲剧本中的说白。明徐渭《南词叙录》："唱为主，白为宾，故曰宾白。"姜南《抱璞简记》："两人对说曰宾，一人自说曰白。"元杂剧的宾白，可以分为韵白和散白两大类。如上场对、下场对、上场诗、下场诗，便是韵白。宾白还可以分为独白、对白、同白、带白、插白、旁白、分白等样式，其中对白是二人或二人以上的对话；同白是二人或二人以上同时说话；带白是唱曲时偶尔带入的几句说白；插白是主唱脚色在唱曲时，另一脚色插入的几句说白；旁白是剧中人物自道心事，而又不能让谈话的对方知道，在元杂剧中写作"背云"，在后世戏曲中称为"背拱"；分白是二人各自道白，而所说内容又互相有关的。

【科汎】 又叫“科范”“科泛”。简称“科”。戏曲术语。指元杂剧剧本中关于动作、表情、效果等舞台指示。如“做战科”“做寻思科”“做悲科”“做风科”“雁叫科”。在传奇剧本中则写作“介”。

【科诨】 “插科打诨”的略称。戏曲里各种使观众发笑的穿插。“科”多指滑稽动作,“诨”多指滑稽语言。

【末】 元杂剧中的男脚色。约相当于传奇及京剧里的“生”。有正末、副末、冲末、大末、二末、三末、小末、外末等名目。

【正末】 元杂剧中的男主脚,有时又称为末泥、末尼,或简称末。大约由宋杂剧、金院本的“末泥”演变而来。元杂剧每本一般只用一种脚色主唱,能够主唱的脚色,是正末或正旦。由正末主唱的脚本叫末本。末本中,正末每折均须出场演唱,大多扮演一个人物,但亦有四折中扮演不同人物的,如关汉卿《单刀会》中,正末在第一折中扮乔公,在第二折中扮司马徽,在第三、四折中扮关羽。旦本杂剧里有时也有正末出场,但只说不唱。

【外末】 元杂剧脚色名。正末之外的次要末脚。如元刊本《气英布》中,英布由正末扮,随何、张良由外末扮。

【冲末】 元杂剧脚色名。明王骥德认为“冲末即副末”(《曲律·论部色》)。一般认为冲末与副末的区别,在于冲末多充当冲场的脚色,开场即上,起一种打开场面的作用。如《汉宫秋》开场是“冲末扮番王引部落上”,《李逵负荆》开场是“冲末扮宋江,同外扮吴学究、净扮鲁智深领卒子上”。

【小末】 元杂剧脚色名。小末尼的简称。扮演比“徕儿”年龄稍大的青年男子。如元刊本《冤家债主》中的周长寿,第二折由徕儿扮,第三、四折即由小末扮。

【副末】 元杂剧脚色名。指次要的末脚。可能是受南戏的影响而产生。仅见于《元曲选》本的《蝴蝶梦》《王粲登楼》《灰阑记》《竹坞听琴》《碧桃花》,分别扮演地方、许达、马员外、秦翛然、张道南。

【旦】 元杂剧中的女脚色。有正旦、副旦、贴旦、外旦、老旦、大旦、小旦、花旦、色旦、搽旦等名目。

【正旦】 元杂剧中的女主脚。由正旦主唱的脚本叫旦本。旦本中,正旦每折均须出场演唱,大多扮演一个人物,但亦有四折中扮演不同人物的,如尚仲贤《柳毅传书》中,正旦在第一、三、四折扮龙女三娘,在第二折扮电母。末本杂剧里有时也有正旦出场,但只说不唱。

【外旦】 元杂剧脚色名。正旦以外的次要旦脚。如元刊本《诈妮子》中，丫环燕燕由正旦扮，小姐莺莺由外旦扮。

【贴旦】 元杂剧脚色名。或简称“贴”。正旦之外的次要旦脚。如《鲁斋郎》中，李四妻张氏由正旦扮，张珪妻李氏由贴旦扮。

【旦儿】 元杂剧脚色名。多扮演青年女性。如《㑳梅香》中的小蛮，《生金阁》中的李幼奴。

【小旦】 元杂剧脚色名。扮演青年未出嫁的女子，如《拜月亭》中的蒋瑞莲。有时亦可扮女孩。

【副旦】 元杂剧脚色名。仅见于《元曲选》本《货郎旦》一剧，扮奶妈张三姑。

【搽旦】 元杂剧脚色名。因其面部涂以几种色彩，故名。扮演轻佻泼辣、心术不正的妇女。如《灰阑记》中的马大娘子、《刘行首》中的老鸨。

【净】 戏曲脚色行当。元杂剧中的净，可扮男脚，也可扮女脚，有净、外净、副净、二净等名目。如元刊本《单刀会》中的周仓，《赵氏孤儿》中的屠岸贾，《古名家杂剧》本《望江亭》中的白姑姑，内府本《燕青博鱼》中的王腊梅，都是净扮。

【外净】 元杂剧脚色名。次要的净色。如《合汗衫》中，陈虎由净扮，赵兴孙由外净扮。但此脚色在元杂剧中比较少见。

【副净】 元杂剧脚色名。居次要地位的净脚。如《窦娥冤》中净扮赛卢医，副净扮张驴儿。

【外】 戏曲脚色行当。元杂剧中的外，可扮男脚，也可扮女脚，大致是指末、旦、净行当的次要脚色。元刊本《魔合罗》中的李文铎、高山，《元曲选》本《赚蒯通》中的韩信、随何、曹参、王陵，《古名家杂剧》本《赤壁赋》中的王安石夫人，都是外扮。

【杂当】 元杂剧脚色名。指剧中的零碎脚色。如《扬州梦》第三折：“外扮白文礼引杂当上。”杂当扮白府家人。或简作“杂”。《陈州粜米》第一折：“杂扮籴米百姓三人同上。”

【驾】 元杂剧中帝王的俗称。由各行脚色扮演。如《汉宫秋》里的汉元帝是“正末扮驾”，《青衫泪》里的唐宪宗是“外扮驾”。

【孤】 元杂剧中官员的俗称。由各行脚色扮演。如《杀狗劝夫》里的王翛然是“外扮孤”，《窦娥冤》里的梼杌是“净扮孤”。

【细酸】 元杂剧中书生、秀才的俗称。如《倩女离魂》第一折，王文举一本写作“末扮细酸”。

【邦老】 元杂剧中盗贼的俗称。一般由净扮演。如《合汗衫》里的陈虎是“净扮邦老”。

【孛老】 元杂剧中老年男子的俗称。外、末、净各种脚色均可扮演。如《蝴蝶梦》里的王老汉是“外扮孛老”。

【卜儿】 元杂剧中老年妇人的俗称。一般由老旦或搽旦扮演。如《秋胡戏妻》里的刘氏是“老旦扮卜儿”。

【倈】 元杂剧中儿童的俗称。也叫“倈儿”。如元刊本《冤家债主》第二折中，周荣祖之子长寿就是“倈儿”。

【曳剌】 元杂剧中兵勇的俗称。《虎头牌》《荐福碑》等剧中均有曳剌出场。

【伴哥】 元曲中农民的俗称。《薛仁贵》《黄鹤楼》《秋胡戏妻》《伍员吹箫》等杂剧及卢挚【双调·折桂令】《田家》等散曲中可见。

【拔禾】 元曲中农民的俗称。元刊本《薛仁贵》中，薛仁贵幼时的农村伙伴即为“正末扮拔禾”。

【禾倈】 元曲中农村儿童的俗称。与“伴哥”“拔禾”意义相近。如《黄鹤楼》第二折，伴姑先上云：“我不免叫伴哥儿同走一遭去。伴哥儿，行动些儿。”正末扮禾倈上云：“伴姑儿，你等我一等波。”

【伴姑儿】 元曲中农村青年妇女的俗称。元刊本《薛仁贵》第三折：“（正末扮拔禾上，云，叫）伴姑儿，你醉了，等我咱。”

【禾旦】 元曲中农村青年妇女的俗称，与“伴姑儿”意义相近。元刊本《薛仁贵》等剧中有之。

【行首】 宋元时俗语。行院（妓女）中的首领。如关汉卿《谢天香》杂剧楔子张千云：“一应接官的都去了，止有妓女每不曾去。此处有个行首是谢天香，他便管着这班门户人。”

【乐人】 乐户中人，即歌妓。关汉卿《谢天香》杂剧第一折张千云：“参官乐人走动。”

【乐探】 宋元时管理僧、尼、道士、乐人的衙役。关汉卿《谢天香》杂剧楔子张千云：“小人张千，在这开封府做着个乐探执事，我管的是那僧尼道俗乐人，迎新送旧，都是小人该管。”元刊本《紫云亭》及《刘行首》等亦有乐探。

【魂子】 戏中的鬼魂。元杂剧中已有此语。如孔文卿《东窗事犯》第三折：“正末扮岳飞魂子引二将上。”无名氏《神奴儿》第二折：“倈儿扮魂子上。”

【魂旦】 戏中的女性鬼魂。元杂剧中已有此语。如《窦娥冤》第四折：“魂旦上唱。”

【穿关】 古代戏曲术语。戏中人物穿戴的衣冠和携带的道具的提示。脉望馆藏钞本元明杂剧中，属于“内府本”者，剧本后各附穿关。如《渑池会》第四折，正末蔺相如的穿关为：“小帽，手帕，蓝曳撒，绦儿，三髭髯，拄杖。”

【披秉】 古代戏曲术语。即“披袍秉笏”，披官服，执朝笏（上朝时所用的手版）。为古代官员和部分神仙的服饰。元刊本《介子推》第一折：“正末扮介子推披秉上。”元刊本《看钱奴》第一折：“正末披秉扮增福神上。”

【蓝扮】 古代戏曲术语。扮演古代贫苦人物或落魄人物的服饰。元刊本《看钱奴》第二折：“正末蓝扮同旦儿、倈儿上。”亦作“薄蓝”。《争报恩》第一折：“徐宁薄蓝上。”按元夏庭芝《青楼集志》论元杂剧有“破衫儿”一类，疑即此。

【砌末】 亦作“切末”。传统戏曲中所用简单布景及大小道具的统称。如元刊本《诈妮子》第一折“正旦捧砌末”，指面盆、手巾；元刊本《介子推》第二折“正末扮阉官托砌末上”，指用来杀害太子申生的短剑、白练、药酒。

【踏竹马儿】 古代戏曲术语。舞台上骑竹马代表骑马。元刊本《追韩信》第四折：“踏竹马儿调阵子上。”又作蹦马儿。《小尉迟》第二折：“刘无敌蹦马儿领番卒上。”又作蹁马儿。《三战吕布》第一折：“袁绍同曹操、净孙坚蹁马儿领卒子上。”后改用持马鞭象征骑马，竹马只在表示滑稽动作时偶尔一用。

【调阵子】 古代戏曲术语。指舞台上的战斗场面。元刊本《追韩信》第四折：“踏竹马儿调阵子上。”

【队子】 古代戏曲、舞蹈名词。即宋金时的舞队，后为戏曲表演所吸收。如元刊本《东窗事犯》第四折：“等地藏王队子上。”元刊本《竹叶舟》第四折：“摆八仙队子上。”

【乐府十五体】 全名“新定乐府体一十五家”。系明初宁献王朱权《太和正音谱·乐府体式》对散曲与剧曲所作的分类。十五体为：丹丘体、宗匠体、黄冠体、承安体、盛元体、江东体、西江体、东吴体、淮南体、玉堂体、草堂体、楚江体、香奁体、骚人体、俳优体。十五体分类的标准不一致，有的概括曲词的内容，有的品评技巧的高下，有的指明作者的生活态度，有的区分不同时代、不同地域作家的不同风格。对元曲从整体上进行分类研究，当以此为最早。

【丹丘体】 朱权《太和正音谱》“新定乐府体一十五家”之一。其特点是“豪放不羁”。按朱权号“丹丘先生”，系明太祖朱元璋之子，身为皇室贵胄，故以自己所作之曲列为一体，取名“丹丘”，并置于十五体之首。从朱权现存曲作看，所谓“丹丘体”，除“豪放不羁”的特点外，还在内容与情趣上反映出道家的影响。

【宗匠体】 朱权《太和正音谱》“新定乐府体一十五家”之一。即“词林老作之词”，指行家里手所创作的纯熟老练之作，与作品题材、文字风格无关。如“宜列群英之上”的马致远，“诚词林之宗匠也”的张可久，其作品都可列入“宗匠体”。

【黄冠体】 朱权《太和正音谱》“新定乐府体一十五家”之一。“黄冠”指道士，故此体特点是“神游广漠，寄情太虚，有餐霞服日之思，名曰道情”。《太和正音谱·词林须知》亦云：“道家所唱者，飞驭天表，游览太虚，俯视八纮，志在冲漠之上，寄傲宇宙之间，慨古感今，有乐道徜徉之情，故曰道情。”元代道教兴盛，元曲中反映的道家思想十分浓厚。就内容而言，道情之作又大体上可划分为超脱凡尘、警醒顽俗二类，前者如邓玉宾的【正宫·叨叨令】《道情》(白云深处青山下)，后者如邓玉宾的【正宫·叨叨令】《道情》(一个空皮囊包裹着千重气)。

【承安体】 朱权《太和正音谱》“新定乐府体一十五家”之一。其特点是“华观伟丽，过于泆乐”。原注：“承安，金章宗正朔。”按金章宗完颜璟(公元1190—1209年在位，承安为1196—1200年)通晓声律，燕南芝庵《唱论》及朱权《太和正音谱》的《词林须知》都将其列为“帝王知音律者”。此类作品以庆赏欢宴、歌舞升平、及时行乐者为多，故其内容“过于泆乐”，作品风貌“华观伟丽”。

【盛元体】 朱权《太和正音谱》“新定乐府体一十五家”之一。其特点是“快然有雍熙之治，字句皆无忌惮。又曰‘不讳体’”。“雍熙”指和乐之貌，“无忌惮”与“不讳”义并同。这大约是指元代初期关汉卿、马致远等本色、豪放、有“蒜酪味”的作品。

【江东体】 朱权《太和正音谱》“新定乐府体一十五家”之一。其特点是“端谨严密”，即用意比较平实和易，遣辞多用规矩的文言，其风格与恣肆放诞相对。

【西江体】 朱权《太和正音谱》“新定乐府体一十五家”之一。其特点是“文采焕然，风流儒雅”。西江指西来的大江，此处当指江右一带，特指江西。元曲作家中属江西籍的有赵善庆、周德清、汪元亨等人，其中周德清著有《中原音韵》，知音律有声名，《太和正音谱》称其词“如玉笛横秋”；赵善庆,《太和正音谱》称其词“如蓝田美玉”。所谓“西江体”,当指这一流派的曲家。

【东吴体】 朱权《太和正音谱》“新定乐府体一十五家”之一。其特点是“清丽华巧,浮而且艳”。指江浙一带曲家的作品。元曲创作中心早期在大都(今北京),后南移至杭州,作家多为南方人或流寓南方的北方人,最著名者有乔吉(太原人,流寓杭州)、张可久(庆元,今浙江鄞县人)、郑光祖(平阳人,流寓杭州)、徐再思(嘉兴人)、周文质(建德人)等。这一些曲家的作品风格多为清丽华巧,但亦有流为浮艳者。

【淮南体】 朱权《太和正音谱》“新定乐府体一十五家”之一。其特点是“气劲趣高”。淮南大致指江、淮之间地区。元后期曲家中睢景臣、陆登善等为扬州人,张鸣善则以平阳人而流寓扬州。这一带的曲作家时有唱和,钟嗣成《录鬼簿》就有“维扬诸公俱作《高祖还乡》套数,唯公(睢景臣)【哨遍】制作新奇”的记载。从现存睢景臣【般涉调·哨遍】《高祖还乡》套曲和张鸣善【双调·水仙子】《讥时》等作品来看,多以制作新奇、语言警拔取胜,确可以归纳出“气劲趣高”的特点。

【玉堂体】 朱权《太和正音谱》“新定乐府体一十五家”之一。其特点是“公平正大”。玉堂为宫殿的美称,唐宋以后指翰林院。玉堂与草堂相对,此体多为称颂在朝者功德、气味雍容悠雅的作品。现存元曲中,可以划入此类者甚少。

【草堂体】 朱权《太和正音谱》“新定乐府体一十五家”之一。其特点是“志在泉石”。草堂为无意功名、隐居不仕者及退隐归田者自乐之所,与玉堂相对。此体作品多写山水风光、田园佳趣、流连诗酒、安贫乐道,在元曲中所占比重甚大。其形成既有政治方面的原因,也与道教的流行、老庄和禅宗思想的影响有关。

【楚江体】 朱权《太和正音谱》“新定乐府体一十五家”之一。其特点是“屈抑不伸,摅衷诉志”。楚江指战国时屈原流放与行吟之处,即今湖北、湖南一带。但由于元代的具体历史条件,元曲作家的人生态度以旷达者居多,他们感叹屈原的不幸遭遇,对于屈原的执着精神却有些不以为然,所以元曲中真正符合“屈抑不伸,摅衷诉志”标准者并不多见,所谓“楚江体”应以感喟思慕、去国怀乡之作为主。

【香奁体】 朱权《太和正音谱》“新定乐府体一十五家”之一。其特点是“裙裾脂粉”。凡正当的情辞,如闺情闺怨、相思离别、男女欢爱及咏妇女者，均可属之。

【骚人体】 朱权《太和正音谱》“新定乐府体一十五家”之一。其特点是“嘲讥戏谑”。“骚人”与“楚江”在字面意义上有关联，但二体内涵差别甚大。“骚人体”的作品于嘲笑讥讽之中时寓谐谑风趣。其中大体又可分为两类：一类如马致远【般涉调·耍孩儿】《借马》套曲，杜仁杰【般涉调·耍孩儿】《庄家不识构阑》套曲，则谐谑成分较浓；另一类如曹德【双调·清江引】(长门柳丝千万缕)，无名氏【双调·清江引】(皂罗辫儿紧札梢)，则嘲讥意味较重。

【俳优体】 朱权《太和正音谱》“新定乐府体一十五家”之一。其特点是“诡喻淫虐，即淫词”。俳优是古代以乐舞戏谑为业的艺人，故“俳优体”多为游戏之作。“诡喻”指翻新出奇、诡诈难测之喻，“淫虐”指辞情放荡。一些写男女关系的谑浪之篇，咏人咏物的滑稽调笑之作，大言欺人的怪异之辞，如无名氏【中吕·朝天子】《嘲妓家匾食》等，即属此类。

【杂剧十二科】 明朱权《太和正音谱》对元杂剧的分类。详目是：神仙道化，隐居乐道(原注：又曰林泉丘壑)，披袍秉笏(原注：即君臣杂剧)，忠臣烈士，孝义廉节，叱奸骂谗，逐臣孤子，钹刀赶棒(原注：即脱膊杂剧)，风花雪月，悲欢离合，烟花粉黛(原注：即花旦杂剧)，神头鬼面(原注：即神佛杂剧)。

【神仙道化剧】 明朱权《太和正音谱》中元杂剧分类之一。元夏庭芝《青楼集志》论元杂剧，有“神仙道化”一类。明朱权《太和正音谱·杂剧十二科》首列“神仙道化”类。写神仙度脱凡人，使其得道登仙的故事。大多与元代盛行的道教支系——全真教有关。马致远的《黄粱梦》《岳阳楼》《任风子》即其中最著名者。

【隐居乐道剧】 明朱权《太和正音谱》中元杂剧分类之一。原注：“又曰林泉丘壑。”演隐居不仕、安贫乐道故事。如马致远《陈抟高卧》、张国宾(一说宫天挺作)《七里滩》等当属此类。

【披袍秉笏剧】 即“君臣杂剧”。

【君臣杂剧】 明朱权《太和正音谱》中元杂剧分类之一。杂剧十二科有“披袍秉笏”一类，朱权原注：“即君臣杂剧。”披袍秉笏(古代朝会时所执的手版)是朝臣装束，或简作“披秉”。夏庭芝《青楼集志》论元杂剧，有“披秉”一类。元刊本《晋文公火烧介子推》第一折有“正末扮介子推披秉上”。《好酒赵元遇上皇》第四折有“正末披秉共杨戬上”。此二剧皆演君臣遇合之事，当属“君臣杂剧”一类。

【**忠臣烈士剧**】 明朱权《太和正音谱》中元杂剧分类之一。如纪君祥《赵氏孤儿》、朱凯《昊天塔》、杨梓《豫让吞炭》等当属此类。

【**孝义廉节剧**】 明朱权《太和正音谱》中元杂剧分类之一。如关汉卿《窦娥冤》、秦简夫《赵礼让肥》等当属此类。

【**叱奸骂谗剧**】 明朱权《太和正音谱》中元杂剧分类之一。内容为抨击奸佞谗臣。如孔文卿《东窗事犯》等当属此类。

【**逐臣孤子剧**】 明朱权《太和正音谱》中元杂剧分类之一。内容多写历史上臣子遭君父斥逐的不幸遭遇。如李寿卿《伍员吹箫》、费唐臣《贬黄州》、王伯成《贬夜郎》等当属此类。

【**钹刀赶棒剧**】 即"脱膊杂剧"。

【**脱膊杂剧**】 明朱权《太和正音谱》中元杂剧分类之一。杂剧十二科有"钹刀赶棒"一类,朱权原注:"即脱膊杂剧。"杂剧《蓝采和》作"脱剥杂剧"。"脱剥"或"脱膊"之义,一般以为凡演使刀弄棒的武戏,常需脱去上衣,赤膊交战,故得名。如《单鞭夺槊》《三战吕布》等武打戏,当亦属此类。

【**风花雪月剧**】 明朱权《太和正音谱》中元杂剧分类之一。内容多写男女间的风流情事,如戴善夫《风光好》、张寿卿《红梨花》等当属此类。

【**悲欢离合剧**】 明朱权《太和正音谱》中元杂剧分类之一。内容多写男女及家庭间的悲欢离合,如张国宾《合汗衫》、乔吉《两世姻缘》、无名氏《货郎旦》等当属此类。

【**烟花粉黛剧**】 即"花旦杂剧"。

【**花旦杂剧**】 元杂剧分类之一。元夏庭芝《青楼集》云:"凡妓以墨点破其面者为花旦。"集中又称李娇儿"花旦杂剧特妙",称张奔儿"善花旦杂剧",又谓"时人目奔儿为'温柔旦',李娇儿为'风流旦'"。则花旦杂剧内尚有不同的小类别。明朱权《太和正音谱·杂剧十二科》中有"烟花粉黛"一类,原注:"即花旦杂剧。"则花旦杂剧似多为表演妓女生活的剧目,如关汉卿《救风尘》《谢天香》等。

【**神头鬼面剧**】 即"神佛杂剧"。

【**神佛杂剧**】 明朱权《太和正音谱》中元杂剧分类之一。杂剧十二科有"神头鬼面"一类,朱权原注:"即神佛杂剧。"如杨讷所作《西游记》即此类。

【**驾头杂剧**】 元杂剧分类之一。驾头是皇帝的仪仗,驾头杂剧当是表演帝王一类题材的剧目。元夏庭芝《青楼集》称南春宴"姿容伟丽,长于驾头杂剧"。如《汉宫秋》《梧桐雨》等当属此类。

【闺怨杂剧】 元杂剧分类之一。元夏庭芝《青楼集》称天然秀"闺怨杂剧为当时第一手"。关汉卿有《闺怨佳人拜月亭》,现有存本。此外关汉卿尚有《月落江梅怨》(佚),白朴有《薛琼琼月夜银筝怨》(佚),王实甫有《双蕖怨》(佚),等等,均属此类,表现深闺女子心理上的苦闷。

【绿林杂剧】 元杂剧分类之一。元夏庭芝《青楼集》称平阳奴"精于绿林杂剧",称天锡秀"善绿林杂剧;足甚小,而步武甚壮"。其内容当是写绿林好汉,如水浒戏《双献功》《李逵负荆》之类。

【巧体】 指在形式上逞才弄巧,翻新出奇的曲作。明王骥德《曲律》有"论巧体"一节,列嵌字、短柱、集韵、集药名等体。近人任讷《散曲概论》将《曲律》所论俳谐、巧体合为广义的俳体,共列出二十五种,其中关于韵者二种:短柱体,独木桥体;关于字者五种:叠韵体,犯韵体,顶真体,叠字体,嵌字体;关于句者三种:反复体,回文体,重句体;关于联章者一种:连环体;关于材料者八种:足古体,集古体,集谚体,集剧名体,集调名体,集药名体,檃栝体,翻谱体;关于意者四种:讽刺体,嘲笑体,风流体,淫虐体;待考者二种:简梅体,雪花体。二十五体中,以形式上追求新奇变化的巧体为多。

【短柱体】 曲中巧体之一。通篇每句两韵,或两字一韵。系在"六字三韵语"的基础上发展而来(见周德清《中原音韵》)。如虞集【折桂令】《席上偶谈蜀汉事因赋短柱体》:"銮舆三顾茅庐,汉祚难扶,日暮桑榆。深渡南泸,长驱西蜀,力拒东吴。美乎周瑜妙术,悲夫关羽云殂。天数盈虚,造物乘除,问汝何如?笑赋归欤。"

【独木桥体】 曲中巧体之一。通篇押同一字韵。如张养浩【塞鸿秋】:"春来时香雪梨花会,夏来时云锦荷花会,秋来时霜露黄花会,冬来时风月梅花会。春夏与秋冬,四季皆佳会。主人此意谁能会。"

【叠韵体】 曲中巧体之一。每句中除韵脚外,都用叠韵字。但各句所叠的韵不必相同。如元人梨园黑老五【中吕·粉蝶儿】《集中州韵》套曲中的【粉蝶儿】:"从东陇风动松呼,听叮咛定睛睁觑,望苍茫圹广黄芦,却樵夫遇渔父。递知机携物,便盘旋千转前湖,看寒山晚关滩渡。"全曲除韵脚及第四句"却樵"二字外,每句都用叠韵字。

【顶真体】 曲中巧体之一。亦称联珠格。前一句末字即为后一句首字,前后蝉联。如无名氏【越调·小桃红】:"断肠人寄断肠词,词写心间事。

事到头来不由自。自寻思，思量往日真诚志。志诚是有，有情谁似，似俺那人儿！”

【叠字体】 曲中巧体之一。通篇由叠字构成。如乔吉【天净沙】《即事》：“莺莺燕燕春春，花花柳柳真真，事事风风韵韵。娇娇嫩嫩，停停当当人人。”

【嵌字体】 曲中巧体之一。有的每句都嵌同一个字，如张可久【凭阑人】：“江水澄澄江月明，江上何人搊玉筝？隔江和泪听，满江长叹声！”每句都嵌“江”字。有的在各句中分嵌限定的某些字，如数目字，五行，等等。如贯云石【清江引】《立春》：“金钗影摇春燕斜，木杪生春叶。水塘春始波，火候春初热。土牛儿载将春到也！”每句之首分别冠以“金、木、水、火、土”五字，每句句中又都用一“春”字。郑光祖《倩女离魂》第三折【十二月】：“元来是一枕南柯梦里，和二三子文翰相知。他访四科习五常典礼，通六艺有七步才识。凭八韵赋纵横大笔，九天上得遂风雷。”【尧民歌】：“想十年身到凤凰池，和九卿相八元辅劝金杯。他那七言诗六合里少人及，端的个五福全四气备占伦魁。震三月春雷，双亲行先报喜，都为这一纸登科记。”二曲先顺嵌一至十的数目，再逆嵌十至一的数目。

【反复体】 曲中巧体之一。每句中的字面，颠倒重复，反复而言之。如刘庭信【双调·水仙子】：“恨重叠、重叠恨、恨绵绵、恨满晚妆楼，愁积聚、积聚愁、愁切切、愁斟碧玉瓯……”

【重句体】 曲中巧体之一。一篇中多处用同样口气的句子，遣辞略有变化。如汤式【蟾宫曲】：“冷清清人在西厢，叫一声张郎，骂一声张郎。乱纷纷花落东墙，问一会红娘，絮一会红娘。枕儿余，衾儿剩，温一半绣床，闲一半绣床。月儿斜，风儿细，开一扇纱窗，掩一扇纱窗。荡悠悠梦绕高唐，萦一寸柔肠，断一寸柔肠。”

【连环体】 曲中巧体之一。前章的末句即为后章的首句，前后勾连，以共作四首重头者居多。如贯云石【清江引】：“闲来唱会【清江引】，解放愁和闷。富贵在于天，生死由乎命，且开怀与知音谈笑饮。”“且开怀与知音谈笑饮，一曲瑶琴弄。弹出许多声，不与时人共，倚帏屏静中心自省。”“倚帏屏静中心自省，万事皆前定。穷通各有时，聚散非骄吝，立忠诚步步前程稳。”“立忠诚步步前程稳，勉励勤和慎。劝君且耐心，缓缓相随顺，好消息到头端的准。”

【集谚体】 曲中巧体之一。集谚语以成篇。如杜仁杰【般涉调·耍孩儿】

《喻情》套曲中的【三煞】:“泥捏的山不信是石,相扑汉卖药干陪了擂。镜台前照面你是你,警巡院倒了墙贼见贼。大虫窝里蒿草无人刈,看山瞎汉,不辨高低。”全篇多为谚语。

【集剧名体】 曲中巧体之一。系集合各种剧名而成。如孙季昌【端正好】《集杂剧名咏情》套曲中的【滚绣球】:“付能的潇湘夜雨晴,早闪出乌林皓月明。正孤雁汉宫秋静,知他是甚情怀月夜闻筝。那时节理残妆对玉镜台,推烧香到拜月亭……”其中“潇湘夜雨”“乌林皓月”“孤雁汉宫秋”“月夜闻筝”“玉镜台”“拜月亭”等均为杂剧名。

【集调名体】 曲中巧体之一。集词曲调名而成。如王仲元所作【粉蝶儿】《集曲名题情》套曲中之【迎仙客】:“樱桃般点绛唇,杨柳般翠裙腰。红绣鞋轻移莲步小,柳眉颦一半儿娇。端的有络丝娘的妖娆,似一朵红芍药。”其中“点绛唇”“翠裙腰”“红绣鞋”“一半儿”“络丝娘”“红芍药”均系曲牌名。

【集药名体】 曲中巧体之一。集药名而成。如孙叔顺【粉蝶儿】套曲中之【迎仙客】:“行过芍药圃,菊花篱,沉香亭色情何太急。停立在曲槛边,从容在芳径里。待黄昏不想当归,尚有百部徘徊意。”其中“芍药”、“菊花”、“沉香”、“停立(葶苈)”、“从容(苁蓉)”、“当归”、“百部”均为中草药名。

【檃栝体】 曲中巧体之一。就前人诗文的内容加以剪裁改写以成。如乔吉【沉醉东风】《题扇头檃栝古诗》:“万树枯林冻折,千山高鸟飞绝。兔径迷,人踪灭,载梨云小舟一叶。蓑笠渔翁耐冷的别,独钓寒江暮雪。”此曲即系檃栝柳宗元《江雪》诗而成。

【合璧对】 曲中对偶形式之一。较常见。明朱权《太和正音谱》列此名,自注:“两句对者是。”如卢挚【折桂令】《箕山感怀》:“五柳庄瓷瓯瓦钵,七里滩雨笠烟蓑。”白朴【庆东原】:“忘忧草,含笑花”,“千古是非心,一夕渔樵话。”

【连璧对】 曲中对偶形式之一。明朱权《太和正音谱》列此名,自注:“四句对者是。”如薛昂夫【塞鸿秋】:“功名万里忙如燕,斯文一脉微如线,光阴寸隙流如电,风霜两鬓白如练。”吕止庵【后庭花】:“苍猿攀树啼,残花扑马飞,越女随舟唱,山僧逐渡归。”此类皆是。

【鼎足对】 曲中对偶形式之一。明朱权《太和正音谱》列此名,自注:“三句对者是。俗呼为‘三枪’。”因三句一组,互为对仗,如鼎之三足并立,故名。如马致远【夜行船】《秋思》套曲中的“密匝匝蚁排兵,乱纷纷蜂酿蜜,急攘攘蝇争血”“和露摘黄花,带霜烹紫蟹,煮酒烧红叶”，便属鼎足对。有些曲牌的句格尤便于使用鼎足对，如【醉太平】【寄生草】【水仙子】【折桂令】【天净沙】等。

【联珠对】 曲中对偶形式之一。明朱权《太和正音谱》列此名，自注：“句多相对者是。”如王实甫【十二月过尧民歌】《别情》中之【十二月】：“自别后遥山隐隐，更那堪远水粼粼。见杨柳飞绵滚滚，对桃花醉脸醺醺。透内阁香风阵阵，掩重门暮雨纷纷。”此曲即属联珠对(每句首三字为衬字)。

【隔句对】 曲中对偶形式之一。明朱权《太和正音谱》列此名，自注：“长短句对者是。”见“扇面对”。

【扇面对】 曲中对偶形式之一。隔句相对，第一句对第三句，第二句对第四句，故又称隔句对。如王实甫《西厢记》第一本第四折【驻马听】：“法鼓金铎，二月春雷响殿角；钟声佛号，半天风雨洒松梢。”

【鸾凤和鸣对】 曲中对偶形式之一。明朱权《太和正音谱》列此名，自注：“首尾相对。如【叨叨令】所对者是也。”周文质【叨叨令】《悲秋》首句“叮叮歙歙铁马儿乞留玎琅闹”与末句“孤孤另另单枕上迷彫模登靠”，无名氏【叨叨令过折桂令】《驮背妓》中【叨叨令】首句“虾儿腰龟儿背玉连环系不起香罗带”与末句“钩儿形絛儿样烂茄瓜辱没杀莺花寨”，便属鸾凤和鸣对。

【救尾对】 曲中对偶形式之一。元周德清《中原音韵》列此名，举【红绣鞋】第四、五、六句，【寨儿令】第九、十、十一句为例，并说：“二调若是末句稍弱，即以此法救之。”【红绣鞋】如张可久《岁暮》之“游鱼翻冻影，啼鸟泛春声，落梅香暮景”，《三衢山中》之“仙桥藏老树，石笋瘗苍云，松花飘瑞粉”，【寨儿令】如张可久《闺怨》之“八的顿开金凤凰，揣的扯破锦鸳鸯，吉丁的掂损玉螳螂”，《次韵》之“饮一杯金谷酒，分七碗玉川茶，嗏，不强如坐三日县官衙”(按【寨儿令】末三句正字每句为五字)，皆属此类。

【凤头、猪肚、豹尾】 戏曲、散曲用语。元人乔吉说：“作乐府亦有法，曰‘凤头、猪肚、豹尾’六字是也。大概起要美丽，中要浩荡，结要响亮。尤贵在首尾贯穿，意思清新。”(陶宗仪《南村辍耕录》卷八)乔氏所谈，主要指曲文的结构，即开头要擒控题旨，引人入胜，中间要极尽铺排，发挥题蕴，结尾要戛然而止，题外传神。清刘熙载《艺概》所言“始要含蓄有度，中要纵横尽变，终要优游不竭”，即本此。以后发展成为对戏曲情节结构的要求，大体指：戏曲剧本的开头，要以精炼的笔墨把观众引入规定的戏剧情境，尽早提出总的戏剧悬念，以集中观众的注意力；戏曲中间，要充分展开戏剧冲突，刻画人物性格，把戏写足写透；戏曲结尾，要对剧中的人物、涉及的事件、情节，做出妥帖交代，做到干净利落，恰到好处，而不冗长拖沓。

【当行】 古典戏曲评论用语。这个概念自诗论引入，含有行家的意思。在戏曲评论中，它指的是作家能够掌握戏曲艺术自身的规律和特点，创作的剧本适合于舞台演出。古代许多曲论家对这一点十分重视，臧懋循就明确指出“称曲上乘首曰当行”(《元曲选·序二》)。

【本色】 古典戏曲评论用语。这个概念自诗论引入，意为本来之色。多指曲文质朴自然，接近生活语言，而少用典故或骈词俪语的修辞方法和风格。也有曲论家(如徐渭、臧懋循、王骥德等人)从戏曲反映生活的特征上，来解释本色的内涵，认为本色就是要求戏曲忠实地反映出生活的本来面目。一般认为元曲是本色的典范。

【蛤蜊风味】 谓元曲的一种风格。元钟嗣成《录鬼簿序》说：“若夫高尚之士，性理之学，以为得罪于圣门者，吾党且啖蛤蜊，别与知味者道。”“吾党”句含有不屑一顾之意，语出《南史·王融传》：“(融)诣王僧佑，因遇沈昭略，未相识。昭略屡顾盼，谓主人曰：‘是何少年?’融殊不平，谓曰：‘仆出于扶桑，入于旸谷，照耀天下。谁云不知，而卿此问?’昭略云：‘不知许事，且食蛤蜊。’”王举之【折桂令】《赠胡存善》也提到“蛤蜊风致”。后因以蛤蜊风味或蛤蜊风致指元曲的特殊风趣，大体指嘲讥戏谑、正言若反、狂歌当哭、嬉笑怒骂皆成文章等风格。

【元曲四大家】 旧时对元代四位著名杂剧作家关汉卿、马致远、郑光祖、白朴的合称。或称“关马郑白”。见元周德清《中原音韵》、明何良俊《四友斋丛说》。

【关马郑白】 即“元曲四大家”。

(赵山林编写)

图书在版编目(CIP)数据

诗词文曲鉴赏.元曲/上海辞书出版社文学鉴赏辞典编纂中心编.—上海:上海辞书出版社,2020
ISBN 978-7-5326-5683-7

Ⅰ.①诗… Ⅱ.①上… Ⅲ.①元曲-鉴赏 Ⅳ.①I207.2

中国版本图书馆 CIP 数据核字(2020)第 218384 号

诗词文曲鉴赏·元曲

上海辞书出版社文学鉴赏辞典编纂中心 编

责任编辑 吕荣莉
装帧设计 王轶颀

出版发行 上海世纪出版集团
上海辞书出版社(www.cishu.com.cn)
地　　址 上海市陕西北路 457 号(邮编 200040)
印　　刷 上海书刊印刷有限公司
开　　本 890×1240 毫米 1/32
印　　张 7.25
字　　数 214 000
版　　次 2020 年 12 月第 1 版 2020 年 12 月第 1 次印刷
书　　号 ISBN 978-7-5326-5683-7/I·473
定　　价 25.00 元